LES ENQUÊTES D'HECTOR

KRINE

STÉPHANE TAMAILLON

LES ENQUÊTES D'HECTOR KRINE

Les pilleurs de cercueils

GRÜNDromans

ISBN : 978-2-7000-2969-7
Dépôt légal : 4e trimestre 2010

Ouvrage publié sous la direction de Xavier Décousus
Illustrations : Benjamin Carré
Conception couverture : Olo.Éditions
Maquette Intérieure : Jérôme Faucheux

Éditions Gründ
60, rue Mazarine
75006 Paris – France
Tél. 01 53 10 36 00
Fax 01 43 29 49 86
Internet : www.grund.fr

Loi n° 49-956 du 16 juillet 1949 sur les publications destinées à la jeunesse.

« Qui pourrait imaginer l'horreur
de mon labeur secret lorsque je profanais
l'humidité des tombes [...] ? »

Mary Shelley,
Frankenstein ou le Prométhée moderne

PROLOGUE

Région de Kiev, Ukraine, 1861

Chaque seconde de chaque minute, chaque minute de chaque heure et chaque heure de chaque jour, Vseslav Brachislavich contemplait son reflet. Il n'avait guère le choix. Sa cellule était tapissée de miroirs. Cinq années qu'il y croupissait, avec pour seule compagnie son image, multipliée à l'infini. Celle d'un homme sans âge, en haillons, amaigri, aux cheveux si longs qu'ils lui descendaient au milieu du dos. Il palpa son visage aux pommettes saillantes, laissant ses mains courir sur sa peau tendue comme une toile rêche sur les os de son crâne. Son épiderme était jaune et fané, semblable à une plante trop longtemps tenue à l'écart de la lumière. Une épaisse barbe lui dévorait les joues. Elle le faisait ressembler à un de ces *sviachtchenik*[1] qu'il exécrerait. Ces chiens à la botte du Tsar.

1. Prêtres orthodoxes, souvent dénommés «popes» de manière erronée.

Personne ne pénétrait jamais dans son cachot. Ceux qui le maintenaient prisonnier avaient peur de ce qui pourrait advenir. On lui livrait sa pitance par une étroite ouverture pratiquée dans le plafond : le clapet qui l'obturait ne s'ouvrait que quelques secondes, le temps pour une écuelle débordante d'une infâme mixture de descendre jusqu'à lui dans un panier suspendu à une corde. Deux fois par jour, un seau lui parvenait par le même moyen afin qu'il puisse satisfaire ses besoins naturels. Mais quand la petite trappe se souleva ce jour-là, et qu'il aperçut l'œil brûlant qui le dévisageait par l'interstice, il comprit que son calvaire était terminé.

Des coups sourds se mirent à résonner, aussi réguliers que la pulsation d'un pouls. Un craquement retentit en écho dans la geôle. Puis un deuxième. Le sourire de Brachislavich s'élargit tandis que la fissure faisait de même. Elle zébra tout d'abord la partie supérieure du plus grand des miroirs, face à lui. Elle accueillit ensuite des affluents. Les lézardes se propagèrent rapidement, dessinant des méandres qui envahirent toute la cellule. Finalement, la mosaïque de glaces se brisa en mille morceaux alors qu'un trou béant apparaissait au plafond. Une douche de gravats se déversa sur le captif. Une silhouette se tenait au bord de la cavité, une masse à la main, ses traits dissimulés par un impressionnant nuage de poussière. L'homme – si c'en était bien un, car sa taille gigantesque pouvait en faire douter – lâcha son outil et sauta en contrebas avec la souplesse d'un félin. Toussant et crachant, Brachislavich tenta de discerner le visiteur.

On n'y voyait goutte.

Soudain, surgissant de nulle part, une main s'abattit sur son épaule. Elle était énorme, velue et griffue. En un instant, elle changea pour prendre une apparence normale. Son propriétaire s'avança. Il était grand et musclé, le crâne chauve et le regard dur. À demi nu, il ne portait qu'un pantalon dont les coutures avaient craqué en plusieurs endroits. Cependant, malgré son imposante carrure, il paraissait humain. Seules ses pupilles incandescentes trahissaient sa nature.

Le prisonnier fit un pas, les jambes chancelantes, et étreignit les bras du colosse de ses mains ridées.

– Volkodlak, fidèle parmi les fidèles, tu es venu, déclara-t-il, la voix éraillée par la poussière.

Le dénommé Volkodlak inclina la tête en signe de respect.

– Vous ne pouviez en douter Monseigneur.

– Es-tu seul ?

– Non mon maître, les plus loyaux de vos sujets m'ont suivi. Je...

Il s'interrompit et jeta un regard inquiet à la brèche par laquelle des cris leur parvenaient.

Des coups de feu furent tirés. Puis, un grondement déchira l'air, ni humain, ni tout à fait animal. Une plainte s'éleva presque simultanément : celle d'un homme à l'agonie. Son corps déchiqueté atterrit aux pieds de Brachislavich avec un bruit mat.

– Nous devons y aller, déclara Volkodlak.

Il franchit d'un bond les cinq mètres qui le séparaient de la trouée, emportant Brachislavich dans son élan. À l'étage, se trouvait une salle en pierres de taille dont les parois, rongées par l'humidité, étaient couvertes de mousses et de champignons.

Quatre individus les attendaient. Comme Volkodlak, ils étaient vêtus de guenilles. C'étaient tous de solides gaillards aux muscles renflés. L'un d'eux fourrageait dans les chairs de son torse. Il en extirpa des balles avec le même détachement que s'il se curait le nez.

Brachislavich passa en revue les hommes. Dans leurs yeux étincelait la même lueur étrange que dans ceux de Volkodlak.

– Messieurs, vous avez toute ma reconnaissance, lâcha-t-il avec solennité.

Les quatre bonshommes opinèrent en silence, d'un mouvement sec qui suintait la rigueur militaire.

– Hâtons-nous Monseigneur, souffla Volkodlak.

Les soldats dépenaillés ouvrirent la marche. Volkodlak et Brachislavich les suivirent. Le premier soutenait le second, trop faible pour se déplacer seul. Ils parcoururent plusieurs couloirs sombres et tortueux, enjambant quelques corps en piteux état. Après des détours labyrinthiques, ils arrivèrent à une salle d'armes à l'aspect austère. Elle était encombrée de hallebardes, de lances, de haches et d'un tas d'instruments aussi archaïques que meurtriers. Un homme en uniforme bleu et rouge avait été cloué au mur par des carreaux d'arbalète. Ses galons jaunes étaient tâchés de sang et un bonnet de fourrure doté d'un plumet blanc coiffait toujours sa tête. Il poussait de faibles râles. La colonne ne lui accorda pas même un regard. Vinrent ensuite des escaliers à vis que Volkodlak grimpa à la volée, Brachislavich sur son dos. Enfin, le petit groupe déboucha à l'air libre et pénétra dans une vaste cour entourée d'une muraille.

Des dizaines de cadavres gisaient là. Ils portaient la même tenue que le crucifié de la salle d'armes. Les malheureux avaient été mis en pièces. Leurs membres jonchaient le sol, à moitié dévorés.

Vseslav Brachislavich couva la scène d'un regard satisfait. Était-ce une illusion, mais à la lumière du jour, il paraissait plus jeune et plus fort, ses cheveux moins gris, sa peau moins flétrie, ses muscles plus fermes. Un souffle nouveau gonflait sa poitrine.

– Eh bien, les Cosaques de la Garde Impériale ne sont pas si terribles qu'on le prétend, railla-t-il.

Les autres s'esclaffèrent.

– Volkodlak !

– Monseigneur ?

– J'ai une dernière affaire à régler. Commencez à avancer sans moi, je vous rejoindrai avant le crépuscule.

– Mon prince, ce n'est pas raisonnable, objecta le colosse.

Mais, déjà, son maître n'était plus là. Impuissant, il le vit s'élever dans les airs et s'éloigner à la vitesse du vent. Rapidement, il ne fut qu'un point minuscule dans le ciel. Peu après, on ne le distinguait plus du tout.

***

Irina Krinikov rentrait chez elle, les bras chargés de fagots. L'hiver s'achevait dans moins d'un mois, mais le printemps ne s'en souciait pas encore. Bien que la journée fût ensoleillée, les températures demeuraient glaciales. Igor, son fils, l'accompagnait. Il traînait derrière lui une grosse branche qui traçait un sillon peu profond dans le sol meuble du sous-bois. Âgé d'à peine cinq ans, le garçon était fier d'aider sa mère dans ses besognes quotidiennes. Il lui sourit. Elle lui répondit par un clin d'œil complice. Igor l'aimait plus que tout, comme seuls les enfants savent aimer, sans rien attendre en retour.

Un froissement d'ailes attira l'attention du gamin. Un aigle s'était posé sur la plus haute branche du plus grand des arbres environnants. L'oiseau de proie était énorme. Igor n'en avait jamais vu d'aussi gros. Il voulut le montrer à sa mère, mais celle-ci le devançait de plusieurs mètres. Une bourrasque lui arracha soudain sa casquette. Amusé, il la récupéra alors qu'elle tourbillonnait dans les airs. Après l'avoir replacé sur sa frange de cheveux bruns, il rattrapa Irina, tirant son fardeau après lui. Facilement distrait, il avait déjà oublié le rapace.

Leur maison se trouvait à la lisière de la forêt, sur les terres du *pomeshchik*[2] dont leur famille dépendait. À cette heure de la journée, le père d'Igor accomplissait sa corvée dans les champs de ce seigneur local. En Russie, le servage concernait toujours des millions de personnes, même s'il se murmurait que le Tsar, Alexandre II, souhaitait y mettre fin très bientôt. Certains affirmaient même que c'était déjà fait. Mais, à l'exception d'un arrêté décrétant la lycanthropie illégale, aucun nouveau texte de loi n'était parvenu jusqu'en Ukraine.

Transis de froid, Irina et Igor s'engouffrèrent dans la petite isba. Elle ne payait pas de mine. Simple cage en rondins, elle était dotée de fenêtres à peine plus larges que des lucarnes. La cabane ne comportait qu'une pièce sommairement meublée : une table, quelques tabourets, et un grand coffre coloré qui apportait un peu de gaieté à l'ensemble.

Irina déposa ses fagots au pied d'un gros poêle en pierre qui occupait un tiers de l'espace. Un feu y crépitait. Igor manqua tomber en tirant sa branche, bien trop lourde pour lui. Prenant le relais, sa mère la disposa près de l'âtre. Quand elle se retourna, son fils avait disparu.

– Igor ? s'inquiéta-t-elle.

Elle entendit un rire étouffé. Il provenait du coffre. Irina s'approcha à tâtons, un sourire aux lèvres.

2. Seigneur féodal. Ceux-ci ont beaucoup de droits sur leurs serfs, y compris celui de les vendre à un autre domaine s'ils le désirent.

C'est alors que la porte de l'isba s'ouvrit avec fracas. Un homme hirsute, vêtu d'oripeaux, se tenait devant l'ouverture.

– Toi ? s'étonna la jeune femme, incrédule.

– Bonjour, ma très chère Irina, surprise de me voir ?

Elle recula, apeurée.

– Que veux-tu ?

– Tu le sais, malgré ta trahison, nos destins sont liés.

Elle jeta un regard furtif au coffre, priant pour qu'Igor ne décide pas subitement d'en sortir.

– Je ne suis plus celle que j'étais. J'ai un époux.

Le gamin avait légèrement soulevé le couvercle du meuble, intrigué par toute cette agitation. Tout en parlant, Irina s'en éloignait. Elle espérait que l'homme ne le remarquerait pas.

– Tu as renoncé à ton statut pour un gueux mal dégrossi, toi, la plus talentueuse des *baba yaga* ? s'indigna faussement le fugitif. Je m'attendais à mieux de ta part.

Son ton était ironique. Il jouait avec elle, comme un chat avec une souris.

– Je suis très heureuse de ma nouvelle existence, Vseslav. Je t'en supplie, va-t'en avant qu'ils ne te retrouvent. C'est le premier endroit où ils chercheront.

Brachislavich la dévisagea longuement. Puis, il tendit une main vers elle. Ses ongles étaient longs et ébréchés. Elle s'attendait au pire. Il se contenta de replacer une mèche de cheveux derrière son oreille. Presque avec tendresse.

– Si c'est ta volonté, qu'il en soit ainsi... je pars. Mais avant...

Son regard, noir comme une nuit sans lune, plongea dans celui de la jeune femme. C'est à ce moment qu'elle réalisa qu'il avait décidé de son sort bien avant de pénétrer chez elle. Sa dernière pensée fut pour le petit garçon dissimulé dans le coffre.

***

Lorsque Vassili Krinikov ouvrit la porte de l'isba, son cœur débordait de joie. Le servage venait d'être aboli. Le *pomeshchik* lui-même l'avait annoncé, non sans amertume. Vassili était impatient de le dire à Irina. Mais, son allégresse se changea en souffrance. Son épouse était étendue sur le sol, la nuque rompue. Une mort rapide et presque sans douleur.

Vassili s'alarma. Où était Igor ? Où était son fils ? Des reniflements le guidèrent jusqu'au coffre. Il y découvrit l'enfant, le visage ruisselant de larmes.

– Chut, ne t'inquiète pas, lui chuchota-t-il en le prenant dans ses bras, tout ira bien. Maintenant que nous sommes libres, nous allons quitter ce pays maudit.

1

Échauffourée dans le West End

Londres, Angleterre, 1889

L'homme courait à en perdre haleine. C'était un petit indien malingre à la peau très sombre. Sa veste élimée, bien trop large pour lui, flottait comme un pavillon dans l'air du soir. Il fendit sans ménagement la masse des noctambules qui déambulait dans les rues maillant le quartier de Mayfair, en plein cœur du West End.

L'élégant gentleman lancé à sa poursuite tentait de ne pas se laisser distancer. Grand et élancé, Hector Krine enchaînait les foulées avec la régularité d'un coureur de fond. Mais l'autre était rapide, vif comme une anguille. Il slalomait entre les badauds sans paraître en éprouver de difficulté. Au point que l'homme qui le talonnait ne le distinguait que par intermittence, au gré des mouvements de foule. Bientôt, il ne le vit plus du tout.

Essoufflé, il s'arrêta à un carrefour, penché en avant, les deux mains plaquées sur les cuisses. L'artère qu'il suivait jusqu'alors se divisait soudain en deux voies distinctes, semblables aux bras divergents d'un fleuve. Il hésita. Laquelle ? Il tenta de distinguer le fuyard, mais n'y parvint pas. Il sentait la frustration monter. Doucement, sans qu'il le désire, des images commencèrent à s'imposer à lui. Par vagues, comme une insidieuse marée intérieure. Serpent sinuant silencieusement dans les couloirs de son esprit, se frayant un chemin jusqu'à sa conscience. Des flashs surgirent, éclatant comme des bulles de lumière dans son cerveau.

Le fugitif qui détale en bousculant des passants.

Ses pieds qui martèlent les pavés.

Les poches de sa veste, gonflées, bourrées à craquer.

Le front en sueur, l'homme croisa le regard de deux femmes. Deux bourgeoises, soigneusement toilettées qui l'observaient avec un air sévère. Elles détaillaient ses yeux noirs et déterminés, les épais cheveux bruns qui encadraient son visage aux mâchoires carrées, les favoris soigneusement taillés qui lui barraient les joues.

Serrant les poings, Krine refoula alors la vision qui cherchait à s'imposer à lui et s'élança sans attendre dans la voie située à sa gauche. Non parce que « quelque chose » le lui soufflait, ça, il s'y refusait, mais, car c'était le plus logique. Le plus rationnel. Le plus « humain ». Il venait en effet de remarquer une montre à gousset, traînant à terre, à quelques pas. Telle une boussole indiquant le Nord. Il la ramassa, fouillant la multitude du regard. La rue présentait une enfilade de restaurants et de pubs. Il s'en déversait un flot incessant qui nourrissait la masse des passants anonymes.

Krine scruta les visages, attentif. Nulle trace du filou. Les yeux collés au sol, l'enquêteur arpenta le trottoir, dans l'espoir de récolter un nouvel indice. Un peu plus loin, il repéra un collier de perles fines, archipel étincelant sur une mer de pavés crasseux. Une piste aussi facile à suivre que celle tracée par les cailloux du Petit Poucet. Parfait. Le pickpocket qu'il pourchassait, les poches trop pleines, semait son butin derrière lui. Il s'était bien enfui dans cette direction. Un cri vint conforter son hypothèse. Accélérant l'allure, le détective découvrit une grosse bonne femme, affalée par terre, jupons par-dessus tête. Courtois, il lui proposa son bras afin de l'aider à se relever. Elle se remit maladroitement sur pieds, une main plaquée sur la poitrine, là où le tissu de sa robe était déchiré.

– Ma broche ! Ce malotru m'a dérobé ma broche ! se plaignit-elle avec un vibrato dans la voix.

Krine se concentra sur le point indiqué par le gros doigt boudiné de la matrone. Tout juste eut-il le temps de voir le voleur se faufiler dans une ruelle. Il s'y engagea aussitôt à son tour. Le conduit, noir et puant, donnait sur l'arrière-cour d'une taverne. Le détective, sur le qui-vive, inspecta celle-ci. Rien. Elle était vide, à l'exception d'un monceau de caisses en bois à demi éventrées qui avaient dû contenir toute une collection de bouteilles de mauvais alcool. Où était passé ce forban ? C'est alors que des gravats ricochèrent à ses pieds, pluie de brique tombée du ciel. Le détective leva les yeux sur la source de cette averse. Le bandit se trouvait là, mouche disproportionnée suspendue à plusieurs mètres du sol. D'une surprenante agilité, il continua son escalade, s'aidant du rebord d'une fenêtre ou d'une minuscule faille entaillant le mur. Affichant un sourire satisfait, il poussa la malice jusqu'à adresser à l'enquêteur un léger signe de la main avant de rejoindre le faîte de l'édifice.

Krine ne se laissa pas démonter. Il entassa à la va-vite quelques-unes des caisses abandonnées dans la cour pour se façonner un échafaudage. En un tour de main, il fut sur les toits. Mais le voltigeur était déjà loin. Il bondissait avec virtuosité de bâtisse en bâtisse, ses pieds effleurant à peine l'ardoise de la couverture. Le détective le prit en chasse. Le premier saut fut le plus périlleux. Pas assez de vitesse, une mauvaise estimation de la distance, et il se retrouva suspendu au-dessus du vide, les mains crispées sur une gouttière. Étouffant un juron, il tira sur ses bras et se rétablit péniblement. La course-poursuite recommença. L'autre avait encore gagné quelques précieuses secondes d'avance.

Une douleur fulgurante lui traversa la hanche lorsqu'il se cogna au conduit d'une cheminée, mais il ne consentit pas pour autant à laisser filer sa proie, lui collant au train. Les immeubles se succédaient, étapes d'un dangereux parcours d'obstacles. Quand, soudain, devant lui, plus rien. Emporté par son élan, Krine faillit bien effectuer une chute mortelle. Il freina, la semelle de ses brodequins crissant sur l'ardoise et stoppa juste au bord du précipice.

En contrebas, la grande avenue de Picadilly. Elle fourmillait d'autocabs, pareils à des insectes sur un pain de sucre. Les fiacres sans chevaux avançaient au pas, en rangs si serrés que, vus d'en haut, ils ne constituaient qu'une longue et large bande sombre qui épousait toute la surface de la route. Un épais nuage de fumée s'échappait de leurs chaudières, empuantissant l'atmosphère.

Krine repéra son larron. Le gaillard filait vers l'Est. Il espérait sans doute rejoindre Saint James Park et disparaître dans les chemins sinueux des jardins. Irrité, le détective plissa les yeux, son regard plus noir que jamais. Sur le parcours du fugitif, les becs de gaz se mirent à osciller, suscitant l'inquiétude des passants. Ils vibraient comme la corde d'une guitare, semblant prêts à s'effondrer. Déjà, des craquelures apparaissaient à leur base, donnant l'impression qu'ils s'arrachaient d'eux-mêmes au macadam. Krine eut un sursaut.

Non pas comme ça, à la loyale !

À cette seule pensée, les réverbères s'immobilisèrent.

Le voleur, lui, tout à son itinéraire, n'avait rien remarqué. Il ne sut donc pas à quoi il avait échappé. Sa surprise fut plus grande quand un autocab lui barra la route. Le véhicule à vapeur fit halte avec un bruit de tonnerre. Installé à l'avant de la machine, un automate en tenue de cocher inclina la tête de côté avec un à-coup mécanique. Il s'adressa à l'Indien d'une voix grinçante et saccadée :

– Voi-ture mon-sieur ?

En guise de réponse, l'autre l'agrippa par le col et le fit dégringoler de son perchoir. Il s'écrasa au sol avec un bruit d'horloge brisée. Son agresseur n'y prêta pas attention et sauta d'un bond sur le toit du véhicule. La rue noire de voitures, il entreprit ensuite de circuler d'un cab au suivant. Les fiacres voisins continuaient à progresser avec lenteur, à touche-touche. Le bonhomme en était à sa troisième machine, quand il remarqua qu'on l'interpellait.

– Eh toi !

Après avoir dévalé cinq étages d'escaliers, Krine, tenace, venait de le rejoindre sur la mer mouvante des autocabs. Le brigand fulmina. Trop tard pour s'enfuir à présent. Résigné, il fit volte-face, prêt à en découdre.

Le détective se positionna sur le même véhicule. Il se débarrassa de sa redingote et remonta les manches de sa chemise. Tout en se préparant, il observait son adversaire du coin de l'œil.

L'homme était droitier. Facile à voir. Il avait la moitié gauche du visage meurtrie. Un gros coquard violacé s'élargissait sur sa pommette et l'extrémité de sa lèvre était gonflée. Les marques de coups montraient que sa défense avait une faille. De ce côté-là, il restait trop souvent en garde basse. Son dernier adversaire en avait profité pour lui assener quelques directs bien sentis. Et Krine entendait faire de même. Il espérait juste que cela suffirait à étendre le bonhomme.

Le maigrichon lui envoya un crochet que Krine esquiva aisément, le poing se contentant de le frôler. Il enchaîna avec une série d'uppercuts qui n'eurent pas davantage de succès. Le détective anticipait systématiquement chacune des attaques. Krine aurait pu sonder les pensées de son adversaire, cela lui aurait été facile, mais il ne le fit pas. Il ne s'agissait ici que de simple déduction. Un mouvement d'épaule de son rival suffisait à lui faire deviner l'angle du coup à venir, et ainsi réussir à l'éviter. La logique. Par conviction, il en avait fait une arme, à défaut d'utiliser celles, moins conventionnelles, dont la nature l'avait doté.

Krine le laissa se fatiguer, lancer des offensives qui n'atteignaient jamais leur but. Le type soufflait comme un bœuf, le bras gauche ballant. C'est l'instant que choisit l'enquêteur. Une seule frappe, bien dirigée, qui cueillit l'autre au menton. Sonné, ce dernier vacilla, sa tête ballottant au rythme des soubresauts de la voiture. Il se reprit cependant, s'ébroua pour rassembler ses esprits, massa sa mâchoire, fit la grimace et cracha deux dents. Un filet de salive teinté de sang coula de sa bouche.

– Salopard, grinça-t-il.

De part et d'autre de la chaussée, des curieux s'étaient attroupés, attendant avec avidité la suite du combat. Le regard lançant des éclairs, l'édenté tomba la veste. Bijoux et breloques se déversèrent de ses poches.

– Regardez ! C'est un de ces Grouillants. Foutue engeance du Diable ! cria quelqu'un.

D'abord, Krine prit la remarque pour sa personne. Puis, il comprit qu'on parlait, non pas de lui, mais de son adversaire.

– Pouah ! Il a quatre bras, quelle horreur ! grogna un autre.

– Je le connais, surenchérit un troisième, il s'appelle Sijav « je-ne-sais-quoi ». Je l'ai vu boxer dans un combat clandestin. Ça se passait dans l'arrière-cour d'un pub, vers Drury Lane. Un sacré cogneur que ce gars-là.

– Ouais, faut dire que deux membres en plus, ça aide pas mal, conclut un dernier.

Krine, attentif aux commentaires, désigna de l'index les bagues, les montres et la poignée de couronnes[3] qui s'étaient échappées de la veste du pickpocket. La journée de travail d'un habile détrousseur.

– Sijav, ça signifie «vif» en hindou, non ? Pour faire les poches des bourgeois, je veux bien, mais en ce qui concerne la boxe, tu as des progrès à faire. Je comprendrais parfaitement si tu gardais une « dent » contre moi.

Rouge de colère, l'Indien monta à l'assaut.

Krine parvint à contrer les premières offensives, bloquant une attaque, en parant une autre, mais, sous l'effort conjugué des quatre membres de Sijav, il finit par plier et encaissa quelques vilains coups. Il enten-

3. Pièces d'argent d'une valeur de cinq shillings.

dit geindre ses côtes quand l'un d'eux l'atteignit au flanc. Prévenir les mouvements de deux bras était une chose, mais deux de plus, cela changeait la donne ! Le détective se laissa tomber à genoux.

– Tu rigoles moins à présent, s'enthousiasma l'hindou.

Krine leva les yeux. Et sourit. Un sourire qui sonnait comme un avertissement.

– Tu plaisantes, rien qu'à voir ta face de carême, j'ai du mal à me retenir de pouffer.

Puis, sans avertir, il saisit les jambes de Sijav, le déstabilisa et bascula avec lui par-delà l'autocab. Entraîné par le poids de l'enquêteur, l'Indien heurta durement le pavé. Le corps de celui-ci ayant amorti sa chute, Krine enchaîna directement par quelques directs à la face. La tête du Grouillant roula d'un côté et de l'autre. Autour d'eux, les fiacres automates circulaient continuellement, menaçant de les broyer sous leurs grosses roues cerclées de fer. Le détective leva une dernière fois le poing... qui s'écrasa avec violence contre la pierre dure de la route. Craquement des os.

– Argh !

Sijav avait disparu. Subitement. L'enquêteur frotta ses doigts meurtris. Qu'est-ce que ?

« Crétin », entendit-il chuinter, avant de se prendre un coup de pied venu de nulle part dans l'estomac. Il se plia en deux de douleur.

Bon sang ! Cet énergumène a la capacité de se rendre invisible.

Des rires résonnèrent, fantomatiques, puis s'éteignirent. Sijav avait filé. Roulant sur le ventre, Krine tenta de se remettre debout en prenant appui sur ses paumes. Il tomba le nez sur des chaussures impeccablement vernies. Penché sur lui, un agent de police. Il était gras comme un cochon. Son uniforme étriqué moulait son estomac proéminent et son imposant casque noir donnait l'impression d'être trop petit pour son énorme tête.

– Krine, salua-t-il en portant un doigt à son front. En plein travail je vois.

Un sourire sarcastique s'étalait sur son faciès rougeaud. Tout en se relevant, le détective jeta sur lui un œil sombre.

– Growning.

Le bobby l'inspecta de bas en haut.

– Eh bien, l'affaire du « terrible » pickpocket de Regent Circus est loin d'être résolue, se moqua-t-il. Le commissaire Petterson sera très déçu.

Krine se contenta de le fixer sans piper mot, le regard aiguisé comme une lame. Rigolard, le policeman continua sa diatribe.

– Très distrayante cette bagarre entre Grouillants. L'avantage, c'est qu'on se fiche de qui va gagner. De toute manière, c'est une vermine qui prend sa raclée.

Le détective, gardant le silence, récupéra sa redingote roulée en boule sur le sol. Puis :

– Attention, derrière toi Growning, avertit-il calmement le policier.

– Hein ? De quoi tu... humpf !

Un autocab vint percuter le gros derrière de l'agent. Perdant l'équilibre, il s'affala lourdement. Krine enfila son manteau, tourna les talons et s'éloigna tranquillement en zigzaguant entre les véhicules qui cheminaient au ralenti.

– Mes respects à monsieur le commissaire, lâcha-t-il sur un ton poli, mais non dénué d'ironie.

À peine avait-il doublé le coin de la rue qu'un homme l'interpellait. Il dépassait le mètre quatre-vingt-dix, mais se tenait si voûté qu'il paraissait mesurer moins. Le teint très pâle, les yeux comme des fentes, il avait un profil chevalin accentué par des dents proéminentes. Un costume noir étriqué soulignait sa maigreur.

Le détective ne l'avait jamais rencontré auparavant. L'individu se découvrit poliment, retirant un haut-de-forme de son crâne dégarni.

– Hector Krine ? Mon nom est James Widbury, dit-il en lui serrant la main. J'aimerais vous confier une affaire.

2

La consultation

Henrietta Floyd Widdings ne se sentait pas à son aise en arpentant les rues sales et froides de l'East End. L'endroit ne lui était pas familier. Elle avait davantage l'habitude des beaux quartiers et répugnait à s'aventurer dans cette partie sordide de la ville ; surtout après le coucher du Soleil. Minuit allait bientôt sonner. Une drôle d'heure pour un rendez-vous.

Henrietta chercha en vain la Lune dans le ciel. C'est à peine si elle voyait où elle mettait les pieds. Le smog avait envahi la cité. À travers l'épais brouillard, jaune et âcre, le bâtiment le plus ordinaire ressemblait au délire d'un fumeur d'opium. La jeune femme, prise de frissons, réajusta sa capeline et se pressa contre le bras de son époux, le respectable sir Charles Widdings.

– C'est par là, enfin, je suppose, dit une voix un peu plus loin.

Les devançant d'une courte distance, maître Richard Rutheford s'était arrêté à une intersection. Il hésitait encore sur la direction à prendre. Henrietta et Charles se hâtèrent de le rejoindre. L'avocat leur désigna un mince boyau.

– Celui-ci, vous êtes certain ? demanda Henrietta en déglutissant. L'autre me semble pourtant plus assuré.

Encadrée par des murs lépreux, l'étroite venelle s'enfonçait dans les ténèbres, hors du chemin balisé par les lanternes.

– Je le crains. Si je m'en tiens aux indications qu'on m'a données, la boutique se situe à environ deux cents mètres sur la droite.

– Eh bien, qu'attendons-nous dans ce cas ? tempêta Charles.

Sur ces mots, il s'engagea dans le passage. Henrietta et Rutheford lui emboîtèrent le pas. Dans le silence nocturne, les semelles de leurs souliers claquaient bruyamment sur les pavés.

L'artère serpentait entre des maisons lugubres aux façades noircies. La plupart des fenêtres avaient les carreaux brisés. Des planches les colmataient. Quelques-unes, plus rares, étaient intactes. Derrière leurs vitres crasseuses, des silhouettes se découpaient parfois à la faveur des lampes, donnant à contempler un inquiétant jeu d'ombres chinoises. Les trois bourgeois ne croisèrent cependant personne, sinon un miséreux qui mendiait, assis sur le trottoir. Il était maigre et très âgé. Quand il leva les yeux sur Henrietta, elle constata qu'une lueur écarlate irradiait de son iris, comme si les flammes de l'Enfer brûlaient sous sa cornée. Gênée, et un peu effrayée, elle détourna le regard.

Ils atteignirent enfin une boutique exiguë, tapie dans un renfoncement comme un animal au fond de son terrier. Sa devanture était entièrement peinte en noir et ne présentait aucune inscription.

– C'est ici, déclara Rutheford. Voyez, on nous attend.

Un garçon d'environ treize ans patientait devant l'échoppe. Henrietta tenta de discerner ses traits, mais une casquette portée très en avant lui dévorait le haut du visage. Il les invita à le suivre d'un geste de la main.

L'intérieur de la boutique ressemblait à un de ces anciens commerces d'apothicaire. Des fioles et des bocaux en tout genre encombraient des étagères trop nombreuses. Il en exhalait des odeurs fortes et poivrées, amères et rances, douces et sucrées. C'était selon.

Le gamin les guida vers l'arrière-boutique et écarta un rideau. Le trio pénétra dans un petit salon circulaire. De lourdes tentures carmin habillaient les murs. Un guéridon trônait au centre. Son plateau d'acajou était soutenu par une colonne en laiton ornée de figures mythologiques. On retrouvait des motifs similaires sur les chaises en bois précieux qui l'entouraient. *Des divinités égyptiennes*, remarqua Henrietta. Parmi les personnages représentés, elle reconnut Isis, la déesse qui, selon la légende, ramena autrefois Osiris à la vie

L'enfant proposa aux convives de prendre place. Puis, les laissa seuls. Henrietta présuma qu'il allait quérir leur hôtesse. Elle ne s'était pas trompée. Quand le rideau s'ouvrit à nouveau, c'est une femme qui les rejoignit. Et quelle femme !

Henrietta la trouva d'une beauté stupéfiante.

Ses cheveux ambrés retombaient en cascade sur ses épaules nues, que dévoilait une toge de soie noire retenue par une fibule en argent. Ses yeux, d'un bleu limpide, étaient deux lacs de tranquillité ; son visage, finement dessiné, l'œuvre du plus grand des artistes.

À en juger par sa mine gourmande, Charles partageait l'opinion de son épouse. La bouche grande ouverte, celui-ci contemplait la nouvelle venue avec des yeux ronds. Piquée au vif, Henrietta lui envoya un méchant coup de pied. Il la fusilla du regard. Cela n'alla plus loin, car, déjà, la merveilleuse créature s'installait à leurs côtés.

– Bonsoir, dit-elle, je suis Hécate. Soyez les bienvenus. Que puis-je pour vous ?

Des trois visiteurs, c'est Richard Rutheford qui prit la parole :

– Merci de nous recevoir. Une affaire urgente sollicite votre intervention. À la suite d'une brouille, madame Weddings a été rayée du testament de son grand-oncle, sir Andrew Floyd, et elle souhaiterait remédier à cette fâcheuse situation.

– Andrew ne m'appréciait pas beaucoup, maugréa Charles. C'était le tuteur d'Henrietta. Ce vieux grincheux pensait que j'avais épousé sa nièce pour son argent.

– Ce qui n'est évidemment pas vrai, souligna Rutheford.

– Je vois, monsieur le solicitor [4]. On me demande de plus en plus souvent ce genre de prestation. Mais je préfère vous avertir, la nécromancie n'est pas un jeu. Une fois la cérémonie engagée, rien ne saurait l'interrompre.

– Ce ne sera pas le cas, lui assura-t-il.

Hécate fixa Henrietta, qui n'avait encore rien dit.

– Et vous madame, êtes-vous sûre de votre choix ?

Impressionnée, elle balbutia sa réponse :

– O...oui, b... bien entendu.

– Alors, commençons.

Hécate découvrit un encensoir placé sur le guéridon. Il contenait un mélange de grains et d'herbes pilés, réduit en une poussière jaune et noire.

– Qu'est-ce que c'est ? demanda Henrietta.

– *Artemisia vulgaris*. De l'armoise, la plante des songes. Elle favorise le dialogue avec l'autre monde.

4. En Angleterre, c'est un avocat chargé, entre autres, des legs et des testaments. L'équivalent des notaires en France.

La femme claqua des doigts et la poudre s'embrasa, dégageant aussitôt une fumée douceâtre.

– Je serai le catalyseur et vous le conducteur, expliqua-t-elle. À présent, donnons-nous la main. Il ne faudra surtout pas rompre le cercle.

Elle tendit ses paumes ouvertes à ses voisins.

Hécate commença à psalmodier dans une langue inconnue. Des murmures rauques qui venaient des tréfonds de sa gorge. La lumière du salon se tamisa doucement, bien qu'Henrietta fût incapable de dire comment. En quelques secondes, il faisait un noir total. La nécromancienne s'était tue, mais un bourdonnement persistait. De surcroît, une écœurante odeur de choux en décomposition imprégnait la pièce.

Alors, Henrietta la vit.

Une forme filandreuse, qui flottait dans les airs. Elle changeait sans cesse d'aspect, s'étirant comme un drap qu'on effiloche. Le spectre était transparent comme un voile. Elle distinguait nettement le visage de Rutheford à travers lui. L'avocat était blanc comme un linge.

– Allez-y, adressez-vous à lui, l'encouragea Hécate.

L'homme de loi se lança avec hésitation :

– S... sir Floyd ? Est-ce vous ?

– Bien sûr que c'est lui, imbécile, qui d'autre ? grogna Charles.

– Silence ! imposa Hécate.

– Sir Floyd, reprit Rutheford, mal à l'aise, j'ai ici votre testament (il sortit des feuillets de sa redingote), et votre nièce voudrait y apporter quelques modifications.

La chose se contracta.

– Oncle Andrew, c'est moi, Henrietta.

L'étrange matière esquissa un visage. Apparurent des embryons de bras. Ils ressemblaient à des tubercules. Le fantôme restait muet. Il faut dire qu'il n'avait pas encore de bouche.

Dans son coin, Charles rongeait son frein, lorgnant la scène avec méfiance.

– Si nous vous avons invoqué, enchaîna Rutheford, c'est que monsieur et madame Widdings désirent que vous reveniez sur votre décision de les déshériter.

La chose était maintenant le portrait craché d'Andrew Floyd. On reconnaissait son front volontaire et dégarni, son regard perçant comme la pointe d'une lame et son torse puissant. Seules ses jambes manquaient, remplacées par une sorte d'appendice blanchâtre qui ondulait comme un fouet.

– Mon oncle ? s'enquit Henrietta.

Andrew Floyd la regarda sans mot dire.

Charles se leva brutalement, le poing dressé. Il avait lâché la main de son épouse.

– Vas-tu parler, vieux grigou ! gronda-t-il. Donne-nous notre dû !

– Ne rompez pas le cercle ! l'implora Hécate.

Planant au-dessus d'eux, le défunt s'inclina lentement vers Charles. Un sourire carnassier étirait ses lèvres pâles.

Un vent violent se mit à souffler dans le boudoir. Les tentures faseyèrent contre les murs et le guéridon, instable, se souleva du sol. Henrietta repoussa les mèches de cheveux qui voletaient devant ses yeux. Le spectre avait pris de l'ampleur. Il gonflait comme un ballon. Sa figure, hideuse, n'avait plus rien à voir avec celle de son oncle. Allongée et déformée, elle évoquait celle d'un démon. Ses mâchoires claquaient avec avidité, les gencives hérissées de dents aiguisées comme des poignards.

Une voix glacée s'éleva :

« WIDDINGS ! »

L'apparition fonça sur Charles. Juste avant de l'atteindre, elle se scinda en lambeaux fibreux qui envahirent sa bouche et ses narines. L'homme retomba lourdement sur sa chaise. Ses yeux révulsés avaient des reflets laiteux.

– Charles ! glapit Henrietta.

Il se mit à tousser, puis il eut un haut-le-cœur et expulsa l'ectoplasme comme on recrache la fumée d'un cigare. Hécate coiffa précipitamment l'encensoir, étouffant les vapeurs dégagées par l'armoise. La pièce s'illumina soudain, comme par magie.

Il n'y avait plus trace du fantôme.

– Que s'est-il passé ? demanda Rutheford, le teint blême.

– Rien de grave, les rassura la nécromancienne. L'entité a voulu s'emparer de lui. Mais l'esprit d'un mort ne peut pas séjourner dans le corps d'un vivant. L'âme du propriétaire est trop puissante pour autoriser une telle cohabitation.

Charles Widdings se tenait la tête à deux mains, en gémissant. Henrietta le consolait patiemment.

– Bon, il souffrira sans doute d'un bon mal de crâne durant les heures qui viennent, avoua Hécate.

– Et si une de ces choses décidait de prendre possession d'un cadavre ? demanda Rutheford, intrigué. Une dépouille que l'âme aurait déjà désertée ?

– Elle resterait prisonnière d'une enveloppe inerte pour l'éternité. Un esprit n'est pas capable d'animer des chairs mortes.

***

Une fois qu'elle eut congédié ses clients, Hécate rédigea un billet. Elle écrivit d'une plume rapide, cacheta le pli, et appela son fils. Le garçon à la casquette se présenta devant elle.

– Maman ?

– Va porter ce message à l'adresse indiquée. Fais vite.

Peu loquace, le gamin se contenta d'opiner. La nécromancienne attendit qu'il soit parti avant de vider l'encensoir. Décidément, ces bourgeois étaient fort stupides pour se frotter à l'occulte avec une telle désinvolture. Enfin, il fallait bien vivre, et ils payaient grassement. Elle allait ramasser les pièces d'or abandonnées sur la table quand elle entendit tinter la cloche de la porte.

– Matthew, héla-t-elle. C'est toi ?

Pas de réponse.

– Matthew ? insista-t-elle, inquiète.

Ce n'était pas Matthew. Une créature monstrueuse l'attendait derrière le rideau. Et pas besoin de pouvoirs magiques pour deviner qu'elle n'était pas bien intentionnée.

3

Une bien étrange affaire

Malgré l'heure avancée, Krine avait convié James Widbury à le suivre jusqu'à son domicile. Il logeait sur Baker Street, dans un confortable appartement situé en haut de la rue.

– 221 A, nous y sommes, indiqua-t-il à son hôte quand ils arrivèrent devant le porche.

Après avoir traversé un hall, ils grimpèrent l'escalier en colimaçon qui conduisait à l'étage. Krine déverrouilla la porte. L'habitation était plongée dans le noir. Le détective s'empressa d'enflammer le bec des appliques en bronze qui ornaient les murs. Magie du gaz, leurs globes de cristal s'illuminèrent aussitôt.

Le salon de l'appartement était si encombré qu'il en paraissait minuscule. Une imposante bibliothèque en occupait tout un pan. Elle contenait des ouvrages sur les sujets les plus divers : sciences, politique, religions, arts... rien n'était oublié. Les reliures des livres tombaient en poussière, usées par de trop nombreuses consultations. À l'opposé des rayonnages, un bureau désordonné supportait un parfait attirail de petit chimiste, pipettes et microscope compris. Au centre de la pièce, faisant face à la cheminée, on trouvait un sofa vermeil et un vieux fauteuil râpé. Au fond, près des fenêtres, une grande table pour le souper avec, à une de ces extrémités, une lampe à huile Neuburger, posée sur un napperon brodé. Derrière, un vieux coffre slave aux teintes autrefois vives. Des tapis orientaux couvraient le parquet. Un mobilier exotique complétait la décoration : à cet endroit un ancien autel de prière, là un fétiche à l'allure grotesque, ici une antique table à thé qui servait parfois d'écritoire. Des masques inquiétants décoraient les murs, dardant sur le visiteur un regard mauvais.

– Vous avez un goût prononcé pour l'art colonial, fit remarquer Widbury.

– Oh, quelques babioles que j'ai ramenées des Indes.

– Vous avez été dans l'armée ?

– Durant quelques années, avant de finalement revenir à Londres pour m'installer comme enquêteur privé.

– Dans ma jeunesse, j'ai moi-même servi à l'étranger, se vanta le grand échalas.

– En Basse-Birmanie, n'est-ce pas ?

– C'est exact, comment le savez-vous ?

– Vous devez avoir dans les soixante ans et il y a de cela environ quatre décennies débutait la seconde guerre anglo-birmane. Vous avez indiqué que l'épisode datait de votre jeunesse. Simple logique.

Widbury, bluffé, le couvrit d'un regard appréciateur.

– Vous êtes perspicace.

Krine lui proposa de prendre place sur le sofa. Un portrait de Victoria trônait sur une console voisine.

Widbury inclina respectueusement la tête en passant devant la reine. Le détective s'installa quant à lui dans le fauteuil, attendant que l'homme expose son problème.

Celui-ci se lança :

– La ville m'a chargé de gérer les plus importants cimetières londoniens : Abney Park, Bunhill Fields, Kensal ou encore Highgate. Une tâche dont je m'acquitte avec sérieux, souligna-t-il comme si son interlocuteur pouvait en douter. Je travaille en étroite relation avec les autorités. Ce sont elles qui délivrent les permis d'inhumer. Pour ma part, je fais le lien avec les familles, je rencontre les directeurs des pompes funèbres, je m'assure du bon entretien des jardins et des tombes, et tout un tas de choses du même ordre.

Krine se contenta d'acquiescer, encourageant par son silence Widbury à en venir au fait. Ce dernier reprit après s'être éclairci la gorge.

– Voici à peu près une semaine, il s'est passé un événement peu ordinaire. En ouvrant les grilles d'Abney Park, le gardien a tout de suite remarqué que quelque chose n'allait pas. Méfiant, il s'est avancé au niveau des premières sépultures, et là, il a découvert deux fosses, vides !

– Comment cela ?

– Vides ! Il ne restait que les cercueils.

– On avait dérobé les cadavres ?

– En effet, aussi improbable que cela paraisse.

– Mais pourquoi ? En avez-vous une idée ?

– Du diable si je le sais ! Il arrive que des pillards s'en prennent aux bijoux des défunts, ça oui. Les montres, les épingles de cravate, les boutons de manchette, c'est souvent : la tentation est grande pour ces brigands. Et puis, ce ne sont pas les morts qui vont protester ou porter plainte. Mais voler des corps, c'est la première fois que je vois ça !

Krine se pencha en avant, l'air concentré. Il avait joint les mains sous son menton.

– Et la police n'est pas intervenue pour résoudre ce mystère ?

– Pensez donc, soupira Widbury. Le commissaire Petterson m'a gentiment envoyé balader, en m'expliquant qu'il avait d'autres chats à fouetter.

Krine haussa les sourcils.

– Un adepte des formules imagées ce cher Petterson. Et gageons que les félins ont certainement à voir avec un Coup de Bath[5].

– En attendant, ma réputation en souffre, se plaignit le notable. Et si cela se reproduit (il leva les yeux au Ciel), je perdais à n'en pas douter ma place. Alors, mon cher Krine, puis-je compter sur vous ?

Le limier quitta son siège.

– Vous le pouvez, monsieur Widbury, vous le pouvez.

Les deux hommes échangèrent une vigoureuse poignée de main, scellant ainsi l'accord.

***

Krine ne parvenait pas à trouver le sommeil. L'énigme d'Abney Park le tenait éveillé. Comme toujours, son esprit fonctionnait mieux quand ses mains étaient occupées. Assis à même le sol, il avait disposé sept colonnes de cartes à jouer de tailles décroissantes sur la petite table à thé indienne. Seule la carte supérieure de chacune d'elles était visible. Les autres se

5. Technique qui, dans le jeu de cartes appelé *Bridge Whist*, très pratiqué à cette époque au Royaume-Uni, permet de neutraliser une couleur du joueur adverse.

trouvaient face retournée sur le meuble. Krine déplaçait les cartes d'une colonne à la suivante ou piochait au besoin dans une dernière pile. Qu'on le nomme Réussite, Solitaire ou Patience, ce passe-temps avait le don de l'apaiser.

Mais alors qu'il allait achever sa partie, un bruit lui fit lever le nez. Un bruissement presque imperceptible. Il se releva en silence et s'approcha furtivement de l'entrée de l'appartement. Le murmure intriguant avait cessé. Il ouvrit sèchement la porte, déterminé à surprendre l'éventuel espion. Balayées par un courant d'air, les cartes s'envolèrent de la table à thé.

Personne.

En baissant les yeux, Krine découvrit un pli sur son palier. Il le ramassa puis, après s'être avancé avec prudence dans la cage d'escalier, se pencha pour percer l'obscurité engloutissant les marches. Mais celui qui avait déposé la missive avait déjà filé.

Cependant, le « H » qui marquait la cire du cachet lui indiqua à coup sûr l'identité de l'expéditeur.

4

La lettre

Krine remonta le col de son pardessus et s'avança dans la nuit froide. Il tombait une bruine cinglante. Les rues étaient désertes. Un vacarme effroyable lui fit lever les yeux. Une rame du métro aérien passait plusieurs dizaines de mètres au-dessus de sa tête. De gigantesques poutrelles en fer puddlé enjambaient la ville, supportant les rails qui lui permettaient de circuler. Le locotube traversa le fond de ciel étoilé étirant derrière lui un panache de fumée. Le détective n'aimait pas beaucoup ce serpent urbain, bruyant et malodorant. Il préféra siffler un autocab. L'équipage stoppa net et la porte s'ouvrit pour le laisser monter.

– Bienvenue à bord, Sir, grinça le cocher de son timbre métallique.

Ces automates étaient bien singuliers avec leur drôle de tête lisse coiffée d'un chapeau mou. Que ce soit ce fiacre ou un autre, les conducteurs étaient tous identiques : de grands yeux fixes sans paupières, une absence de nez, pas d'oreilles et une mâchoire articulée que surmontait une moustache en guidon de vélo peinte sur le bois de leur visage.

L'intérieur du véhicule sentait le renfermé. Une fois installé sur la banquette de velours, Krine sortit la lettre de la poche de son gilet et entreprit de la relire :

Mon cher Hector,

Voilà bien longtemps que nous ne nous sommes pas vus, ou même parlé. Pourtant, aujourd'hui, l'urgence me pousse à reprendre contact avec toi. De terrifiants desseins se trament dans l'ombre. Des complots auxquels je suis malgré moi mêlée. Je ne peux en dire davantage, car je crains qu'on n'intercepte ce pli.
Au nom des sentiments qui nous ont jadis liés, je t'implore de me rejoindre au plus vite.

Ta dévouée, Hécate

Krine connaissait Hécate depuis de nombreuses années. C'était la plus importante nécromancienne de sa caste. On venait de loin pour la consulter. Sa magie était puissante. Aussi l'enquêteur s'étonna-t-il de la crainte qui transpirait de ces lignes. Cela ne ressemblait pas à la jeune femme qui avait toujours été forte et indépendante. C'est d'ailleurs en partie ce qui les avait autrefois séparés. Cet appel au secours l'inquiétait au plus haut point. Krine consulta sa montre, pendue à une lourde chaîne Albert en cuivre. Malgré sa répulsion pour le métro à vapeur, il se surprit à regretter de ne pas avoir pris le locotube, plus rapide que cet escargot d'autocab.

L'engin longea lentement les Docklands en pétaradant. De longs et hauts bâtiments en briques rouges s'y alignaient en enfilade, entourés de cheminées d'usines. Pas un navire ne mouillait à quai. La faute à cette grève des dockers. Elle durait depuis près d'un mois et paralysait le trafic. Aucun des cent mille débardeurs ne travaillait et, sans personne pour décharger les marchandises, les bateaux n'accostaient plus. Les entrepôts étaient donc déserts.

Londres était devenu depuis quelque temps l'objet d'une grande agitation politique. La ville était coupée en deux, d'un côté les pauvres, de l'autre les nantis. Les syndicats réclamaient de meilleurs salaires et un traitement équitable pour tous. Sans compter ceux que les gens de la bonne société surnommaient les Grouillants. Ceux-là aussi se plaignaient. Il y avait de quoi. On les considérait pires que de la vermine.

L'autocab stoppa avant d'atteindre la « frontière » de l'East End. Il avait beau être fait de bois et d'acier, l'automate n'était pas stupide. Il refusa catégoriquement de s'aventurer au-delà de St Katherine's Docks. Le pantin ne voulait endurer le risque de se voir « désossé » à la suite d'un traquenard. Ses rouages se vendaient très bien au marché noir. Krine lui versa le prix de la course et regarda le fiacre s'éloigner dans le brouillard.

Il continua à pied, s'engageant dans des rues étroites d'où émanaient des odeurs pestilentielles. Une ribambelle de maisons mal bâties couraient le long de la chaussée, ramassées sur elles-mêmes comme un voleur préparant un mauvais coup. De minces allées les séparaient, menant à des cours encombrées de ferrailles et de tonneaux. Krine remarqua une tranchée creusée entre deux édifices. Faute de véritables toilettes, elle faisait office de fosse d'aisance commune.

S'aventurer dans l'East End, c'était comme partir en expédition en Afrique : on pénétrait sur des terres inconnues, sauvages et hostiles. Il passa devant un groupe de prostituées frigorifiées. Elles se réchauffaient à la chaleur d'un brasero de fortune. L'une d'elles le héla sans conviction. Krine l'ignora et poursuivit sa route. Un peu plus loin, un type fin saoul l'insulta copieusement. Il n'en tint pas davantage compte.

Au terme d'un réseau de ruelles sombres et visqueuses, Krine déboucha sur une ultime venelle. Un clochard somnolait sur un trottoir, une bouteille à moitié vide à portée de main. Le détective jeta quelques shillings dans l'écuelle posée devant lui. Le tintement que fit la monnaie termina d'éveiller le mendiant. Ses paupières papillonnèrent un instant sur deux pupilles brûlantes. Puis, un large sourire illumina sa face, dévoilant une bouche édentée.

– Hector, mon gars, t'es r'venu par chez nous ? Ça fait plaisir de t'voir, pour sûr !

– Bonsoir monsieur Andropov, comment allez-vous ? s'inquiéta poliment l'enquêteur.

Le vieillard massa ses jambes maigrelettes.

– Bah, tu sais c'que c'est, je ne rajeunis pas. Mes rhumatismes me font souffrir. Surtout vers la nouvelle lune, au moment de la grande métamorphose.

Andropov avait quitté la Russie trente ans auparavant, lorsque la lycanthropie avait été déclarée illégale dans l'empire. Comme beaucoup, il avait rejoint l'Angleterre, une terre d'asile illusoire pour les persécutés de tout poil : les juifs, les opposants politiques, les révolutionnaires, mais aussi les loups-garous, les sorciers, les trolls et l'ensemble des créatures magiques désormais persona non grata dans leur propre pays. La plupart des nations s'inquiétaient de les voir proliférer. Elles craignaient leur différence, que celle-ci soit religieuse, idéologique, raciale ou surnaturelle. Des centaines de milliers de ces réfugiés s'amassaient dans les quartiers de l'East End, dernier refuge des miséreux et des exclus. Andropov était de ceux-là. Un parmi tant d'autres.

– Hécate loge toujours par ici ? le questionna Krine.

– Sa boutique est un peu plus bas sur la droite. Une brave petite. Je n'ai jamais compris que cela se soit si mal fini entre vous.

– La vie est ce qu'elle est, se contenta de répondre le détective. Allez, portez-vous bien monsieur Andropov.

– Toi aussi Hector, toi aussi ! Et merci pour les pièces !

Le vieux loup-garou versa le contenu de l'écuelle dans la poche de son veston miteux.

– Offrez-vous une assiette de soupe chaude et un lit pour la nuit, lui conseilla Krine en s'éloignant. Il fait froid ces temps-ci.

– Oh ! c'est pas pire que la Sibérie, grommela le bonhomme surtout pour lui-même. Non, pas pire.

Mais son regard, empreint de nostalgie, semblait affirmer le contraire.

Krine atteignit sans difficulté le commerce de la nécromancienne. De la lumière filtrait faiblement au travers de fenêtres masquées par d'épais rideaux noirs. Hécate était apparemment chez elle.

Bizarrement, bien que la ruelle fût déserte, le détective se sentait observé. Un glatissement manqua le faire sursauter. Un aigle était perché sur le rebord d'un toit voisin. Le rapace lui décocha un regard aigu. Il devait bien faire trois mètres d'envergure. La dernière fois que Krine en avait vu un de cette taille, c'était...

...il y a longtemps.

Refoulant ce souvenir, il poussa avec résolution la porte de la boutique.

5

Scène de crime

Krine découvrit avec stupeur l'effroyable tableau. Hécate gisait au milieu de la pièce, baignant dans une mare de sang. Une armada de policemen en uniforme s'agitait autour du cadavre, inspectant la pièce avec nonchalance. Krine remarqua Growning parmi eux. Il examinait un oui-ja[6] avec la perplexité d'une poule découvrant un couteau.

Les cheveux de la morte, poisseux d'hémoglobine, étaient étalés en corolle autour de sa tête. Son regard absent fixait le plafond. Une large balafre partait d'une de ses oreilles pour rejoindre l'autre. Elle barrait son cou d'un trait rouge et régulier. Son épaule droite avait été entamée jusqu'à l'os. Des fragments de céramique, mêlés à une poudre or et noire, cernaient le corps de la femme.

Krine détourna les yeux. Il avait l'impression terrible qu'on venait de lui arracher le cœur de la poitrine.

6. Planchette de bois utilisée dans les séances de spiritisme. Les lettres de l'alphabet, les termes « oui » et « non », ainsi que les chiffres allant de 0 à 9 figurent sur celle-ci, permettant aux esprits de se manifester en épelant des mots ou en indiquant des valeurs chiffrées en déplaçant une partie mobile sur laquelle les participants posent leur index.

Une image presque similaire s'imposa à l'esprit du détective, surgit des limbes de sa mémoire : une autre femme, à une autre époque, couchée sur le sol, morte elle aussi. Un court instant, avant de se ressaisir, il fut de nouveau un enfant éploré.

Dispersés aux quatre coins de la boutique, l'air absorbé, les policiers continuaient à faire semblant d'être à la recherche d'indices.

Quelle bande de nigauds !

En réalité, ils en détruisaient davantage qu'ils n'en trouvaient. En piétinant le sang de la victime, les bobbies avaient déjà semé plus d'empreintes de pas que l'assassin.

– Krine ! Tiens, tiens, que nous vaut cet immense honneur ?

De l'autre côté de la boutique, accoudé dos au comptoir dans une posture faussement désinvolte, un homme le scrutait. Il avait la tête penchée de côté et un demi-sourire aux lèvres. Le type était grand et mince, presque maigre. Son élégant costume crème rehaussait son teint naturellement hâlé. Sa coiffure, véritable casque de boucles blondes, était savamment étudiée et une fine moustache adoucissait l'âpreté de son visage, taillé à la serpe.

– Bonsoir Petterson.

– Je serai hypocrite d'affirmer que c'est un plaisir de vous voir.

– Je vous retourne le compliment.

Le commissaire ne broncha pas, aussi impassible qu'une statue de cire.

– Vous n'avez pas répondu à ma question. Que faites-vous ici ?

– Je venais rendre visite à une amie.

– Si vous parlez d'Hécate, je crains qu'elle ne soit... indisponible, pouffa le policier.

– Elle m'avait envoyé une lettre, dans laquelle elle se disait en danger, rétorqua froidement l'enquêteur.

Walter Petterson coinça un cigare entre ses dents et, grattant une allumette, en embrasa l'extrémité. Des ronds de fumée s'élevèrent de sa bouche en « O ».

– Elle n'avait pas tout à fait tort, on dirait.

L'homme fixa longuement Krine de ses yeux de fouine, savourant sa dernière réplique. Il ne s'était pas départi de son sourire. Dissimulé sous le vernis de la bienséance, Petterson était le pire des salopards. En contemplant son visage de bellâtre guindé, des flashs assaillirent le détective. Cela arrivait parfois. Les images surgissaient sans qu'il les sollicite.

Petterson encaissant des pots-de-vin versés par des politiciens véreux...

Petterson faisant chanter des notables fréquentant les maisons closes...

Petterson extorquant les derniers sous de malheureux dans la misère...

Petterson violentant sans motif des Grouillants, ces démons qu'il méprisait...

Stop !

Krine ferma les paupières et s'efforça de repousser les visions qui l'assaillaient. Il détestait cette sensation de ne plus être aux commandes. C'est pour cela qu'il ne faisait jamais appel à son don. Enfin, pour cette raison et quelques autres.

– Krine, vous m'écoutez ?

Petterson s'était approché et se tenait maintenant à moins d'un mètre de lui.

– Heu... oui, oui.

– Comme je vous le disais, le mobile du meurtrier est évident.

– Ah ?

– Mais bien entendu !

Le commissaire s'accroupit près de la dépouille et désigna les morceaux de poterie.

– Regardez, cela va de soi. Cette urne brisée contenait de l'armoise. Vous savez ce que c'est ?

– Une plante utilisée par les nécromanciens dans leurs cérémonies. Elle les aide à invoquer les esprits, répondit Krine en se baissant à son tour.

– C'est cela. Eh bien, c'est ce que le tueur cherchait. J'en suis venu à la conclusion que celui-ci est un loup-garou. Comme vous le savez, ces monstres sont des drogués notoires. Ils sont complètement dépendants de l'armoise, qu'ils absorbent en poudre par les narines ou qu'ils fument avec une pipe. Le végétal agit chez ces sales bêtes comme un puissant psychotrope. Il leur en faut toujours plus !

Le détective privé ne dit rien, se contentant d'observer le corps de la défunte d'un peu plus près. En se penchant sur elle, il dut une fois de plus contenir ses émotions. Ils s'étaient follement aimés avec Hécate, puis la vie les avait séparés. Un flot de souvenirs l'assaillit. Il se força à se fixer sur l'instant présent. Agir avec logique, rationalité, en mettant de côté les affres qui le tourmentaient.

Selon lui, la théorie du policier ne tenait pas la route. Du moins, pas complètement. Qu'un loup-garou soit le coupable, c'était certain. La profondeur des plaies, la taille et la forme de la mâchoire ayant causé les blessures : tout semblait indiquer qu'il s'agissait d'un lycanthrope. Et un costaud, si on s'attardait sur l'angle des morsures. Le reste ne collait pas.

Krine parcourut rapidement du regard les étagères poussiéreuses. Les bocaux renfermaient toutes sortes de bestioles : lézards, crapauds, serpents... Une vipère, plongée dans une solution aqueuse, le fixait de ses yeux morts. À côté, on trouvait une dizaine de récipients en terre cuite, identiques à celui explosé sur le sol. De l'armoise. Si c'était bien la raison de l'attaque, pourquoi négliger une telle réserve ? L'enquêteur étudia les grains sombres et dorés qui traînaient près des débris de céramique. Le tueur n'avait même pas ramassé ceux-là.

Cela ressemblait trop à une mise en scène.

D'ailleurs, un vrai garou en manque aurait massacré sa victime, il l'aurait mise en pièces. Ici, ce n'était pas le cas. Hécate avait été égorgée proprement. On lui avait juste « mordillé » l'épaule pour faire plus vrai. Il y avait anguille sous roche.

Krine remarqua un éclat blanc dans le poing serré de la défunte. Il était tenté de voir de quoi il s'agissait, mais cet idiot de Petterson ne le lâchait pas. Celui-ci continuait à déblatérer sa théorie fumeuse. La chance vint à son secours sous l'apparence d'un nain tout de vert vêtu. Un vieux rouquin grincheux au nez couperosé. Il se nommait Padraig O'Brady, c'était un leprechaun.

Il s'avança vers eux en chiquant.

– Patron, y'a quelqu'un qui d'mande à vous parler, grommela-t-il à l'adresse de Petterson avant de cracher un jet de salive noirâtre.

– Qui donc ? aboya Petterson.

– Ce bonhomme, là-bas, avec sa drôle de cape pleine d'étoiles. Il dit s'appeler Diancecht.

Un homme âgé à l'allure vénérable se tenait près de l'entrée. Ses yeux se perdaient sous des sourcils broussailleux. Une impressionnante barbe blanche couvrait sa poitrine. Krine le salua d'un hochement de tête.

– C'est le doyen des nécromanciens, expliqua-t-il. Il s'est chargé d'élever Hécate, qui était orpheline.

– Bon, bon, consentit le commissaire, allons voir ce qu'il a à me dire. Espérons que ce ne sera pas trop long : une partie de dés m'attend dans la matinée, à « l'Athenaeum ».

Il avait volontairement insisté sur le nom du lieu où il devait se rendre.

Krine fit exprès de ne pas relever la vantardise. L'adhésion à ce club, le plus sélect de la ville, s'élevait à plus de quarante livres l'an, sans compter le train de vie qui allait avec. Une somme bien extravagante pour le modeste salaire d'un serviteur de la Couronne. Mais le détective avait compris que Petterson disposait de revenus complémentaires moins avouables.

Vexé que Krine l'ignorât aussi ouvertement, le policier poussa méchamment le nain de côté, se leva, brossa son costume et rejoignit le mage.

Growning interpella O'Brady, resté planté là.

– He ! Pad ! Il est où ton foutu arc-en-ciel que je prenne ma retraite avec le monceau de pièces d'or enterré à son pied ?

– Je t'ai déjà dit que c'était une légende, abruti ! s'énerva Padraig. Y'a pas plus de trésor que de dents à un canard. Sinon, pourquoi j'aurais quitté l'Irlande pendant la grande famine de 47, hein ?

Le leprechaun était furieux, cramoisi comme un tourteau plongé dans un court-bouillon. C'est tout juste si de la fumée ne lui sortait pas par les oreilles. Growning éclata de rire. Il adorait le faire tourner en bourrique. O'Brady s'éloigna en l'accablant de noms d'oiseaux.

Krine, enfin tranquille, put s'intéresser de plus près à l'objet emprisonné dans la main d'Hécate. Il le délivra précautionneusement, manipulant avec une extrême concentration les doigts crispés de celle qu'il avait autrefois tant aimée. Aucune expression ne filtrait sur son visage. Un observateur extérieur l'aurait sans doute trouvé froid, voire insensible. Pourtant, il n'en était rien. Il avait seulement du mal à laisser deviner ses sentiments à autrui. Et pas question de se laisser aller devant Petterson et sa clique. Ceux-là étaient comme les membres d'une meute prêts à mettre en pièces le premier qui laisserait paraître la moindre faiblesse.

Ça y était, il l'avait ! Un petit morceau d'enveloppe.

Après avoir vérifié que personne ne lui prêtait attention, il glissa subrepticement sa découverte dans la poche de sa redingote. Mais, alors qu'il s'apprêtait à libérer la main de la morte, quelque chose éveilla son intérêt. Les ongles étaient abîmés, cassés, d'infimes lambeaux de peau coincés sous la kératine. Hécate s'était débattue, elle avait lutté. Son agresseur devait en garder les stigmates. Cela aiderait à l'identifier.

À l'autre bout de la pièce, Petterson conversait avec Diancecht. Krine esquissa un sourire désabusé. Il était évident que le commissaire, apparemment attentif, ne songeait qu'à rejoindre son tripot de luxe. O'Brady, en bon toutou bien dressé, patientait près de son supérieur. Un jeune journaliste, presque un gamin, s'était invité et furetait un peu partout. Quant aux bobbies, ils s'évertuaient à anéantir les rares preuves subsistant encore, démontrant avec force toute l'étendue de leur incompétence.

Il était temps pour Krine de s'éclipser.

6

Le vieux mage

En quittant la boutique, Krine fut accueilli par un vent glacial. Il s'engouffrait dans la ruelle en faisant grincer les enseignes des tavernes miteuses qui y tenaient commerce. La brume s'était presque entièrement dissipée et les premières lueurs de l'aube commençaient à poindre au-dessus des toits. Le détective n'arrivait pas à se décider : rentrer directement chez lui et goûter quelques heures de repos ou bien opter pour un copieux petit déjeuner. Il hésitait encore quand on l'interpella :

– Hector ? Auriez-vous un instant à m'accorder ?

Krine se retourna. Diancecht le scrutait au travers des lorgnons chevauchant son nez osseux. Enveloppé dans une chaude cape bleu nuit constellée d'étoiles, le capuchon rabattu sur sa chevelure grisonnante, on ne discernait que sa noble figure.

– Bien entendu.

La démarche peu sûre, le vieillard s'accrocha à son bras.

– Faisons quelques pas, voulez-vous ?

Krine approuva. Ils se mirent tranquillement en route. Le jour venu, les rues se remplissaient progressivement d'une population hâve et dépenaillée : des indigents, habillés de nippes qui avaient par le passé appartenu aux gentlemen et aux ladies du West End. Les hommes portaient des redingotes et des gilets rapiécés, les femmes des chapeaux fleuris à la garniture avachie, les enfants des pantalons raccommodés et des souliers maintes fois ressemelés. Il en sortait de partout : des masures croulantes, des immeubles insalubres ou des garnis minables. Des miséreux s'exhumaient même des caves – pourtant déclarées impropres à l'habitation –, semblables à des zombies surgissant d'outre-tombe.

– Voilà longtemps que nous nous étions vus, reprit le vieux mage.

– Oui, de nombreuses années déjà.

– Pas depuis votre séjour aux Indes...

– En effet.

– ... et votre rupture avec ma filleule.

L'enquêteur ne sut quoi répondre.

Diancecht poussa un profond soupir. Des larmes embuèrent ses yeux.

– Pauvre Hécate. Que va devenir son fils à présent ?

– Son fils ? !

– Oui, Matthew. Il vient de fêter ses treize ans.

Krine n'en revenait pas. Hécate avait eu un enfant !

– Mais... qui....

– Son père était un marin de passage. C'est du moins ce qu'Hécate affirmait. Elle l'avait brièvement connu, peu après votre départ.

Ils s'arrêtèrent à proximité d'un débitant de pommes de terre chaudes. Un gros type aux cheveux graisseux était posté derrière le comptoir de l'échoppe, composée de quelques planches bancales. Une tripotée d'ouvriers faisait la queue, histoire de se caler l'estomac avant de partir au boulot. L'un d'eux, une fois servi, disparut subitement dans une explosion de suie.

– Bon sang de bonsoir ! Faut que Peter arrête de faire ça, râla le commerçant en toussant. Tous les matins c'est pareil. Il a qu'à y aller à pied à la fonderie. Y'a bien assez de saloperies dans l'air sans qu'il en rajoute !

Il sortit un mouchoir et essuya sa face noircie. Avec toutes les cheminées d'usine qui émaillaient l'East End, des particules sombres saturaient déjà l'atmosphère. Mais, en se téléportant, le Grouillant les avait densifiées, noyant le vendeur dans un épais nuage opaque. Une cliente rigola de sa mésaventure. Elle avait la mâchoire difforme et nécrosée. *Une allumettière*, déduisit Krine. Une telle infirmité était habituelle dans ce métier, causée par une exposition prolongée au phosphore blanc.

Diancecht acheta deux patates. Il s'en réserva une et proposa l'autre au détective. Celui-ci l'accepta à contrecœur, pour ne pas le vexer. Krine avait beau avoir faim, le tubercule rabougri ne le tentait pas plus que ça.

– Mais où est passé le garçon, ce Matthew ? demanda-t-il pendant que le nécromancien croquait à belles dents dans son acquisition. Je ne l'ai pas vu à la boutique.

– C'est à ce sujet que je souhaitais m'entretenir avec vous. Il semble avoir disparu.

– Disparu dites-vous ?

– Sans doute se cache-t-il. Il a pu assister à la mort de sa mère, peut-être même a-t-il été obligé de fuir pour sauver sa propre vie. Comment savoir ?

Le vieil homme prit un air affligé. Des miettes de pomme de terre saupoudraient sa barbe.

– Soit, mais en quoi puis-je être utile ? le questionna Krine. La police n'est-elle pas en charge de l'affaire ?

– Oui, bien sûr, répondit le magicien en se nettoyant. Cependant, je n'ai qu'une confiance limitée en ce commissaire Petterson, et je vous serais reconnaissant si vous gardiez un œil ouvert. Il se pourrait que Matthew cherche à entrer en contact avec vous.

– Moi ? Mais pour quelle raison ?

– Hécate avait une grande confiance en vous. Si l'enfant est en danger, il s'en sera probablement souvenu. Elle a souvent évoqué vos prouesses devant Matthew. Prouesses qui, soit dit en passant, pourraient être encore plus grandes si vous consentiez à utiliser vos « capacités ».

Krine secoua la tête, agacé. Il désigna un mendiant affalé sur un trottoir, ivre mort, ses huit pattes arachnéennes encombrant le passage. Des gosses s'amusaient à lui lancer des cailloux qui rebondissaient sur son abdomen flasque et poilu.

– Je ne crois pas, non. Regardez la manière dont sont traités les Grouillants. À quoi ils en sont réduits. Pour mériter notre place, nous devons nous intégrer. Il faut se battre avec les armes de ceux qui nous méprisent. Ce n'est qu'ainsi que nous gagnerons leur respect. On ne retire que de la souffrance à s'accrocher à ses « pouvoirs ». C'est un combat perdu d'avance, jamais nous ne serons acceptés pour ce que nous sommes. Pour ma part, j'ai décidé d'être humain, voilà tout.

Diancecht, mouché, n'insista pas. Un silence gêné s'installa. Tous deux cheminèrent les yeux baissés sur leurs chaussures. Au bout d'une centaine de mètres, le vieux mage finit par reprendre la parole :

– Quoi qu'il en soit, la mère de Matthew aurait souhaité que je veille sur lui. En mémoire d'elle, je vous implore de me prévenir si vous apprenez quelque chose.

Krine y consentit, mais son instinct lui soufflait de rester prudent. Son instinct ou une intuition encore plus indicible. L'attitude de Diancecht l'intriguait. Malgré sa prétendue affliction, on avait du mal à y croire. Pourtant, le détective le savait très attaché à la jeune femme décédée. Quelque chose ne collait pas et il n'arrivait pas à mettre le doigt dessus.

Ils se séparèrent près de Withechapel, où le nécromancien avait ses quartiers. Après s'être salué, chacun partit dans une direction opposée.

Lorsqu'il eut quitté le territoire de l'East End, Krine siffla un autocab. Peut-être bien le même que celui qui l'avait conduit à l'aller, difficile à dire. Le limier s'était finalement décidé à regagner son domicile, renonçant à un petit déjeuner digne de ce nom.

La pomme de terre du vieux mage lui restait à plus d'un titre sur l'estomac.

7

Mirage

En fin de journée, Krine acheta le *Times* à un crieur de journaux. Le reporter entr'aperçu chez Hécate n'avait pas perdu de temps. La une du soir affichait un gros titre accrocheur : *Meurtre crapuleux dans l'East End : le commissaire Petterson sur la piste du lycanthrope tueur*. L'article s'étalait sur cinq colonnes et vantait les grandes qualités d'enquêteur du policier : son flair imparable et son impressionnante vivacité d'esprit. Krine ne put retenir un sourire en imaginant Petterson dictant au mot près ses mérites au jeune et naïf pigiste.

Le canard sous le bras, le détective pénétra dans son pub favori : *The Dark Tavern*. Le débit de boissons portait bien son nom. Très mal éclairé, il se divisait en plusieurs boxes étroits. Dans les petits compartiments de bois, des gentlemen à l'air ennuyé tentaient de deviner ce que contenait leur verre. Cette partie de l'établissement – le *saloon-bar* – était très bien fréquentée, à l'opposé de la seconde salle, le *public-bar*, réservée aux plus modestes et à laquelle on accédait par une porte séparée. Même en de tels lieux, riches et démunis ne se côtoyaient pas.

Krine salua quelques connaissances et alla s'accouder au zinc. Deux hommes s'y tenaient déjà. Le premier, grand et pansu, le gilet déboutonné et l'ascot dénouée, devisait avec le second, un maigrichon au teint cireux, affublé d'un haut-de-forme de travers. Des habitués du pub : un médecin répondant au nom d'Hoggart et un détaillant en tissus dont il ne se souvenait plus du patronyme. Devant eux, s'étirait un bataillon de verres vides.

Krine commanda une bière et déplia son journal sur le comptoir. Hoggart, curieux, se pencha par-dessus son épaule. Enivré, il déchiffra péniblement les caractères de première page.

– Ah, quelle sale affaire ! Ces fichus immigrés et leur engeance diabolique ! clama-t-il, son haleine parfumée au gin venant chatouiller les narines de l'enquêteur. Ils n'ont rien à faire chez nous ! Voilà ce que j'affirme moi !

– Oui, intervint son squelettique acolyte, ce commissaire Petterson a bien raison de leur faire la chasse. La criminalité n'a jamais été aussi importante depuis que notre pays accueille tous ces Grouillants ! Mais que fait la reine ? Londres n'est pas un dépotoir que je sache !

Le détective laissa dire. Il avait malheureusement l'habitude d'entendre proférer ce genre de propos haineux, même par les personnes les mieux éduquées. La peur attisait la bêtise.

– Pauvre femme, soupira encore le plus fluet – tout en réclamant un énième verre d'alcool au barman –, massacrée par cet abominable monstre.

– La victime était une nécromancienne, l'informa Krine, curieux de savoir sa réaction.

– Ah oui ? (Son visage émacié s'illumina). Dans ce cas, je retire ce que j'ai dit. Que Petterson ne se donne pas la peine de faire quoi que ce soit. Laissons-les s'entre-tuer et bon débarras !

– Je suis bien d'accord ! ronfla le ventripotent docteur. Ce ne sont que des vermines malfaisantes, loups-garous et nécromanciens en tête. Pas un pour rattraper l'autre. Savez-vous que ce socialiste allemand installé à Londres, ce « Engels », a pris fait et cause pour ces démons. Il entend rédiger un *manifeste pour les droits des créatures surnaturelles*, rien que ça !

– Syndicalistes et Grouillants : même combat, conclut le drapier. On devrait tous les pendre !

Hoggart et lui trinquèrent à ces paroles. Leurs verres s'entrechoquèrent énergiquement, grêlant le journal de grosses gouttes de gin.

Dans ce cas, songea Krine, *il leur faut dès à présent me réserver une corde.*

Que diraient ces deux ivrognes en apprenant qu'il était lui-même un Grouillant ? Un sang-mêlé, fils d'une sorcière et d'un paysan pauvre des plaines ukrainiennes. Il n'avait que cinq ans lorsqu'il avait débarqué de Russie. C'était peu de temps après le décès de sa mère, morte au pays. Les quartiers de l'East End l'avaient vu grandir, tandis que son père se tuait à la tâche pour assurer leur subsistance. Enfin, jusqu'à ce qu'il soit finalement emporté par une pleurésie.

Dédaignant les deux notables – qui s'étaient replongés dans leurs débats outranciers et imbibés d'alcool –, Krine repoussa les feuillets trempés du *Times* et sortit un infime fragment d'enveloppe de sa veste. Celui trouvé dans le poing d'Hécate. L'enquêteur n'avait cessé de l'étudier tout au long de la journée. Il le fit tourner une fois de plus entre ses doigts. Le cachet de cire n'était pas entier, mais on devinait le « F » qui le frappait. Il s'agissait du seul indice laissé par la nécromancienne : un dernier message qu'elle lui adressait d'outre-tombe. Restait à en déterminer le sens.

Krine rempocha le morceau de papier et avala rapidement la pinte qu'on lui avait servie. Du travail l'attendait au cimetière d'Abney Park, où il comptait passer la nuit dans l'espoir de surprendre les pilleurs de cercueils.

Alors qu'il réglait sa consommation, l'enquêteur remarqua un jeune garçon solitaire, appuyé contre un mur, dans un coin reculé de la salle. Une chose des plus inhabituelles. Comment un enfant avait-il pu accéder à ce pub ? Tout comme celle des femmes, leur présence y était proscrite. Le gamin le fixait intensément. C'est du moins ce qu'il parut à Krine, car une casquette dissimulait en partie son visage.

Matthew ?

Personne, à l'exception du limier, ne semblait en tenir cas. Les serveuses, qui circulaient avec leurs plateaux, le dépassaient avec indifférence. À présent que l'heure se faisait plus tardive, les clients affluaient, remplissant le pub. Il n'apparaissait plus à Krine que par intermittence, son image aussi fragile que la flamme vacillante d'une bougie. Krine se leva, décidé à en avoir le cœur net.

Mais le silence qui saisit soudain l'assemblée brisa son élan.

Le brouhaha des échanges avait laissé la place à une stupeur interloquée. L'ensemble de la clientèle considérait avec des yeux ronds l'entrée de la taverne. Plus personne ne touchait à sa boisson. Pas même Hoggart, l'adipeux docteur, qui reposa d'une main tremblante son verre encore plein sur le zinc. Pas plus fier, son chétif camarade s'était planqué derrière lui.

La porte grande ouverte laissait s'infiltrer un méchant courant d'air. Un géant se tenait dans l'encadrement. Krine estima qu'il atteignait certainement les deux mètres cinquante. Le col relevé, un chapeau melon coiffant sa tête, on ne discernait pas son visage. Il s'avança dans la pièce, s'appuyant sur une canne au pommeau d'ivoire. À chacun de ses pas, celle-ci heurtait le plancher avec un son sec. *Toc !* On s'écarta promptement sur son passage. Malgré l'informe cape noire qui l'enveloppait, on pouvait voir que sa largeur d'épaules avoisinait celle de trois hommes. L'élégance de sa démarche contrastait étrangement avec son imposante carrure. Son corps exhalait la brutalité alors que ses gestes n'étaient que raffinement et distinction. Il passa lentement devant Krine. Une odeur rance d'humus se dégageait de lui.

Le colosse s'installa dans un box. Ce qui ne fut pas simple. Il fallut déjà qu'il parvienne à se glisser dans le minuscule compartiment. Ses genoux eurent le plus grand mal à loger sous la table sans la décoller de terre. Une serveuse vint prendre sa commande, et, au bout d'un bref moment, les conversations reprirent leur cours. L'émoi suscité par son arrivée fut bien vite oublié. En dépit de sa singulière apparence, il finit par faire partie du paysage, comme tout un chacun.

Cependant, quand Krine voulut en revenir au mystérieux adolescent, celui-ci n'était plus là. Tel un mirage à présent estompé.

8

Traqué

Matthew ignorait de quelle manière, mais l'homme au chapeau melon l'avait retrouvé. Il semblait posséder une sorte de sixième sens. Pourtant, l'adolescent avait pris ses précautions et n'avait utilisé qu'une image spectrale de lui-même, projetée à l'unique intention d'Hector Krine. À l'exception du détective, personne n'était censé la détecter. Malgré cela, le colosse avait tout de même senti sa présence, pareil à un chien flairant un os. C'était incompréhensible.

S'éloignant à grands pas des rues fréquentables, Matthew coupa par Shaftesbury avenue et s'enfonça dans l'immense taudis de Saint Giles. Le *slum* avait pour particularité de se situer en plein cœur de Londres, voisinant avec les beaux quartiers. Ses habitants le surnommaient Terre Sainte. C'était avec certitude un des endroits les plus dangereux de la ville, un îlot de criminalité où la police ne s'aventurait presque jamais. Et pour cause : les bâtisses sombres qui s'y élevaient étaient les remparts d'une citadelle imprenable. Le malfrat qui se cachait dans son réseau de ruelles délabrées ne courait quasiment aucun risque d'être débusqué. Les maisons, les caves et les cours communiquaient entre elles grâce à des trappes et des goulets percés dans les murs. Même les toits servaient de refuge, reliés par des passerelles instables.

Un véritable labyrinthe.

C'est exactement ce qu'il fallait à Matthew. Ici, personne ne le retrouverait.

La nuit était particulièrement sombre. La lune, pudibonde, jouait à cache-cache avec les nuages, ne se dévoilant que rarement. Le brouillard s'était levé et, pareil à un grand python cotonneux, serpentait doucement dans les rues sordides. Des individus à l'air louche hantaient les trottoirs, les joues creuses et le regard mauvais. Matthew les évita, s'en méfiant comme de la peste. À Terre Sainte, on avait tôt fait de finir face contre terre, un surin planté dans le ventre.

Matthew retira sa casquette et s'essuya le front du revers de la main. Malgré le froid, le garçon était trempé de sueur. Au détour d'une rue, il percuta de plein fouet un marchand de quatre saisons. L'homme poussait sa charrette, presque pleine après une journée de travail infructueux.

– Eh ben p'tit, regarde où tu vas ! grinça-t-il, d'une voix peu amène. C'est vrai ça, fais gaffe quoi ! renchérit-il, plus hargneux encore.

Le gaillard possédait une paire de têtes, aussi laides l'une que l'autre, bouffies et noires de crasse. Le moins qu'on puisse dire, c'est que le bicéphale n'avait pas l'air commode. Matthew décampa sans demander son reste. Postée sous une porte cochère, une vieille femme édentée, une bouteille de gin à la main, ricana de l'incident :

– C'que c'est émotif à c't'âge !

Après avoir parcouru d'un pas alerte un dédale incertain de passages et d'allées, Matthew finit par atterrir dans une ruelle bordée de murs aveugles. L'artère, qui allait en rétrécissant, était déserte. Malgré le peu d'ordures la jonchant, il s'en dégageait une puanteur sans nom. Les miasmes provenaient des égouts. Bien que la senteur fût déjà insupportable, Matthew savait par expérience que ce n'était rien en comparaison des émanations putrides qui, avec la chaleur, remonteraient des canalisations l'été venu. Durant la belle saison, Londres devenait irrespirable et nombre de ses plus riches habitants la désertaient.

C'est un tout autre parfum qui alerta le gamin. Une odeur fauve, portée par le vent du soir. Cette fois, il ne s'agissait plus du géant au visage masqué. Cependant, il n'y avait pas de quoi s'en réjouir, car ceux qui le pistaient maintenant étaient bien plus redoutables. Un hurlement lacéra l'obscurité. Un second lui répondit, puis un troisième. Ils semblaient tous très proches. Les créatures lancées à ses trousses l'avaient repéré. L'adolescent ne les voyait pas encore, mais il percevait le cliquettement de leurs griffes sur les pavés. La meute approchait.

Il devait agir et vite !

Une des bêtes surgit à l'extrémité la plus étroite de la venelle. Elle en occupait toute la largeur. Sa gueule était énorme, disproportionnée. Le museau, très allongé, se terminait sur une mâchoire aux dents acérées. De petits yeux jaunes, vifs et perçants, l'entouraient. Sur sa tête, deux oreilles pointues, dressées comme celles d'un boxer. Entourant son crâne oblong, un épais pelage courait jusque sur ses épaules, rappelant la crinière d'un lion ou le faux col d'un manteau pour dames. Son torse était étrangement glabre. Sa peau diaphane, tendue sur des muscles hypertrophiés, évoquait celle des écorchés illustrant les cours d'anatomie que l'on professait à l'université de médecine de Londres. L'abomination marchait courbée très en avant, à mi-chemin entre l'homme et l'animal. Son épine dorsale hérissait son dos comme une crête et ses bras, plus longs que la normale, touchaient presque le sol. Quant à ses jambes, il s'agissait davantage de pattes, le tibia formant un angle droit avec le tarse.

Un second lycanthrope bondit sans bruit du haut des toits, bientôt rejoint par un dernier qui apparut à l'autre bout de la voie. Ils se réunirent tous trois au milieu de la chaussée, grognant et soufflant comme des chats en colère. Ils reniflèrent l'air durant un instant, mais durent se rendre à l'évidence : leur proie leur avait échappé. Comment ? Mystère.

Deux mètres plus bas, à l'abri de la plaque de fonte qui donnait accès aux égouts, Matthew les entendit se concerter dans une langue incompréhensible. Un dialecte aux consonances slaves qui, sans savoir pourquoi, ne lui était pas inconnu. Le gamin était couvert des pieds à la tête d'une matière visqueuse dont il ne voulait pas connaître l'origine. Il s'était volontairement plongé dans la rivière d'immondices qui s'écoulait à l'intérieur du tunnel souterrain. Une solution déplaisante – mais radicale – pour masquer son odeur et ainsi devenir invisible à ceux qui le traquaient. Les loups-garous se fiaient à leur odorat. Il avait donc fallu le neutraliser.

Matthew dressa une oreille attentive. Le silence était revenu. Sans doute les créatures étaient-elles parties. Dans le doute, il patienta encore plusieurs minutes. Quand il fut certain de leur départ, le jeune garçon se décida à bouger. Il connaissait bien les égouts pour avoir souvent, par jeu, accompagné les *sewer-hunters*, ces ferrailleurs qui patrouillaient dans les canalisations et tamisaient les eaux usées dans l'espoir de dégotter des couverts en vermeil accidentellement arrivés là.

Matthew considéra un conduit de briques qui marquait un coude vers le nord-est. Il devrait, en le suivant, déboucher non loin d'Abney Park.

9

Flagrant délit

Hector Krine patientait, adossé à un mausolée. Le monument, noirci par les années, le protégeait des regards. Une pluie froide et cinglante tombait du ciel et le détective regrettait de ne pas s'être muni de quoi s'en prévenir. Bien que gelé, il s'interdisait tout mouvement, demeurant aussi inerte que les locataires d'Abney Park. Pas question d'alerter d'éventuels maraudeurs.

De l'endroit où il se cachait, Krine apercevait l'entrée du cimetière. La porte, monumentale, revisitait le style de l'Égypte antique. Ses grilles étaient encadrées par de grandes colonnes gravées de hiéroglyphes. Les idéogrammes résumaient la fonction des lieux : *domicile des dépouilles mortelles.*

Les nécropoles se montraient rarement gaies, mais Abney Park présentait un caractère particulièrement lugubre. Cela tenait sans doute à l'inextricable végétation qui l'envahissait. Les sépultures disparaissaient dans un entrelacs de ronces, de fougères et d'herbes hautes. Les racines des arbres soulevaient les stèles les plus anciennes qui se lézardaient. Surmontant cette forêt vierge, des anges de pierre surveillaient l'horizon, semblables à des vigies en pleine tempête.

Les heures s'égrenaient et rien ne se passait. Krine tira doucement sur sa chaîne de montre et dégagea celle-ci de la poche de son gilet. Il était déjà trois heures. L'enquêteur doutait que quoi ce fut n'advienne cette nuit. Les pillards ne se montreraient plus. Pas avec ce temps de chien.

Trempé jusqu'aux os, Krine décida de s'en tenir là et de revenir le soir suivant. Il quitta l'abri que lui procurait le sépulcre et suivit un petit sentier qui sillonnait tant bien que mal dans le luxuriant jardin.

Un bruit, bref et aigu, brisa soudain le silence, incitant le détective à ralentir. Il dressa l'oreille. Le son se répéta quelques secondes plus tard : celui du métal rencontrant la roche. Le sol était caillouteux dans le coin. On creusait, non loin d'ici. L'enquêteur écarta quelques branches saillantes et se dirigea prudemment dans la direction que son ouïe lui indiquait.

Dissimulé par d'épais fourrés, il put voir sans être vu.

Trois petites silhouettes encapuchonnées étaient penchées sur une tombe au sol retourné, à l'ombre d'une lourde croix de granit. D'où sortaient ces bonshommes ? Personne n'avait pourtant passé les grilles du cimetière. Armés de pelles et de pioches, deux d'entre eux sondaient la terre. Le dernier dirigeait les opérations du bord de la fosse. Bientôt, un outil heurta le bois d'un cercueil.

– Ça y est ! se réjouit l'individu qui maniait l'instrument.

– Chut ! Moins fort ! Tu vas nous faire repérer idiot, dit celui qui l'épaulait, en barrant sa bouche d'un index ganté.

Le troisième larron les pressa :

– Allons, dépêchons ! Il est tard et nous avons des cadavres à charrier !

Une fois qu'ils eurent fini de déblayer le cercueil, le duo de fossoyeurs s'employa à l'ouvrir. Ils firent levier avec la tête d'une pioche. Le couvercle céda avec un craquement sec, dévoilant le corps d'une femme parfaitement conservé. Elle reposait dans un suaire délicatement brodé.

– Mmm, elle est vraiment magnifique, s'extasia un des « capuchons ».

– Sors là donc de là au lieu de dire des bêtises, grogna son acolyte en s'extirpant du trou.

Obéissant, le premier bascula la défunte sur son épaule comme si celle-ci ne pesait pas plus lourd qu'une plume. En un saut, il fut hors de l'excavation.

– Allons récupérer les autres macchabées, proposa celui qui n'était pas descendu dans la fosse.

Krine les talonna, veillant à ne pas se faire repérer. Les inconnus profanèrent méthodiquement deux nouvelles tombes et en retirèrent les corps. Des hommes dans les deux cas.

Ils cheminèrent ensuite en file indienne, chacun portant son fardeau.

Le détective les serrait de près, essayant de se montrer le plus discret possible. Malheureusement, une brindille le trahit en se rompant bruyamment sous son pied. Krine s'aplatit aussitôt sur le sol boueux, le nez dans une flaque d'eau. Les précipitations avaient doublé en intensité. Elles dégringolaient en telle abondance que la terre n'arrivait plus à les absorber.

Le chef de colonne s'arrêta brutalement, son corps trapu en alerte. Il scruta l'obscurité. Son visage, indistinct, disparaissait sous sa capuche. Ses compagnons stoppèrent à leur tour.

– Que se passe-t-il ?

Le meneur renifla plusieurs fois l'air nocturne.

– Nous ne sommes pas seuls, affirma-t-il. Vite ! Décampons !

À peine l'ordre donné, les trois « capuchons » détalaient à toute allure. Ils étaient fichtrement rapides ! Krine dégaina une arme : un revolver d'ordonnance qu'il avait hérité de son séjour aux Indes.

– Halte-là ! cria-t-il en tirant un coup de semonce.

Les fuyards n'en tinrent aucun compte. Malgré leur faix morbide, ils bondissaient par-dessus les tombeaux avec une surprenante agilité. Krine se lança à leur poursuite. Il tentait, tout en courant, d'ajuster sa cible. La première décharge explosa la tête d'une statue, ratant de peu celle, bien réelle, d'un profanateur. Ce dernier éclata d'un rire de hyène. Il donnait l'impression de beaucoup s'amuser et se permit même d'esquisser quelques entrechats moqueurs.

Krine pressa derechef la détente, mais manqua à nouveau son but. Quelques balles se perdirent dans le noir, tandis que d'autres pulvérisaient différents ornements funéraires. Les trois types le brocardèrent :

– Toquard !

– Minable !

– Un aveugle ferait mieux !

Ils possédaient une bonne longueur d'avance, cabriolant, zigzaguant, croisant et décroisant sans cesse leurs trajectoires. Le détective, gêné par la pluie battante, peinait à les garder dans sa ligne de mire.

Un des « capuchons » ramassa une poignée de pierres et s'employa à bombarder Krine.

– Attrape ça ! jubila-t-il sans cesser de cavaler.

Contrairement à l'enquêteur, la violente ondée ne paraissait pas l'affecter. Le scélérat n'était pas malhabile. Les jets frappèrent juste à plusieurs reprises. Un projectile entailla l'arcade du limier. Il essuya de son mieux le filet de sang qui brouillait sa vision. Une autre caillasse le toucha à l'estomac. Krine dut ralentir, le souffle coupé. Il perdait à chaque instant du terrain.

– Limace ! railla la crapule qui le devançait.

Krine, impuissant, vit le trio de voleurs atteindre l'enceinte et commencer à l'escalader. Leurs mains et leurs pieds adhéraient sans difficulté à la paroi, à la manière des araignées. Ils réalisèrent leur ascension en moins de temps qu'il n'en faut pour le dire. Krine tira encore deux fois avant que son barillet ne tourne à vide. Sans résultat probant. Les grimpeurs essuyèrent sans dommage les dernières salves et disparurent derrière le mur.

Un ultime ricanement retentit, puis son écho déclina dans la nuit. C'était terminé. Ils avaient filé. Les dents serrées, Krine rangea son arme. Couché sur une dalle, entre deux bosquets d'épineux, un grand lion de marbre lui adressait un regard contrit. Le détective baissa les yeux. Il avait horreur de la défaite.

Néanmoins, Krine ne s'avouait pas vaincu. Ce n'était que la première manche, et il entendait bien remporter la suivante.

10

L'homme au chapeau melon

Krine était accroupi devant une des tombes laissées béantes par les profanateurs. La croix la surmontant indiquait le nom, gravé dans la pierre, de la défunte. La femme lui était inconnue, une certaine *Margaret Bronson*. La pluie tombait toujours avec force. Elle creusait des rigoles dans la terre boueuse. Les ruisseaux conduisaient à des cascades glougloutantes se déversant à l'intérieur de la fosse. Le cercueil, vide, gisait au fond.

Le détective étudia tout d'abord les traces de pas entourant la sépulture : elles avaient été imprimées par d'imposants croquenots, à la semelle bien épaisse. Malgré leur modeste stature, les voleurs avaient de forts grands pieds. Krine s'attaqua ensuite au contenu de la cavité. Il descendit dans le trou sans se soucier de souiller ses vêtements, déjà maculés de boue.

Sans être d'une facture exceptionnelle, le cercueil était de bonne qualité. Conçu en hêtre, il était plaqué de châtaignier, un bois d'essence noble. Rien que de très banal. L'examen des poignées se révéla plus instructif. Celles-ci étaient en laiton. La mise en bière datait de peu, car la corrosion ne leur avait pas encore donné de teinte vert-de-gris. Krine s'empara d'un peu de terre. Malgré l'humidité, elle était toujours meuble. L'ensevelissement du corps ne remontait donc qu'à quelques jours.

Krine manipula prudemment le couvercle du cercueil qui, suite à l'intervention musclée des pilleurs, était hérissé d'échardes. Une plaque en bronze était fixée dessus. Elle avait la forme d'un losange gravé de deux lettres artistiquement entrelacées : D&B.

L'enquêteur l'effleura du bout du doigt.

Dead and Buried[7]*, une entreprise de pompes funèbres domiciliée dans le quartier de Stoke Newington, à proximité d'Abney Park. Voilà qui est intéressant...*

Il inspecta ensuite les deux autres tombes – aux noms de Thadeus Atkins et Robert Johnsson –, et en retira à chaque fois des informations similaires : l'enterrement était récent et la maison funéraire, D&B, toujours la même. Il résolut donc de rendre visite aux croque-morts dès le lendemain, histoire d'en apprendre davantage sur les défunts, mais également sur ceux qui les avaient inhumés.

Les suspects ayant filé, il ne restait plus qu'à quitter les lieux ; ce que Krine s'apprêtait à faire quand il entrevit une ombre glissant derrière un haut sépulcre. Les sens en alerte, il déboucha au coin de l'édifice, son revolver braqué devant lui.

Un aigle était perché sur une pierre tombale.

Déniché, il déploya ses ailes et prit son envol en poussant un cri courroucé. Le rapace frôla le détective, qui dut se baisser pour ne pas être blessé par ses

7. Mort et enterré.

serres affilées. Décidément, ces bestioles pullulaient à Londres. Krine se serait plutôt attendu à une nuée de corbeaux ; dans un cimetière, cela aurait paru plus adéquat.

Il s'approchait de l'endroit où l'aigle avait été perché, lorsqu'un homme monumental surgit en courant de l'obscurité. Visiblement, il n'avait pas délogé qu'un oiseau de proie. C'était le type de la taverne. Le géant au chapeau melon.

Il fonça sur Krine et le bouscula. Déséquilibré, l'enquêteur tomba à la renverse. Sous le choc, son arme lui échappa. Le colosse en profita pour la balayer d'un coup de pied avant de prendre la fuite. Krine réagit aussitôt et saisit les jambes du gaillard qui s'effondra dans la boue. Les deux individus se débattirent un moment, leurs membres entremêlés. L'inconnu perdit d'abord son chapeau dans l'empoignade. Puis, le col de sa cape finit par se rabattre.

Le visage du géant n'était qu'une immense cicatrice ; un patchwork de peaux grises abondamment couturé. De grosses paupières molles pendaient sur ses yeux dissymétriques et son nez ressemblait à un bloc de glaise malmené par un mauvais sculpteur. Il n'avait qu'une seule oreille, minuscule au vu de son énorme tête. De rares touffes hirsutes étaient implantées au hasard sur son crâne pelé.

Sentant le regard de Krine peser sur lui, il le repoussa violemment, comme s'il s'agissait d'un fétu de paille. Après une pirouette peu esthétique, le détective se releva, chancelant. L'autre l'imita.

Le combat était inévitable

Krine frappa le premier. Vu la taille du bonhomme, il estimait que c'était sa seule chance. Inutile d'essayer d'anticiper ses gestes ou de le fatiguer. Pas cette fois. L'uppercut cueillit le mastodonte à l'estomac. Celui-ci ne se donna pas la peine d'esquiver et encaissa le coup sans broncher. C'est l'enquêteur qui fit la grimace. Ses métacarpes craquèrent méchamment en rencontrant des abdominaux durs comme du fer. Il avait l'impression d'avoir cogné dans une enclume. En dépit de la douleur, il enchaîna par un direct au menton qui n'atteignit jamais sa cible : l'autre bloqua son poing et lui tordit le poignet.

– Pardonnez-moi, monsieur, s'excusa-t-il poliment, je n'ai aucune intention de me quereller. Faites place je vous prie.

Ses phrases élégantes ne collaient décidément pas avec son physique de brute.

– Il faudra tout d'abord me fournir quelques réponses, dit Krine sur le même ton courtois que son adversaire.

Il cherchait désespérément à dégager sa main, prisonnière d'un véritable étau.

– Je crains que ce ne soit pas possible, répondit son interlocuteur en l'envoyant valdinguer contre une brouette abandonnée près d'un caveau.

Celle-ci se renversa sous le choc. De nombreux outils se déversèrent sur le sol. La plupart étaient couverts de rouille. À regarder l'état du parc, ils ne devaient pas servir bien souvent. Les cotes endolories, le détective se rétablit avec peine, récupérant un râteau au passage. Durant ses années d'armée, il avait acquis les rudiments du silambam auprès d'un vieil ermite demeurant sur les collines Krunji, au sud de l'Inde. Cela n'avait pas été simple, car, par peur des révoltes, la Couronne en interdisait la pratique. Cet art martial, cinq fois millénaire, reposait sur la maîtrise d'un bâton de bambou. À défaut, l'ustensile de jardinage ferait l'affaire.

Le colosse avait déjà commencé à s'éloigner. Krine se mit en garde et l'interpella :

– Je vous attends !

Le géant poussa un soupir agacé.

– Vous êtes têtu, monsieur. L'obstination est sans doute une qualité, mais dans ce cas précis, elle tient de la sottise.

– Cela n'a rien de surprenant, plaisanta Krine, « sottise » est mon deuxième prénom.

Le limier s'élança, le manche du râteau pointé en avant. Juste avant l'impact, il se baissa, mit un genou à terre et effectua une glissade. Le bâton cingla les rotules de son rival. Celui-ci émit un hoquet de surprise. Krine en profita pour lui assener un second coup dans le bas-ventre. L'homme, gémissant de douleur, s'empoigna l'entrejambe. Le détective fit une roulade, passa derrière lui et, bondissant dans son dos, brisa le manche de l'outil sur sa nuque. Le type au visage balafré s'écroula avec la raideur d'un arbre coupé.

Le silence était retombé sur le cimetière. On n'entendait plus que la pluie clapotant sur les vieilles pierres.

Krine, épuisé, se débarrassa des restes du râteau puis s'accroupit auprès de son adversaire. Il tâta son pouls. Le verdict tomba : l'homme était vivant. Bien trop même, car il se redressa brusquement, saisissant le détective à la gorge. Krine tenta en vain de desserrer l'étreinte. Les doigts monstrueux écrasaient sa trachée, empêchant l'air de circuler.

– Vous n'êtes pas raisonnable monsieur, dit le géant, réellement désolé. Voyez où tout cela vous conduit.

Krine suffoquait. C'était perdu, il allait y rester.

C'est alors qu'un miracle se produisit.

Une dalle s'abattit soudain sur le crâne de son agresseur. Krine eut à peine le temps de lire l'épitaphe qui y était inscrite avant qu'elle n'éclate en morceaux : *In remembrance of my beloved husband.*[8]

Le colosse s'affala lourdement sur lui, l'écrasant de tout son poids.

Une silhouette confuse apparut alors au-dessus du détective : celle d'un gamin coiffé d'une casquette. Ce fut la dernière image qu'il contempla avant de sombrer dans l'inconscience.

8. En souvenir de mon époux bien-aimé.

11

Un gamin énervant

Hector Krine s'éveilla sur le sofa de son salon. De là, il voyait l'horloge posée sur la cheminée, entourée de quatre matriochkas[9] alignées par taille décroissante. Son tic-tac rassurant égrenait les secondes. Les aiguilles indiquaient cinq heures et demie. L'appartement étant plongé dans le noir, ce devait donc encore être le matin. Comment diantre était-il arrivé ici ?

– C'est moi qui vous ai raccompagné.

La voix le fit sursauter. Un jeune garçon était assis dans un fauteuil, les genoux remontés sous le menton. Il n'était pas très épais. Ses yeux clairs étaient en partie cachés par les mèches brunes qui s'échappaient de sa casquette. Krine le scruta, intrigué. Avait-il réellement lu dans ses pensées ?

– Bien entendu.

– Plaît-il ?

– Oui, j'ai sondé votre esprit. C'est bien la question que vous vous posiez ?

9. Poupées russes de tailles de plus en plus réduites qu'on emboîte les unes dans les autres.

Le détective se redressa et passa une main dans ses cheveux. Une gangue de terre les empoissait. Il tâta ensuite son visage. Il trouva quelques ecchymoses et sa mâchoire était douloureuse. Un reliquat des combats de la nuit.

– Tu es Matthew, je suppose ?

Le gamin acquiesça d'un signe de tête. Apparemment, ce n'était pas un bavard. Krine se leva et fit craquer ses os. Il avait mal partout. Ses muscles étaient entièrement courbaturés.

Il s'inquiéta du sort du responsable de ses ecchymoses.

– Et l'homme au chapeau melon qu'est-il devenu ?

– Je n'ai pas attendu qu'il revienne à lui, déclara l'enfant. Je vous ai traîné tant bien que mal hors du cimetière et j'ai hélé un autocab qui nous a reconduits à votre domicile. Il a bien fallu, vu que l'autre vous avez carrément ratatiné.

Le ton narquois de cette dernière remarque déplut au détective.

– Dis donc petit et si, plutôt que de faire l'éloge de mon adversaire, tu m'expliquais comment tu connais mon adresse ?

– Ma mère m'avait chargé de vous porter un pli. Celui dans lequel elle vous demandait de l'aider. Une bien belle erreur si vous voulez mon avis. On ne demande pas à un manchot de jouer du violon.

Krine prit sur lui pour passer outre la remarque. Matthew désigna une poche de gilet du détective. Ce dernier en retira une enveloppe froissée. Décidément, les talents divinatoires du môme étaient remarquables ; il aurait fait fortune dans un music-hall.

– Tu l'as lu ? grogna Krine.

– Non, mais vous venez bêtement d'en visualiser le contenu dans votre tête. Ça me suffit pour savoir.

Remarquables, mais véritablement agaçants, corrigea l'enquêteur. L'arrogance moqueuse du garçon commençait à lui taper sérieusement sur les nerfs

– C'est très indiscret de fouiner dans le crâne des gens mon garçon, le tança-t-il.

L'enfant prit un air faussement désolé.

– Oh vraiment ? J'y peux rien moi. Ça vient comme ça. Si je le souhaite, je peux bien sûr aller gratter un peu pour dénicher certaines choses, mais la plupart du temps, ce n'est même pas nécessaire. Enfin, vous savez ce que c'est, n'est-ce pas ?

L'allusion à son propre don mit Krine mal à l'aise. Embarrassé, il préféra changer de sujet et revenir à ce qui s'était passé dans la nécropole.

– J'ai la nette impression que le colosse qui m'a rossé à Abney Park n'était là-bas que parce que tu y étais aussi. Il te suit ?

– Ouais, mais j'ignore son identité. Quand j'essaye de le « lire », c'est comme si je me heurtais à un mur de briques.

Krine réalisa qu'il n'avait rien perçu au contact du géant. Nulle image ne lui était apparue, alors que d'ordinaire, il devait se battre pour empêcher qu'elles ne surgissent.

– Il a déjà cherché à te faire du mal ?

– Non jamais, contrairement à ces saloperies de loups-garous.

– Des loups-garous, dis-tu ?

Le détective se frotta machinalement la joue, réveillant la douleur de ses contusions. L'affaire devenait bigrement intéressante. Le gamin se retrouvait maintenant avec toute une ménagerie aux trousses. La question étant : pourquoi ?

– Je leur ai échappé de justesse, mais ils ont bien failli m'avoir comme... (il hésita puis termina sa phrase), comme ils ont eu ma mère.

Matthew renifla discrètement dans sa manche. Krine posa une main hésitante sur son bras.

– Je suis désolé pour ta mère, je l'aimais beaucoup.

Le gamin avait beau jouer les durs, il était au bord des larmes. On devinait une fêlure qu'il dissimulait par une agressivité outrancière. Il était comme un animal sauvage désorienté, prêt à mordre.

– Tu as vu celui qui l'a tué ?

– Pas sous sa forme humaine. Tout ce que je sais, c'est qu'il était très grand, même pour un lycanthrope.

Il pâlit à ce souvenir. Même s'il s'en cachait, il ne fallait pas être grand clerc pour deviner que ses récentes aventures l'avaient éprouvé. Le détective s'empressa de préparer un peu de thé. Qu'allait-il faire de lui ?

– Je devrais sans doute te ramener à Diancecht, suggéra-t-il. Il est très inquiet pour toi.

Matthew se leva d'un bond, renversant le liquide contenu dans sa tasse.

– Non ! Si c'est ça, je me tire !

Un courroux mêlé d'inquiétude se lisait sur ses traits. Il fit un effort pour se calmer et donner à Krine une explication :

– Je ne lui fais pas confiance. Il se comportait de façon bizarre ces derniers temps, et maman et lui se disputaient souvent.

– À quel propos ?

Le gamin secoua la tête.

– Ça, je l'ignore. Ils se mettaient toujours à l'écart. Et malheureusement, Diancecht et ma mère verrouillaient toujours parfaitement leurs pensées.

Cela confirmait le sentiment de Krine. Lors de leur entretien, le nécromancien lui avait semblé tout aussi étrange. Des intrigues se nouaient dans l'ombre, mais elles paraissaient difficiles à démêler.

Après une seconde tasse de thé, Krine proposa à Matthew de séjourner chez lui. Et de prendre un peu de repos. La nuit avait été longue.

– Je ne sais pas trop, répondit-il. Vous n'êtes pas très fortiche, je serais sûrement plus en sécurité en me débrouillant par moi-même.

Malgré la colère qu'il sentait monter en lui, l'enquêteur insista. Charitable, il lui abandonnait même sa chambre. Après avoir tergiversé, Matthew consentit à rester. Au moment de se coucher, il interrogea le détective du bout des lèvres.

– Vous connaissiez bien ma mère, n'est-ce pas ?

Krine, qui se doutait que le sujet finirait par être abordé, ne chercha pas à esquiver la question.

– En effet, dans notre jeunesse nous étions très bons amis. Et puis, en 1875, je me suis engagé dans l'armée et nous nous sommes... comment dire... perdus de vue.

Le gamin fronça les sourcils.

– Bon amis, hein ? 1875, c'était seulement un an avant ma naissance, ça, dit-il sur un ton plein de sous-entendus.

Savait-il quelque chose que Krine ignorait ? Ou bien son « intuition » lui chuchotait-elle des choses à l'oreille ? Le détective ne releva pas. Depuis que Diancecht lui en avait parlé, cela le tourmentait, lui aussi. Il ne croyait qu'à moitié à cette histoire de marin de passage. Il se rendit bien compte que Matthew essayait de le sonder, mais il ferma son esprit.

– Bon, il est grand temps pour toi de dormir un peu, déclara-t-il péremptoirement. Bonne nuit.

– C'est ça, dit Matthew en lui claquant la porte de la chambre au nez.

Eh bien, ça promet !

Une fois assuré que l'adolescent s'était endormi – ce qui ne tarda pas, car il était épuisé –, Krine s'installa dans le salon. Il se contenterait du sofa, même s'il doutait de réussir à trouver le sommeil. Les informations se bousculaient, chaotiques, dans sa caboche endolorie et il ne parvenait pas encore à les recouper convenablement.

Krine s'attarda devant les matriochkas de la cheminée. Presque malgré lui, ses mains s'emparèrent de la plus grande et la déboîtèrent. Des feuilles de papier jauni attendaient à l'intérieur. Le limier en déplia une au hasard. Elle était parcourue d'une écriture fine et soignée, remplie de mots surgis du passé. Une larme s'écrasa sur la signature au bas de la page et en fit couler l'encre.

With love, Hécate.[10]

10. Avec tout mon amour, Hécate.

12

Une visite importune

En cette fin de matinée, Krine avait décidé de faire un saut chez *Dead and Buried*. Il supputait que l'entreprise de pompes funèbres avait beaucoup à lui apprendre. Matthew dormait toujours et il ne jugea pas utile de le réveiller. Krine lui laissa cependant un mot. Les quelques lignes donnaient pour consigne de ne pas bouger de l'appartement. Il récupéra ensuite une dague en argent sur son bureau et la glissa dans sa veste. On n'était jamais trop prudent.

Une mauvaise surprise attendait le détective sur le palier.

Petterson se trouvait là, le poing levé, prêt à cogner à la porte. Comme toujours, tiré à quatre épingles. Il souriait, mâchouillant un morceau de cigare. Son âme damnée, le fidèle Pad O'Brady, l'accompagnait. Krine ne comprenait d'ailleurs pas le pourquoi de cet attachement, car le policier traitait son adjoint pire qu'un chien.

– Commissaire, quel vent funeste vous amène ?

Malgré la pique, Petterson continua d'afficher un sourire extatique.

– Mais, celui de la victoire, bien sûr. Comment pourrait-il en être autrement ?

Krine referma la porte derrière lui, signifiant ainsi au policier qu'il n'avait aucune intention de le laisser entrer.

– C'est-à-dire ? Vous avez enfin réussi à dompter votre chevelure frisottante ?

À l'opposé de l'autre soir, les cheveux de Petterson étaient cette fois peignés en arrière et copieusement lissés à la brillantine.

L'officier renifla avec dédain.

– Je pourrais vous faire arrêter sur-le-champ pour outrage à la force publique, mais je n'en ferai rien. Ma récompense sera votre expression stupéfaite en apprenant la nouvelle.

Krine croisa les bras, s'attendant au pire.

– Et quelle est-elle ?

– J'ai résolu l'enquête sur la mort de la nécromancienne, annonça fièrement le policier.

O'Brady applaudit comme au spectacle. Il levait des yeux remplis d'admiration sur son supérieur.

– Vraiment ? s'étonna Krine, clairement peu convaincu.

– Eh oui, le coupable est d'ors et déjà sous les barreaux. Un Grouillant qui mendiait dans une rue adjacente au lieu du crime. Il s'avère que c'est un loup-garou. La coïncidence est frappante, ne trouvez-vous pas ?

Il gratta une allumette et tenta, sans succès, d'insuffler une nouvelle vitalité aux cendres de son cigare. Dépité, il écrasa sous son pied le moribond.

– Si vous parlez d'Andropov, vous faites fausse route. Le pauvre vieux ne ferait pas de mal à une mouche.

– Il a avoué ! dévoila le commissaire.

Krine était consterné. Décidément, il avait affaire à un sot.

– Certainement, mais après avoir reçu combien de coups de matraque ?

Petterson serra les mâchoires, furieux. Le détective pouvait lire de la haine dans son regard.

– Vous remettez en cause mes conclusions ? cracha-t-il.

– Elles sont grotesques ! Andropov est impotent. Il souffre d'arthrite, ses dents sont déchaussées et il n'arrive plus à accomplir de métamorphose, même durant la pleine lune.

– C'est un loup-garou ! clama Petterson, comme si cette seule vérité justifiait tout.

– Vous êtes un imbécile, mais on ne vous attribue pas pour autant toutes les bévues de la terre ! s'emporta l'enquêteur. Cela ne vous suffit pas d'être un usurpateur, faut-il aussi que vous enfermiez des innocents ?

Petterson devint tout rouge. Sous l'effet de la rage, ses yeux exorbités faillirent jaillir de leurs orbites.

– USURPATEUR ? ! Osez le redire pour voir !

O'Brady cracha un jet noir de chique et remonta ses manches de chemise, s'attendant à en découdre. Son patron ne savait pas jouer des poings et c'est à lui que revenaient systématiquement les basses besognes. Malgré sa petite taille, c'était un costaud.

Krine préféra éviter les ennuis ; particulièrement avec Matthew à côté. Il s'approcha assez près de Petterson pour que le leprechaun ne puisse pas l'entendre, le front presque collé à celui du policier.

Il chuchota :

– Nous savons vous et moi qui a véritablement élucidé bon nombre des affaires que vous aviez en charge. Et dont vous avez tiré des lauriers qui ne vous revenaient pas.

Petterson se recula et le toisa. Il souriait de nouveau.

– Alors, il s'agit donc de cela : une rancune mal digérée.

Krine n'en croyait pas ses oreilles. Le culot de ce cuistre était incommensurable. Depuis des années, ce cancrelat bouffi d'orgueil s'attribuait les mérites du détective. Il usait de son pouvoir pour modifier les rapports de police ou influencer les témoins. Les journaux le glorifiaient alors qu'il n'était qu'un imposteur. De ce fait, Krine passait pour un minable incapable de mener à bien une enquête. Le limier sentit sa main droite se contacter. Un poing vengeur n'allait pas tarder à atterrir dans le faciès poudré de Petterson.

Cela n'avait pas échappé à O'Brady, qui s'apprêtait à intervenir.

Heureusement, un grincement fit diversion. La porte donnant sur l'appartement du détective s'entrouvrit avant de se refermer sèchement. Petterson, curieux, se pencha pour tenter d'apercevoir celui qui s'abritait derrière.

– Qui cachez-vous ainsi ? Une femme ? Si tôt après le meurtre de votre amie, voilà qui n'est guère convenable, se moqua-t-il.

Krine le foudroya sur place.

– Il est temps pour vous de partir. Immédiatement !

O'Brady tira nerveusement sur la manche du commissaire. Contrairement à sa bourrique de chef, il avait lu dans les yeux du détective qu'il était dangereux de dépasser les bornes. Petterson finit sans doute lui aussi par le comprendre, car il tourna les talons.

***

Walter Petterson attendit que Krine ait quitté le 221 A Baker Street pour donner ses instructions à son adjoint. O'Brady devait faire le guet devant le domicile du détective et noter toutes les allées et venues. C'était dans les cordes du leprechaun. Le nain cumulait plusieurs facultés, dont celle, particulièrement précieuse pour les filatures, de se fondre dans le décor à la manière d'un caméléon. Aussitôt dit, aussitôt fait : on ne le distingua bientôt plus d'un mur de briques qui faisait l'angle de la rue. Pad O'Brady en avait adopté la couleur et la forme. Seul un œil averti aurait pu remarquer le frissonnement inhabituel qui en agitait la surface.

Celui, par exemple, d'un géant massif, portant cape et chapeau melon, qui épiait depuis un moment les deux hommes. Un pépiement criard lui fit lever la tête.

Juste à temps pour voir un aigle traverser le ciel gris de Londres.

13

Des triplés morbides

Krine devait reconnaître que les locaux de D&B en imposaient. La façade, ornée de flèches néogothiques, occupait toute une longueur de trottoir. De hautes colonnes antiquisantes la soutenaient. Elles s'élevaient de part et d'autre du perron, auquel on accédait par un escalier de pierre. Le détective grimpa la volée de marches et se retrouva devant l'entrée, située sous un porche surplombé de gargouilles. Il toqua à la porte. Des bruits de pas retentirent après quelques secondes d'attente. Le panneau de chêne s'ouvrit en grinçant sur un vaste hall carrelé de marbre. Krine faillit ne pas remarquer le petit être tapi derrière ; ce qui serait sans doute advenu si celui-ci ne l'avait questionné.

– Sir ? Que puis-je pour votre service ?

La créature ne dépassait pas le mètre quarante. L'air inquisiteur, elle dévisageait le visiteur avec de gros yeux globuleux. Son minuscule nez en trompette surmontait une bouche mince et dépourvue de lèvres d'où émergeaient deux incisives pointues. Son visage était rond et glabre. Ni sourcils, ni cheveux, ni barbe.

Pas un poil, à l'exception de ceux, longs et noirs, qui débordaient de ses oreilles en pointe.

Une goule.

La méfiance était de rigueur. Celles-ci étaient connues pour être fourbes et cruelles.

– Mon nom est Hector Krine. Je souhaiterais m'entretenir avec le directeur de l'établissement.

La goule se présenta à son tour.

– Friedrich Herzog. Je gère cette entreprise avec mes deux frères. Donnez-vous la peine, je vais aller les quérir.

Friedrich s'effaça pour le laisser entrer. Krine le suivit jusqu'à un petit salon qui servait habituellement à recevoir les clients en deuil. C'était un lieu intime, propice au recueillement. Sobrement meublé, il ne comportait qu'une banquette et trois fauteuils. Le détective opta pour le velours du plus grand des sièges. Après s'être poliment excusée, la goule l'abandonna. Elle revint moins de deux minutes plus tard, accompagnée de sa fratrie.

– Mes associés, Wilhelm et Klaus. Vous noterez, je pense, un certain air de famille.

C'était davantage qu'une simple ressemblance. Les trois Herzog s'avéraient impossibles à différencier. De véritables triplés, vêtus à l'identique. Ils portaient de vieux costumes noirs empestant le camphre. Un nœud papillon enserrait leur cou, qu'ils avaient aussi maigre que celui d'un poulet. Étrangement court, ce dernier semblait comme vissé sur leur corps trapu.

Les goules s'installèrent sur les fauteuils. Krine remarqua qu'elles avaient de très grands pieds, chaussés de brodequins à grosses semelles. Les souliers paraissaient un peu trop propres, comme si on les avait récemment nettoyés et cirés. Ce qui contrastait avec leurs habits élimés et poussiéreux.

Les croque-morts affichèrent un air compatissant.

– Quel malheur vous amène ici mon cher monsieur ? La triste disparition d'un père ?

– D'une mère ?

– D'une épouse ?

– Rien de tout ceci. J'exerce la profession de détective privé et j'aurais quelques questions à vous poser.

Krine les sentit se raidir, mais leur face de carême resta impassible.

– Vraiment ? dit Friedrich (à moins que ce ne fut Wilhelm). Et de quoi s'agit-il ?

Si elle n'était pas sincère, la goule jouait l'étonnement avec grand talent.

– Des cadavres ont récemment été dérobés à Abney Park et on m'a chargé d'enquêter sur cette bizarrerie. Avez-vous procédé à l'inhumation de... attendez une seconde...

Le détective sortit un petit carnet de sa poche et le feuilleta.

– Ah ! Voilà... Margaret Bronson, Thadeus Atkins et Robert Johnsson.

Wilhelm (était-ce Klaus ?) lui adressa un regard larmoyant.

– Oui, en effet. Les pauvres ont eu, bien malgré eux, recours à nos services.

– Nous les avons tous enterrés le même jour, précisa Klaus (Friedrich ?). Une vilaine épidémie de typhus qui a frappé un quartier de la ville.

– Quand cela exactement ?

Les goules firent mine de réfléchir.

– Hier, il me semble, dit un des frères (lequel des trois, difficile à affirmer). Mmm, laissez-moi un instant : il y a trois jours, c'était la famille Orbison, tragiquement décédée dans un accident de locotube. Avant-hier, la veuve Gridy... Oui, c'est bien cela, hier.

Excusez-moi, je me mélange parfois un peu avec les dates. Vous savez, nous organisons les obsèques, mais ce sont nos ouvriers qui s'occupent de la mise en bière, alors...

– Vos ouvriers appartiennent-ils également à votre espèce ? demanda Krine sur un ton neutre.

– Tout à fait. C'est un problème ?

– Pas du tout. Mais, dites-moi, n'est-ce pas étrange pour des goules de tenir un commerce comme le vôtre ? N'êtes-vous pas nécrophages ?

L'enquêteur avait visé juste. La question, insidieuse, désarçonna quelque peu ses interlocuteurs. Friedrich (ou un autre) répondit avec hésitation :

– Nous l'étions, reconnut-il. Mais business et tradition ne faisaient pas bon ménage. Ah, cette manie de faire les veillées cercueil ouvert. Les clients se plaignaient que les corps ne fussent pas toujours livrés entiers. Nous avons donc renoncé à nos petites habitudes, dans l'intérêt de l'entreprise. Vous savez ce que c'est, les gens sont si sourcilleux. Dès qu'il manque un bras, c'est un drame !

– Pourtant, ça ne les gênait pas tant que ça autrefois ! renchérit celui que Krine pensait être Wilhelm. On nous autorisait même à mordre l'orteil des défunts, afin de s'assurer qu'ils avaient bien trépassé. C'est pour cela que ceux de notre métier furent dénommés *croque-morts*.

Wilhelm, content de son anecdote, s'esclaffa bruyamment. Un vrai rire de hyène, qui n'était pas inconnu au détective. Klaus assena à son frère un coup de coude dans les cotes qui lui déclencha une violente quinte de toux.

– Un chat dans la gorge ? s'inquiéta hypocritement Krine.

– Kof ! Kof ! Non, je n'ai pas mangé de chat cette semaine, répondit benoîtement la goule en se tamponnant la bouche avec un mouchoir douteux. Le dernier était trop faisandé, et puis ça me donne des gaz.

Des images répugnantes parvinrent involontairement à Krine, émergeant directement de l'esprit de la créature :

Wilhelm récupérant un félin au corps raidi dans une ruelle.

Wilhelm faisant descendre l'animal tout entier dans son gosier.

Wilhelm se léchant les doigts après son festin.

Friedrich et Karl fusillèrent leur jumeau du regard. Ce n'était pas, à ce qu'il semblait, le plus malin de la bande.

L'enquêteur faillit user de son don pour en apprendre davantage, mais il se retint : les indices étaient déjà assez abondants. Il remercia ses hôtes de leur aimable collaboration et prit congé.

Une fois à la porte, il sortit un étui en cuir souple de la poche de son manteau. Il contenait plusieurs objets qui auraient davantage trouvé leur place dans la panoplie d'un cambrioleur : cinq ou six clés de diverses dimensions et un petit récipient rempli de cire. Krine choisit une des tiges, grossièrement façonnée, et la graissa copieusement. Il était essentiel d'appliquer une couche épaisse. Il glissa ensuite le morceau de métal dans la serrure.

Un couple de bourgeois passa dans la rue à ce moment précis en le regardant d'un œil suspicieux. Pour tromper leur vigilance, l'enquêteur fit mine de fouiller dans sa poche. Après avoir donné le change quelques secondes, il exhiba victorieusement les clés de son propre appartement :

– Ouf ! Elles sont ici. Je suis à ce point étourdi que j'ai cru m'être enfermé à l'extérieur !

Le couple s'éloigna en lui adressant un sourire compréhensif. À eux aussi, il arrivait d'égarer leurs clés. Une fois que les deux rupins eurent tourné l'angle, Krine retira la tige poisseuse de la serrure et la rangea dans son étui.

Il avait bien l'intention de rendre très prochainement une nouvelle visite aux frères Herzog.

14

La fumerie chinoise

Les fumeries d'armoise se situaient près des docks, dans le quartier chinois de Limehouse. Elles abondaient, le disputant aux tripots clandestins. Krine en avait déjà écumé beaucoup. Il cherchait à se renseigner sur les loups-garous qui s'en étaient pris à Matthew. La vérité sur la mort d'Hécate, ainsi que la liberté de ce pauvre Andropov, en dépendait. Et puis, il fallait avouer que le détective rêvait de river son clou à cet imbécile de Petterson.

En dépit de ses efforts, Krine se confrontait à la loi de silence. Les tenanciers se taisaient, préférant ne pas causer de tort à leurs clients. Après tout, les lycanthropes faisaient tourner leur commerce. Son dernier espoir se résumait à un fumoir logé au fond d'une ruelle empuantie par les relents nauséabonds de la Tamise. L'établissement appartenait à un certain Ping Yi. Il arrivait à ce dernier de jouer les indicateurs. Peut-être parlerait-il pour le demi-souverain[11] que Krine était prêt à lui offrir.

12. Pièce de monnaie équivalente à dix shillings.

Les carreaux en verre dépoli de la façade empêchaient de voir à l'intérieur. Krine souleva donc le rideau qui masquait l'entrée. Une fois le seuil franchi, la Chine s'invitait sur les terres de Sa Majesté. Des lampions et des guirlandes étaient suspendus au plafond. Les tapisseries tendues sur les murs figuraient des scènes épiques où des guerriers livraient bataille sous l'œil vigilant de dragons survolant les nuages. Quelque part, dans l'arrière-boutique, on jouait de la guitare-lune[12].

Un effluve amer assaillit les narines du détective.

Tout autour de lui, des hommes alanguis reposaient sur des nattes disposées en lignes étroites. À l'aide d'une longue aiguille, ils mettaient des boulettes d'armoise à griller au feu d'une lampe avant de les bourrer avec application dans le fourneau de leur pipe. De jeunes Chinoises, attentives, circulaient entre les travées, prêtes à les resservir en herbe aux songes.

L'enquêteur plissa les yeux, scrutant à travers la pénombre de la pièce.

Au fond de celle-ci, posté derrière un comptoir, un vieil Asiatique dégustait du thé dans un bol. De la vapeur se dégageait des feuilles qu'il arrosait d'eau bouillante. Il était borgne et une impressionnante natte de cheveux blancs dévalait son échine voûtée.

Krine supposa qu'il s'agissait du maître des lieux.

– Vous êtes Ping Yi ?

Le vieillard le toisa avec méfiance.

– C'est pour consommer ?

Le détective s'étonna.

– Ma foi, je pensais que seuls les loups-garous pouvaient prendre de l'armoise.

13. Le yueqin, une sorte de luth chinois.

– La sensation est différente, mais les humains en ressentent cependant les effets, dit Ping Yi en goûtant le contenu de sa coupe. Vous voulez essayer ?

– Peut-être plus tard, se défila Krine. Vous suggérez donc que ceux qui se trouvent ici ne sont pas tous des lycanthropes ?

Ping Yi le fixa sans répondre. Son visage reflétait la méfiance. Krine fit glisser un demi-souverain sur le comptoir. Le vieux Chinois le coiffa de sa paume et désigna deux couchettes passablement éloignées.

– Seulement ceux-là, souffla-t-il. On les reconnaît à leurs pupilles, brûlantes comme un fer porté au rouge. Les autres ne sont que quelques bourgeois venus s'enhardir dans les bas-fonds.

Krine jeta un coup d'œil discret aux deux hommes. Le premier était frêle et maladif. Rien à voir avec le profil décrit par Matthew. Le second, au contraire, était une véritable armoire à glace. Son crâne chauve luisait à la lumière des lanternes, balafré de cinq sillons parallèles.

Ce détail attisa la curiosité du détective.

– Que pouvez-vous me dire à propos de celui-ci ? demanda-t-il.

Ping Yi reposa son bol et essuya ses lèvres humides.

– Il est déjà venu ici plusieurs fois, mais ce n'est pas vraiment ce que j'appellerais un habitué.

– Et à quand remonte sa dernière visite ?

– Oh, environ trois jours.

– Avait-il ces griffures sur le visage ?

Le vieux Céleste réfléchit un instant en lissant ses longues et fines moustaches.

– Pas que je me souvienne.

– C'est bien ce qu'il me semblait, marmotta Krine.

– Pardon ?

– Non, rien (Krine avisa un emplacement libre près du loup-garou). Finalement, je vais accepter votre offre et louer une de vos nattes.

Il aligna une nouvelle pièce.

Ping Yi claqua dans ses mains. Aussitôt, une des serveuses conduisit Krine jusqu'à sa couche. Après que celui-ci se fut allongé, la jeune fille disposa tous les ustensiles nécessaires. Le limier, novice, imita les gestes des autres clients. Il n'avait bien entendu aucune intention de se droguer et fit juste mine de tirer sur sa pipe. Sa position lui donnait surtout l'occasion d'examiner d'un peu plus près son voisin.

L'homme somnolait, les yeux clos. Il avait roulé en boule sa vareuse pour s'en confectionner un oreiller. Son vêtement, aux boutons décorés d'une ancre, indiquait qu'il s'agissait sans doute d'un marin ou d'un docker. Ses cicatrices, boursouflées, couraient du haut de son front jusqu'à son œil droit. Les ongles d'Hécate en étaient sûrement la cause. Si les lycanthropes guérissaient vite, ils gardaient toujours les stigmates des blessures passées.

En ouvrant les paupières, son regard écarlate se posa sur Krine.

L'enquêteur prit un air absent, donnant l'impression d'être absorbé dans la contemplation des fresques murales. Le grand chauve tira une dernière fois sur sa pipe et se leva tranquillement.

C'est là que les choses se corsèrent.

Quand il passa devant lui, Krine, intrigué, voulut le suivre. Le type empoigna alors une serveuse, qu'il envoya valser avant de s'enfuir en courant.

Il m'a repéré !

Le détective réagit sur le champ. Anticipant la chute de la petite Chinoise, il attrapa cette dernière par la taille et la déposa délicatement sur la natte. Puis, il bondit à la poursuite du fugitif. L'homme avait presque atteint la sortie quand Krine lui agrippa l'épaule.

– Hé ! Pas si vite mon gaillard !

La montagne de muscles, qui avait soigneusement conservé dans sa bouche sa dernière bouffée d'armoise, se retourna et lui souffla un nuage de fumée en plein visage.

– Сладкие мечты ! [13] cracha-t-il avec une moue revêche.

Le sol parut se dérober sous Krine. Il avait soudainement les jambes en coton. Ses oreilles bourdonnaient et les couleurs l'entourant avaient pris des teintes inhabituelles. Il leva les yeux. Les lignes droites de la charpente étaient à présent courbes. L'enquêteur, ayant du mal à garder l'équilibre, s'appuya maladroitement contre un mur. Les soldats des tapisseries s'en évadèrent pour courir sur son torse. Certains se perchèrent sur ses bras et lui décochèrent des flèches avec leur arc. En l'atteignant, les traits se changèrent en fleurs. Des orchidées, qui s'épanouirent comme des soleils. Krine tomba lourdement sur les fesses. Au-dessus de lui, le grand chauve avait commencé à muter. L'ossature de sa mâchoire s'était étirée et des oreilles de loup pointaient sur son crâne.

La clientèle, affolée, se bousculait pour sortir. Les serveuses, suivant l'exemple de Ping Yi, avaient abandonné leur plateau pour rejoindre l'arrière-boutique qui donnait sur une issue de secours. Même le second loup-garou s'était caché dans un coin, terrorisé par son impressionnant homologue.

L'énorme lycanthrope, qui avait bien gagné un mètre de hauteur durant sa transformation, se pencha

14. Fais de beaux rêves !

sur Krine et le souleva de terre. Une main griffue se porta à son cou, prête à l'égorger.

– Ты умрешь ! [14]

C'est alors que le limier, dans un sursaut d'énergie, s'empara de la dague sikhe en argent rangée dans sa poche et la planta dans le bras de la bête. Un grésillement s'éleva de la plaie. Bientôt couvert par le hurlement flûté du loup-garou. Celui-ci, fou de douleur, lâcha Krine et plongea à travers la vitrine du fumoir pour s'échapper. Les blocs de verre opaque se disloquèrent comme les cubes d'un jeu d'enfant.

Quand Krine réussit enfin à se remettre sur ses jambes, la ruelle à l'extérieur était déserte. Il contempla la lame barbouillée de sang en se félicitant d'avoir pensé à l'emporter.

15. Tu vas mourir !

15

Le message codé

Hector Krine, de retour chez lui, comptait ses plaies et bosses. Rien de grave, quelques contusions et de multiples écorchures, mais il commençait à les collectionner de manière fâcheuse. Cette affaire se révélait un vrai parcours du combattant. Comme si cela ne suffisait pas, un mal de crâne le taraudait, résultant des vapeurs d'armoise qu'il avait inhalées. Matthew avait récupéré le détective sur le palier, grelottant et marmottant des propos inintelligibles. Un contrecoup à l'absorption de cette drogue : la « descente » était généralement brutale. Ping Yi n'avait pas menti en lui affirmant que les humains en ressentaient eux aussi les effets. Mais décuplés ! Il se demanda comment les lycanthropes pouvaient consommer un si puissant hallucinogène. Il fallait être doté d'une sacrée constitution pour s'adonner à cette pratique sans finir par perdre complètement l'esprit.

L'appartement était plongé dans une semi-pénombre. Une clarté diffuse émanait d'une lampe à pétrole dont la mèche avait été mise en veilleuse. Une lumière trop vive aurait attisé sa migraine.

Enveloppé dans une couverture, Krine quitta le sofa sur lequel il était affalé pour s'asseoir sur le sol. Il avala d'un trait le thé que lui avait préparé Matthew. C'était la troisième tasse qu'il ingurgitait en quelques minutes. L'homme paraissait aller un peu mieux. Son visage, auparavant livide, avait retrouvé quelques couleurs.

Matthew, en retrait, les fesses posées sur le bureau du salon, le regarda sans comprendre étaler des cartes à jouer sur une petite console de style indien.

– Que faites-vous ? demanda-t-il au bout d'un moment, sa curiosité piquée au vif.

Il aurait, sans beaucoup de remords, lu la réponse dans les pensées du détective, mais en raison de la drogue présente dans l'organisme de celui-ci, celles-ci étaient encore passablement embrumées. De toute façon, et bien qu'il refusât de l'admettre, il savait que même en médiocre condition, Krine était en mesure de lui soustraire les secrets enfouis au fond de son crâne. Il avait beau nourrir des sentiments confus à son égard, il ne le sous-estimait pas pour autant.

– Oh, juste une marotte qui stimule ma réflexion, lui répondit évasivement le détective.

Ce dernier avait en effet à résoudre une épineuse énigme. Lors de sa fuite précipitée, le loup-garou s'était vu contraint d'abandonner sa vareuse. L'enquêteur, après inspection, avait découvert un pli en mauvais état dans une des poches du vêtement. Un des bords avait été violemment déchiré.

La pièce manquante du puzzle, songea Krine en se remémorant le morceau de papier trouvé dans le poing d'Hécate.

L'adresse indiquée sur l'enveloppe était bien celle de la nécromancienne. Krine déplia la feuille qu'elle contenait et la déposa sur la petite table basse, à côté des sept colonnes de cartes de sa *réussite*. La missive alignait une série de lettres bâton qui se succédaient sans logique apparente :

FYYJSYNTS !
INFSHJHMY S'JXY UFX HJQZN VZY ATZX HWTDJE.
RJKNJE-ATZX IJ QZN.

ATYWJ IJATZJ,
A.K

Il s'agissait évidemment d'un message codé. Encore fallait-il déterminer avec quel système ! Il en existait des centaines. Depuis 480 avant J.C, et les tablettes de Demaratus[15], les hommes n'avaient cessé d'en inventer de plus perfectionnés. Souvent pour servir un unique but : remporter des victoires militaires. Krine, tout en disposant une dame de pique sur un roi de la même couleur, passa en revue ceux dont il avait connaissance. L'armée britannique enseignait les plus courants à ses officiers et, durant ses années de service, le détective avait eu tout loisir d'en étudier un certain nombre.

Ce ne pouvait être le *Code de César*, une méthode employée selon Suétone par le célèbre dictateur romain. Son application donnait des résultats encore plus étranges que le texte original comme :

« *LEEPYETZY ! OTLYNPNSE Y'PDE ALD NPWFT BFE GZFD NCZJPK. XPQTPK-GZFD OP WFT. GZECP OPGZFP, G.Q* » ou « *PIITCIXDC ! SXPCRTRWI C'THI EPH RTAJX FJI KDJH RGDNTO. BTUXTO-KDJH ST AJX.*

16. Espion grec qui, exilé à Suse, fait parvenir à Léonidas, roi de Sparte, des tablettes de cire dissimulant le plan de guerre de son adversaire perse.

KDIGT STKDJT, K.U », ce qui va sans dire ne signifiait pas grand-chose. Ce n'était pas le *Carré de Polybe*, qui utilisait une suite mathématique. Et le système analytique d'Abû Yusuf Al Kindi ne se révélait malheureusement guère plus concluant. Il ne restait donc que...

Krine balaya toutes les cartes à jouer du revers de la main. Ce n'était pas encore aujourd'hui qu'il achèverait sa réussite. Une lueur impatiente brillait dans ses yeux.

– Ouvre vite le troisième tiroir ! ordonna-t-il sans transition à Matthew.

L'enfant, surpris, sursauta.

– Pardon ? bredouilla-t-il.

– Le bureau ! Troisième tiroir à droite, en partant du haut ! précisa Krine.

Le garçon s'exécuta en râlant. Après tout, il n'était pas son domestique, non, mais c'est vrai quoi.

Des objets hétéroclites s'accumulaient à l'intérieur.

– C'est bien joli, mais je suis censé chercher quoi ?

– Une sorte de règle !

Matthew se demandait ce que son p... (non, il n'avait aucune certitude, même si certaines similitudes s'avéraient troublantes), ce qu'Hector Krine entendait faire d'une règle. Et puis, l'adolescent avait beau farfouiller dans le bric-à-brac entreposé dans ce fichu tiroir, il ne trouvait rien d'approchant. Quel bazar ! Une loupe, une pipe, une blague à tabac, plusieurs balles de revolver, un archet de violon brisé en deux et même une dague en argent, dégoûtante, sa lame ondulée tâchée d'un liquide noirâtre. S'y ajoutait, tout un tas d'autres saletés, mais pas de règle.

– À quoi ressemble votre machin ? grogna-t-il, c'est que vous n'êtes pas très soigneux, c'est le moins qu'on puisse dire.

– Elle est composée de deux parties superposées, l'une plus courte que l'autre, expliqua Krine en s'efforçant de conserver son calme. L'alphabet figure sur chacune des portions. Une unique fois pour la supérieure, et deux fois pour l'inférieure.

Après avoir entièrement retourné le fourbi entassé dans le meuble, Matthew tomba enfin sur l'objet convoité.

– Je l'ai ! s'écria-t-il en brandissant victorieusement le morceau de bois au-dessus de sa tête. Qu'estce que c'est au juste ?

Krine demanda à ce que le gamin lui apporte sa trouvaille. Matthew lui donna et s'agenouilla à ses côtés.

– On appelle ça la « réglette de Saint-Cyr », dévoila le détective. Les Français s'en servent pour initier leurs soldats à la cryptographie. Elle est basée sur le *Carré de Vigenère*[16], un système dérivé du *Code de César*. Cet instrument en facilite l'usage.

Il présenta le dispositif à Matthew.

– Regarde, la partie du haut est fixe ; elle se nomme le stator. L'autre est mobile, c'est le coulisseau. L'encodeur n'a plus qu'à choisir une lettre clé sur le coulisseau, par exemple le O, qu'il aligne sous le A du Stator. Ensuite, c'est un simple jeu de correspondances : s'il souhaite écrire un T, il notera un H, pour un V, ce sera un J, et ainsi de suite.

17. Blaise de Vigenère (1523-1596), inventeur d'une table ou l'alphabet est répété sur 26 lignes, avec un décalage d'un caractère sur la gauche pour chaque nouvelle rangée. Il utilisait une clé (lettre) pour coder le message voulu. Son système fut considéré comme indéchiffrable jusqu'au milieu du XXe siècle.

Stator (partie fixe)

ABCDEFGHIJKLMNOPQRSTUVWXYZ

ABCDEFGHIJKLMNOPQRSTUVWXYZABCDEFGHIJKLMNOPQRSTUVWXYZ

Coulisseau (partie mobile)

– Ouais, mais sans connaître la clé, impossible de décrypter le message, fit remarquer le gamin.

– En effet, et c'est bien ici que réside notre problème, soupira Krine.

Bien qu'il ait du mal à l'admettre, Matthew appréciait ce « notre », qui l'embarquait sans équivoque dans l'aventure. Il se réjouissait aussi de la patience dont l'homme faisait preuve dans ses explications. Un peu comme un père à l'égard de son fils. Cette pensée le mit mal à l'aise. Sans doute à cause de l'espoir indistinct qu'elle faisait naître en lui.

– Que fait-on alors ?

Absorbé dans sa réflexion, le détective ne répondit pas.

– Hé ho, je vous parle ! râla Matthew, en rendossant son costume de mauvais coucheur.

Ses yeux clairs dévisageaient Krine, trahissant une impatience non feinte. L'enquêteur ne put s'empêcher de remarquer que l'enfant les avait d'un bleu aussi limpide que ceux de sa mère. Il retrouvait beaucoup d'Hécate en lui : une peau d'albâtre, un nez délicat, des sourcils finement dessinés... Mais, ce front boudeur et ce menton volontaire, il ne les avait jamais contemplés ailleurs que dans un miroir, ce qui l'effrayait bien davantage qu'une meute tout entière de loups-garous lâchée à ses trousses. Enfin, il serait temps de s'en inquiéter plus tard.

Pensif, il soupesa machinalement la règle. Il se sentait tout proche de la solution, mais elle lui échappait encore.

– La lettre est adressée à Hécate, dit-il autant pour le jeune garçon que pour lui-même. Elle connaissait la méthode de Vigenère. Je lui en avais enseigné le fonctionnement, juste après en avoir été moi-même instruit à l'académie militaire de Sandhurst[17]. Nous échangions parfois des messages codés pour nous amuser.

– Et quelle était la clé employée ? s'enquit Matthew.

Krine se leva d'un bond.

– Mais bien sûr ! s'écria-t-il.

Le détective se mit aussitôt en quête du bout de papier trouvé chez Hécate et le déposa près de l'enveloppe dénichée dans la vareuse de marin du lycanthrope. Il fit ensuite se rejoindre les deux parties qui concordaient parfaitement. En s'assemblant, elles reconstituèrent le sceau qui la cachetait.

– La clé était la lettre apposée sur nos plis, H pour ta mère et K pour moi.

– Et ici, il s'agit du F, fit remarquer Matthew en pointant du doigt le disque de cire. C'est bien ça ?

– Précisément ! Voyons ce que ça donne.

Krine ajusta le F du coulisseau sur le A du stator, puis s'empara d'une plume et d'une feuille de papier.

ABCDEFGHIJKLMNOPQRSTUVWXYZ

ABCDEFGHIJKLMNOPQRSTUVWXYZABCDEFGHIJKLMNOPQRSTUVWXY

Il nota scrupuleusement la transcription délivrée par la réglette. Le C à la place du X, le I à la place du

18. Située près de Londres, cette académie royale formait depuis 1861 les officiers affectés à l'Armée indienne.

N... ça y était ! Cependant, même décodé, le contenu de la missive conservait des parts d'ombre.

ATTENTION !
DIANCECHT N'EST PAS CELUI QUE VOUS CROYEZ.
MÉFIEZ-VOUS DE LUI.

VOTRE DÉVOUÉ,
V.F

– Diancecht ! C'est donc réellement lui qui est derrière tout ça ! cracha Matthew avec dégoût.

Ses lèvres se mirent à trembler de façon irrépressible et deux grosses larmes tracèrent des sillons sur ses joues. Même s'ils n'avaient aucun lien de parenté, l'adolescent avait toujours considéré le doyen des nécromanciens comme son grand-père.

Cela confirmait le sentiment que Krine nourrissait depuis sa discussion avec le vieux mage. On ne pouvait plus lui faire confiance. Hécate l'avait appris à ses dépens. Restait à savoir qui était ce V.F et quel rôle il jouait dans cette affaire.

16

Au cœur de la crypte

Les derniers rayons du jour enflammaient l'horizon. Doucement, la nuit gagna du terrain et enveloppa la ville. Quand l'obscurité fut totale, une ombre grimpa furtivement les marches conduisant au porche des pompes funèbres D&B. Le bâtiment se découpait sur la lune froide, son architecture torturée s'élevant vers les cieux comme une plainte.

Krine balaya du regard les environs. La rue était déserte, ce qui arrangeait ses affaires. Ainsi, il n'y aurait pas de témoin pour assister au délit qu'il s'apprêtait à commettre. Il déposa à terre la grosse sacoche de médecin qu'il transportait et brandit une lanterne sourde. Elle ne dégageait qu'un faible halo, suffisant pour voir sans pour autant attirer l'attention.

Le détective introduit une clé dans l'orifice de la porte d'entrée. Il l'avait confectionnée à partir des empreintes prélevées lors de sa dernière visite. Les gardes de la serrure avaient imprimé leurs marques dans la cire. Reproduire un passe qui fonctionnât avait été ensuite un jeu d'enfant.

Le battant s'ouvrit avec un grincement lugubre. Krine, après avoir récupéré son bagage, se faufila à l'intérieur sous le regard désapprobateur des gargouilles.

Le grand hall de marbre était plongé dans le noir.

Krine ajusta la mèche de sa lanterne, afin de bénéficier de plus de clarté. Il explora la géographie des lieux. À gauche, on trouvait le salon intime dans lequel il s'était entretenu avec les frères Herzog. Sur la droite, une petite chapelle qui lui faisait face, avec sa poignée de bancs et son autel. À l'autre extrémité de l'immense vestibule, un escalier de pierre se déployait jusqu'à l'étage. Il menait sans doute aux appartements des trois goules. Mais, ce qui intéressait l'enquêteur se situait certainement au sous-sol.

Krine dénicha un corridor logé sous l'escalier. La discrète galerie aboutissait à un mur couvert d'une épaisse tenture en velours bordé de brocart.

Un cul-de-sac ?

Il passa la main devant la paroi. Un air froid en filtrait, faisant frissonner le tissu.

Non, un passage !

Le détective souleva l'étoffe. Derrière, un nouvel escalier – étroit et sombre – s'enfonçait en colimaçon dans les entrailles de la Terre. L'enquêteur l'emprunta, tenant sa lanterne à bout de bras pour éviter de faire un faux pas. Il avait calé son sac sous son aisselle et se guidait en suivant la paroi de la paume de sa main. Des toiles d'araignées s'effilochaient entre ses doigts et il sentait parfois, avec répulsion, huit pattes affolées courir sur sa peau. La descente lui parut interminable, si bien que, surpris par la fin abrupte des marches, le détective manqua la dernière. La lanterne lui échappa et alla rouler sur le sol. Pestant contre sa maladresse, il s'agenouilla et la ramassa avant que la mèche ne s'éteigne. La flamme révéla alors un visage effrayant, gisant à quelques centimètres du sien.

L'enquêteur réprima un cri.

Les paupières et les lèvres de l'individu étaient suturées afin de les garder closes, et son teint était d'une pâleur... mortelle ! Un cadavre. Rien d'étonnant, c'était sûrement dans cette pièce que les frangins Herzog embaumaient les morts qu'on leur confiait. La thanatopraxie était une science récente, mais elle comptait de nombreux adeptes parmi les entrepreneurs de pompes funèbres londoniens. Leurs clients appréciaient l'idée de traverser l'éternité sous un aspect présentable.

L'homme, entièrement nu, était allongé sur une table d'opération. Son crâne fracassé montrait que sa mort avait été violente. On l'avait patiemment reconstitué avec de la cire et de l'argile. Sur le sol, une grande bassine était remplie d'un liquide sombre et épais : son sang, ainsi que les fluides responsables de la décomposition organique, avait été ponctionné. Pour finir, afin de parfaire la conservation, du formol lui avait été injecté par voie artérielle. Du bel ouvrage. Mais Krine doutait que le procédé fût employé pour tous les défunts défilant dans cette cave. La solution aqueuse devait donner une saveur trop désagréable à ceux que les goules envisageaient de déguster. Ou bien – il se remémora en un flash le chat desséché enfourné par Wilhelm – celles-ci avaient l'estomac sacrément bien accroché.

Krine inspecta la pièce. Elle semblait entièrement dédiée à la profession des propriétaires. Des instruments de chirurgiens, propres et désinfectés, trônaient en évidence sur un plateau et, comme le voulait la tradition, les croque-morts avaient préparé la dernière tenue du défunt, soigneusement pliée sur une chaise.

À première vue, rien d'anormal. Le détective releva cependant un élément inhabituel. Dans un renfoncement, on trouvait une lourde porte en fer. Ce qui avait de quoi surprendre, c'est que le panneau était équipé d'une serrure Bramha, qu'on réservait habituellement aux coffres-forts ou aux resserres à argenterie. Que cachaient donc les goules pour installer ici un tel dispositif ?

Krine pensait avoir la réponse.

Il ouvrit son imposante sacoche en cuir et en retira un vilebrequin. Un outil en acier trempé, le meilleur pour ce qu'il avait à faire. Il positionna ensuite l'instrument sur la porte et en actionna le mandrin. La fraise fora un trou juste au-dessus de la serrure, déclenchant un déluge d'étincelles et de fins copeaux métalliques. Une fois son ouvrage terminé, le détective introduisit dans l'orifice un crochet afin de manipuler les gardes. Une série de *clac* retentit au terme de quelques secondes. La porte était déverrouillée.

Krine connaissait, pour en avoir interpellé un certain nombre, les techniques des *cracksmen*[18]. Il avait même reçu des leçons particulières d'un maître en la matière : le légendaire Spring Hell Jack[19]. Un échange de bons procédés. Le détective avait su faire preuve d'indulgence après l'avoir pincé en train de forcer la fenêtre d'une maison bourgeoise. Il n'aurait pu rêver meilleur professeur. Jack était l'as des cambrioleurs.

L'enquêteur poussa la porte. La lumière de sa lanterne eut le plus grand mal à combattre les ténèbres, épaisses et poisseuses comme du goudron, qui se ter-

19. Cambrioleurs.
20. Figure mythique de l'époque victorienne, capable de réaliser des sauts d'une hauteur prodigieuse et à qui furent attribués de nombreux actes criminels. Plusieurs de ses apparitions furent attestées par des témoins : on le décrivait se présentant sous une apparence diabolique, avec des cornes, des doigts griffus et crachant des flammes.

raient derrière. Ses yeux s'habituèrent doucement à l'obscurité. Des formes se précisèrent peu à peu.

La crypte, voûtée en berceau, était entièrement taillée dans le roc. Une simple grotte améliorée, soutenue par de solides colonnes aux chapiteaux grossièrement ébauchés. Un froid glacial y régnait. À chaque expiration, des volutes de vapeur s'échappaient de la bouche du détective. Des torches ornaient le contour de la caverne. Krine les embrasa une à une à la flamme de son lumignon. Le caveau s'éclaira, révélant une mise en scène macabre.

Il ne s'était pas trompé.

Trois cadavres reposaient au centre de la salle, sur un large autel en pierre. Leurs visages livides étaient barbouillés de terre. Une femme et trois hommes. *Les exhumés de la nuit dernière*, constata Krine.

Ou du moins ce qu'il en restait.

Leurs bustes étaient tranchés net au niveau du bassin, laissant s'échapper des viscères aussi gluants que des anguilles. Les jambes des malheureux avaient disparu, consommées et sans doute déjà digérées. Une goule, plus gourmande que les autres, s'était également attaquée au bras d'un des trépassés. Il pendait, dénudé jusqu'à l'os. Des centaines de mouches grouillaient sur les chairs à vif, en quête d'un endroit où pondre leurs larves.

La crypte se prolongeait par un tunnel. Krine n'en apercevait qu'une courte longueur. Le goulet marquait très tôt un coude. Pour en découvrir davantage, il n'avait comme choix que de s'engager à l'intérieur. Il se débarrassa de sa lanterne, dont la flamme montrait des signes de faiblesse, et se saisit d'une des torches accrochées au mur.

Il marcha le dos courbé et les genoux pliés. La galerie n'était guère praticable. Le feu de son flambeau venait lécher la roche en dansant dangereusement près de sa chevelure. À maintes reprises, ses souliers dérapèrent sur le sol irrégulier et il faillit s'affaler. Heureusement, le chemin s'élargit et il put de nouveau se tenir debout. Il passa sous une vaste arche naturelle dont les hauteurs se perdaient dans l'obscurité. Dérangées par le nouvel arrivant, quelques chauves-souris tourbillonnèrent un instant dans les airs avant de regagner les anfractuosités où elles nichaient.

Ce que Krine ignorait, c'est que les petits mammifères n'étaient pas les seules créatures à résider dans cet antre. Et celles qui l'observaient, pendues la tête en bas, enveloppées dans les pans de leur costume comme des chiroptères dans leurs ailes membraneuses, étaient loin d'être aussi inoffensives.

17

Piégé par les goules

– La curiosité est un bien vilain défaut, monsieur Krine, déclara une voix sépulcrale.

– Oh oui ! Une épouvantable tare, insista une seconde, grinçante.

– Un péché qui réclame expiation ! renchérit une dernière, vengeresse.

L'écho de ces funestes avertissements remplit la cavité, gonflant et se chevauchant, pour finalement former un brouhaha inintelligible.

Le tonnerre annonçant l'orage.

Les trois jumeaux dégringolèrent du plafond de la grotte et se réceptionnèrent avec l'aisance de chats retombant sur leurs pattes. Ils tendirent vers Krine des longs doigts noueux prolongés d'ongles crochus. Leurs yeux jaunes et cruels luisaient, tels de gros lampyres, dans l'obscurité. L'enquêteur recula de deux pas, et dégaina son revolver. Une balle traça son chemin et rebondit plusieurs fois contre les parois. Krine l'entendit siffler à ses oreilles.

– Hé, hé, retour à l'envoyeur, ricana l'un des frères.

Il devait se rendre à l'évidence : son arme se révélait inutile. Tirer revenait à jouer à la roulette russe. Il courait le risque de s'occire lui-même.

Une des goules gravit une butte et se mit à gronder sur Krine comme un animal furieux. Les autres avançaient vers lui en réalisant de petits sauts de batraciens, rapides et imprévisibles. Sans en avoir l'air, elles resserraient lentement leur étau, cherchant à le prendre à revers. En désespoir de cause, le limier agita sa torche sous le nez de la plus proche des créatures. À sa grande surprise, celle-ci émit un râle et désescalada son rocher en feulant.

Le feu les effraie ! C'est cela !

Cela lui revenait. Les goules craignaient maladivement les flammes. Il se souvenait que leur peau s'embrasait comme du vieux papier. Grisé par son succès, le limier réitéra l'opération. Les deux suivantes reculèrent à leur tour. Il tenta une percée, brandissant son tison devant lui.

– Arrière ! Arrière !

– Vous ne pouvez pas vous échapper ! cracha un des nécrophages, le visage révulsé. Nous ne vous laisserons pas anéantir des années de labeur !

Krine dessina dans l'air des arabesques enflammées, arrachant à la strige un glapissement de terreur

– On parie ? Essayez donc de me barrer la route, il vous en coûtera de sévères brûlures !

La créature ouvrit la bouche, comme pour répliquer, mais aucun son audible n'en sortit. Pourtant, une vibration vrilla douloureusement les tympans du détective.

Oh, oh !

Répondant à l'appel silencieux de leur congénère, des goules débarquèrent d'un peu partout. Il en surgissait de chaque faille. Défiant la pesanteur, elles rampaient avec des mouvements arachnéens le long de la roche. L'enquêteur en dénombra plusieurs dizaines. Les frères Herzog ne lésinaient pas sur le personnel !

– Attrapez-le ! commanda un des croque-morts.

Krine fit tourbillonner son brandon, mais certains des petits soldats, obéissant à l'ordre donné, se montraient déjà plus téméraires. Une goule efflanquée, aux incisives particulièrement longues et aiguisées, bondit sur lui. Il la reçut d'un puissant coup de torche en pleine tête – il pratiquait à l'occasion ce jeu appelé golf et possédait, disait-on, un bon swing. Une pluie d'étincelles explosa sur le crâne de l'attaquant. Rapidement, la terreur le gagna. Son visage avait pris feu et se liquéfiait, fondant telle la cire d'une bougie. Des flammes rouges et vertes jaillirent en crachotant de ses orbites. L'incendie se propageant au reste de son corps, il se mit à tournoyer comme une toupie infernale. Bientôt, il ne resta de lui qu'un petit tas informe et fumant.

Cela n'arrêta pas pour autant la meute des goules, que leurs patrons encourageaient par des promesses alléchantes :

– Le cœur encore palpitant de l'intrus à celui qui me l'amène ! clama un des généraux

– Comment vous y allez, je ne suis pas encore mort ! se défendit avec dérision le détective. Vous êtes nécrophages, souvenez-vous : pas de proie vivante !

– Mort, vous le serez bientôt, soyez patient. Et puis, à l'occasion, nous ne sommes pas opposés à un peu de viande fraîche.

Krine réduisit en cendre plusieurs de ses assaillants. Mais, tandis qu'il repoussait d'une talonnade une goule en train de se consommer, une autre lui arracha son unique moyen de défense. La torche roula sur le sol, hors de portée. Le détective, débordé par le nombre, se vit encercler par une meute hurlante. Échappant de justesse à une forêt de mains avides, il trouva refuge sur une éminence rocheuse autour de laquelle les monstres affamés s'agglutinèrent.

Cette fois, l'affaire était mal engagée !

Des doigts osseux se refermèrent sur ses chevilles et s'acharnèrent à l'entraîner vers une horde de bouches impatientes. La bave aux lèvres, les goules gémissaient après leur repas. Krine, malgré ses efforts pour rester hors de portée, commença à glisser vers elles. Deux incisives pointues transpercèrent sa chaussure et se plantèrent dans son pied. Une douleur aigüe remonta le long de sa jambe. Il serra les dents pour ne pas hurler. L'odeur du sang excita davantage les striges. Elles sautillaient sur place comme des enfants capricieux, se frappaient et se lacéraient de leurs griffes.

– Pas si vite mes petits, les tança affectueusement celui que l'enquêteur pensait être Karl. Ne le mangez pas trop hâtivement, voyons.

La goule fautive, ses dents encore enfoncées dans le cuir du soulier, leva des yeux repentants sur son employeur, avant...

...qu'un éclair cobalt ne la traverse.

Sa tête explosa.

Krine se demanda si Karl en était le responsable. L'épidémie gagna les autres créatures. D'abord, la peau de leur visage se boursouflait, puis elle s'illuminait de l'intérieur comme un lampion en papier de riz, et terminait en éclatant comme une bulle de savon. Le tout en une milliseconde.

Une odeur de choux en décomposition flottait dans l'air.

Krine repéra alors les apparitions filandreuses qui sillonnaient le tunnel. Des spectres. Le détective avait déjà eu l'occasion d'en contempler, mais ceux-là étaient différents. Leur enveloppe n'avait pas ce blanc laiteux qui les caractérisait. Elle était d'un bleu lumineux. Il reconnut parmi eux les visages des cadavres semi-dévorés qui gisaient dans la crypte. Plusieurs autres fantômes gonflaient leurs rangs.

Ils s'acharnèrent sur les goules encore debout.

Une véritable hécatombe. Les créatures tentaient de fuir, mais perdaient – littéralement – la tête avant d'avoir accompli trois pas. Quand elles furent toutes à terre, le jeu de massacre s'acheva. Les esprits se dissipèrent dans le néant. Seuls restèrent : Krine et un enfant à la silhouette menue. Il émanait de lui une aura bleutée. Les chauves-souris avaient quitté leur repaire et voletaient tout autour du gosse comme des insectes attirés par la flamme d'une chandelle. Certaines, en le frôlant, tombèrent raides mortes.

Au bas du rocher où se tenait Krine, les corps décapités jonchaient le sol, tels les pétales d'une fleur dont il serait le pistil. Les Herzog s'étaient prudemment repliés dans les hauteurs de l'arche, échappant au carnage ainsi qu'à la vigilance du détective.

– Matthew ?

Le gamin redressa le menton. Ses yeux luisaient comme les fanaux d'un navire. Il lui adressa un sourire narquois.

– Maman disait que vous étiez un vrai héros, mais c'est quand même la deuxième fois que je vous sauve la mise.

Mon Dieu que cet enfant pouvait être énervant !

– Je m'en sortais très bien tout seul ! s'emporta le limier en tentant de comprimer l'hémorragie fusant de son pied.

Matthew fronça un sourcil.

– Ah oui, je vois ça. Une fois dans le ventre de ces monstres vous leur auriez flanqué une bonne indigestion en guise de représailles. Belle stratégie. C'est clair que vous n'avez pas fait les Indes pour rien.

Krine poussa un petit grognement agacé.

– Tu m'as suivi ? C'est ça ?

– Perspicace avec ça ! ironisa l'adolescent. Bien entendu que je vous ai suivi. En même temps, cela n'a pas été très difficile. Vous n'êtes pas si discret que vous semblez le penser.

– Mon garçon, il y a des limites à ne pas fr... ATTENTION !

Une des goules survivantes, suspendue la tête en bas au-dessus de Matthew, s'apprêtait à lui briser la nuque. Elle avait profité de leur prise de bec pour préparer son forfait.

Krine chercha un moyen d'intervenir. Son regard tomba sur sa torche qui crépitait encore faiblement sur le sol.

Ignorant sa plaie à vif, il sauta de son perchoir, ramassa le flambeau prêt à s'éteindre et le projeta dans un même mouvement sur le nécrophage. Filant comme un javelot, le trait de bois alla se planter dans son œil.

– Iiiiiiiiiiiiiiiiiiiiiiiiiiiiiiii

Le cri, strident, résonna dans toute la caverne. Fou de douleur, le croque-mort s'éleva dans les airs comme un fakir effectuant son numéro. Des bouffées de flammes s'échappaient de son corps incandescent. Il rebondissait d'un bout à l'autre de l'antre sans cesser de brailler. Ses frères le contemplaient avec effroi. Il finit par provoquer un éboulement qui les emporta tous les trois. Krine attrapa Matthew par la manche et le tira à lui, évitant que l'adolescent ne soit écrasé par de gros blocs de pierre.

– M... merci, balbutia ce dernier.

Un épais nuage se soulevait des gravats sous lesquels gisaient Friedrich, Klaus et Wilhelm.

– Pas si mal, pour un héros de seconde zone, hein ?

Matthew ne put s'empêcher de rire à la plaisanterie.

– Hum. Je crains que l'entreprise D&B ne vienne de fermer définitivement ses portes, ajouta Krine en adressant un clin d'œil à Matthew.

Le gamin désigna la partie obstruée du corridor.

– L'accès aux pompes funèbres est condamné. Impossible de revenir sur nos pas.

– Nous allons suivre le reste du tunnel. M'est avis qu'il débouche dans un endroit que nous connaissons bien.

Krine arracha le bas d'une de ses jambes de pantalon et, après avoir retiré son soulier, s'en confectionna un bandage. Une fois le détective rechaussé, ils se mirent en route, sans parler, concentré sur l'endroit où ils posaient leurs pieds. Krine claudiquait et, sans torche pour les éclairer, le chemin s'avéra long et difficile.

– Ce que tu as fait aux goules, tout à l'heure..., demanda-t-il au bout d'un moment.

– Eh bien ?

– Pourquoi ne pas avoir réservé un sort identique aux lycanthropes qui te traquaient ? Cela aurait été plus radical, et – il faut bien l'avouer – moins désagréable, que de te réfugier dans les égouts.

– Ça n'aurait pas marché, ils ont la caboche trop robuste, esquiva Matthew.

– Allons mon garçon, insista l'enquêteur.

– Sérieusement ?

– Sérieusement.

Matthew hésita un peu avant de se confier

– Pour être honnête, je ne sais même pas comment j'ai fait ce truc-là. J'ignorais que j'en étais capable.

C'est venu tout seul. J'ai ressenti une drôle de chaleur m'engourdir et boum ! D'ordinaire, à part lire dans les pensées ou me projeter dans un corps astral, je ne parviens pas à grand-chose.

Krine entreprit de grimper une échelle en métal qui pointait vers la surface.

– Cela n'était donc jamais arrivé auparavant ?

Matthew agrippa à son tour les barreaux.

– Ben non. Maman m'avait averti que mes capacités étaient bien plus étendues que les siennes ; et qu'elles se révéleraient peu à peu quand je quitterais l'enfance. Faut croire que ça y est : je suis un homme.

Au terme de l'échelle, une dalle bloquait la sortie.

– Bon, dans ce cas, aide-moi donc à soulever ce machin, monsieur « l'Homme ». Ça pèse une tonne.

Sous leurs efforts conjugués, le carreau de pierre accepta de bouger. Suffisamment en tout cas pour leur offrir un maigre passage. Après s'être hissés hors du puits, ils se retrouvèrent à l'intérieur de ce qui semblait être un caveau. Plusieurs cercueils étaient installés dans des cases, de part et d'autre de la travée étroite de laquelle ils venaient d'émerger. Une volée de marches les mena vers l'extérieur.

Une végétation exubérante les accueillit.

Comme Krine s'y attendait, le sépulcre donnait sur le cimetière d'Abney Park. Les goules s'étaient aménagé un souterrain conduisant directement à leur garde-manger. Voilà pourquoi il ne les avait pas vues franchir les grilles l'autre soir. Elles avaient évidemment évité de l'emprunter lors de leur fuite, afin de ne pas dévoiler son existence.

– Affaire classée. Demain, j'annoncerai à Sir Widbury qu'il n'y a plus lieu de s'inquiéter.

***

L'homme cracha dans ses mains et recommença à creuser. Il était épaulé par un autre gaillard, chacun posté sur une tombe. À eux deux, ils avaient déjà déterré une quinzaine de cadavres. Les corps étaient empilés un peu plus loin, comme des bûches qu'on s'apprête à livrer au feu. En ne traînant pas, il leur restait assez de temps pour en exhumer un bon nombre. La nuit était encore jeune.

Au bout d'un moment, le premier retira son bonnet de marin pour éponger son front en sueur. Il déboucha ensuite un petit flacon et vida une partie de son contenu sur le dessus de sa main. Se bouchant une narine, il aspira la fine poudre noir et or avant que le vent ne la balaye. Son visage se crispa brièvement avant de se détendre. Ses yeux écarquillés se posèrent sur la Lune qui, aussi ronde qu'une pièce d'argent, brillait dans le ciel. Ses pupilles incandescentes ne laissaient aucun doute sur sa nature.

– Bon Diable ! Ça fait du bien ! dit-il en russe.

– Ouais, ben, remets-toi au boulot, grommela dans la même langue son voisin, resté penché sur sa pelle. Le labeur avant le plaisir. Le maître ne sera pas content s'il apprend que tu lambines. Notre travail au cimetière de Kensal doit s'achever ce soir.

– Et Bunhill Fields ?

Le second bonhomme leva le nez de son outil. Il était nettement plus grand que son compagnon. Quatre griffures décoraient son crâne lisse.

– C'est une seconde équipe qui s'en charge. La nuit prochaine, on passera plutôt faire un tour à Highgate. Un paquet de macchabées a été enseveli là-bas ces dernières semaines. Du « premier choix » pour nos petites emplettes.

– Je croyais qu'on devait d'abord s'occuper d'Abney Park ? s'enquit son acolyte en essuyant son nez moucheté d'armoise.

– Non, on laisse tomber. C'est devenu trop compliqué avec ce fichu détective dans les pattes. C'est un coriace. Autant ne pas prendre de risques inconsidérés.

Après avoir enfoncé le bonnet sur sa tête, le moins massif des deux lycanthropes désigna un corps maigre disposé à l'écart du monticule de défunts.

– D'accord. Et celui-là alors, on en fait quoi ?

Son crâne dégarni fendu en deux, l'homme haletait comme un perdu ; le regard fixe entre ses paupières étroites. Son profil chevalin se détachait sur la terre sombre du cimetière. Son couvre-chef, un haut-de-forme, traînait un peu plus loin, balloté par la brise.

Le chauve réfléchit quelques secondes et donna sa réponse :

– Tu n'as qu'à le mettre dans une des fosses qu'on vient de vider

– Mais, il respire toujours.

– Et alors ? Cet imbécile de Widbury a bien failli tout ficher en l'air. Encore heureux que l'enquêteur qu'il a engagé soit tombé sur ces goules. Ces détestables nécrophages feront de parfaits boucs émissaires (il toisa l'agonisant avec indifférence). Balance-le dans un trou, je te dis !

Ce qui fut fait.

Une fois leur terrible besogne achevée, les deux hommes prirent soin de reboucher soigneusement toutes les excavations, si bien que seul un œil averti aurait été capable de déceler la trace des profanations.

18

Orage sur la ville

L'aube trouva Hector Krine éveillé. La nuit avait été longue et éprouvante, mais elle s'était achevée sur une victoire. Dès les premières lueurs du jour, un pli fut expédié à sir Charles Widbury pour l'en informer. Le sentiment du devoir accompli, le détective s'installa dans son fauteuil favori et se plongea dans la lecture du *Times*.

La une du journal titrait sur les remous agitant les Docklands. Une vague d'insatisfaction qui n'avait rien à voir avec une quelconque marée gagnant la Tamise. L'orage grondait sur la ville. La grève des débardeurs prenait de l'ampleur et la police avait le plus grand mal à contenir le mouvement. Sur les quais, les salaires plafonnaient à moins de cinq pence de l'heure et la précarité touchait l'essentiel des portefaix. Embauchés pour une heure ou un jour ? Ils ne savaient jamais. C'était selon les besoins. Le lendemain était fait d'une continuelle incertitude. Seuls quelques-uns, les « permanents » avaient leur place assurée. Les autres composaient la masse des « occasionnels », condamnés à mendier chaque matin un peu de travail.

Une photographie illustrait l'article. Elle représentait des manifestants, juchés sur une autocarriole à vapeur travestie en navire, avec ses rames et son mât. Une foule impressionnante escortait le simulacre d'embarcation à travers les rues du West End, au point que l'horizon en était bouché. Dans ses rangs, aussi bien que parmi « l'équipage », on comptait de nombreux Grouillants. Les cornes de bouc du cocher, ou l'allure de batracien de celui perché à la vigie, ne trompaient pas. Le rédacteur de l'article s'inquiétait vivement de la prolifération de cette vermine qui, selon ses dires, était la cause de tous les maux frappant la belle cité de Londres. Cela mènerait à une révolution, annonçait-il. Il suggérait d'ailleurs, afin d'assainir la ville et d'éviter toute tentative de coup d'État, qu'on renvoie tous ces déviants dans leur pays. La sauvegarde de la nation en dépendait.

Krine n'en revenait pas. Que de haine déployée ! Les réquisitions nauséabondes du journaliste lui donnaient la nausée. À nourrir ainsi le ressentiment, on finirait par aboutir, non pas à une révolution, mais à une guerre impitoyable qui ne s'arrêterait que lorsque l'un des deux camps serait entièrement anéanti.

Matthew fit son apparition. Il émergea de la chambre en s'étirant et bâillant bruyamment. Ses yeux étaient bouffis de sommeil. Après l'avoir salué, Krine lui proposa une tasse de thé chaud que le garçon accepta en marmottant un « merci ». De toute évidence, ce dernier n'était pas du matin.

Krine, préférant lui donner le temps de se réveiller, se remit à parcourir le quotidien. Il était encore trop tôt pour qu'on s'inquiète de la disparition des frères Herzog, mais l'enquêteur ne s'en faisait pas : la police londonienne, avec sa compétence habituelle, conclurait à n'en pas douter à un accident ou à un suicide.

En compulsant les pages culturelles, Krine tomba sur un entrefilet qui retint son attention. Un scientifique suédois donnait une conférence au British Museum le soir même. Un certain Vaslo Finnerkaënst. « V.F » : il s'agissait certainement d'une coïncidence, mais le détective n'en découpa pas moins la rubrique concernée afin de la conserver.

Matthew, sa boisson avalée, déambulait sans but dans l'appartement. En proie à l'ennui, il furetait un peu partout, soulevant des bibelots, ouvrant les tiroirs et consultant un à un les livres de la bibliothèque sans en trouver un qui suscitât son intérêt. Après avoir inspecté chaque centimètre carré du domicile de l'enquêteur, il finit par décrocher un des masques hindous suspendus au mur. Il le posa sur son visage et adopta une posture arachnéenne.

– Houhouuhouuu, je suis la méchante goule, déclara-t-il d'une voix caverneuse renforcée par la gangue d'ébène.

– Vraiment très amusant, rétorqua le détective qui continua à feuilleter son journal sans même lui accorder un regard.

– Ça va, je plaisante. Il faut bien se distraire, c'est mortel ici (le garçon retira la parure et la contempla d'un œil critique). Qui est-ce ?

Le morceau de bois sombre représentait un éléphant doté de larges oreilles, d'une courte trompe et d'une unique défense. Un turban aux plis finement sculptés surmontait son front altier.

– Ganesh, le fils du dieu Shiva et de la demi-déesse Parvati.

– Il est vraiment affreux ! Quelle idée de mettre des trucs aussi laids sur ses murs !

Krine poussa un soupir agacé. Ce gamin possédait le don prodigieux de le faire sortir de ses gonds. Chose pourtant d'ordinaire peu facile.

– C'est un présent du maharadjah de Gwâlior, se justifia-t-il. Ganesh est le symbole de la sagesse. Il m'a été offert après que j'ai habilement déjoué le complot fomenté par la guilde des Fakirs. De cruels adeptes du maléfique dieu Kali. Vingt ans plus tôt, la province avait été déjà fortement éprouvée par la révolte des Cipayes[20] et mon intervention fut particulièrement appréciée.

– Waouh ! Quelle fantastique marque de reconnaissance ! se moqua Matthew. Décidément, il est sacrément moche. Et pourquoi possède-t-il une tête d'éléphant ?

La colère empourpra les joues du détective qui dut se retenir pour ne pas exploser. Il s'empara d'un coupe-papier qui traînait et mima une décapitation.

– Il a été insolent envers son père, alors celui-ci lui a tranché le cou. Ensuite, faute de mieux, il a remplacé sa tête par celle d'un éléphanteau. Une idée fort plaisante. Shiva a dû bien rire.

Cela suffisait comme ça, le gamin devait commencer à lui montrer un peu de respect. Matthew se renfrogna, les yeux humides. Krine se sentit mal à l'aise. Peut-être avait-il été trop loin. Après tout, perdre une mère et retrouver un père (le mot était lâché) depuis toujours absent n'avaient rien de facile à vivre.

– Je dois sortir. Et cette fois, pas d'entourloupe : interdiction formelle de me suivre. Tu restes ici et tu fermes la porte à double tour derrière moi. Je sais bien que tu possèdes des talents cachés, mais prends ça, juste au cas où.

21. Mutinerie, durant les années 1857-1858, de soldats indiens de la Compagnie britannique des Indes orientales.

Le détective lui tendit son revolver d'ordonnance en le tenant par le canon. Matthew saisit la crosse et jaugea l'arme. Elle pesait pas loin d'un bon kilo. Bien que décidé à faire la tête, Matthew ne put retenir une remarque.

– Bon sang, c'est une vraie antiquité.

– Certes, cependant cela ne l'empêche pas d'accomplir son office. Attention, le magasin est chargé, précisa Krine.

– Mais, et vous ? s'inquiéta clairement le garçon, avant de se reprendre. Enfin, vous pourriez en avoir besoin, je sais pas moi.

– Ne t'en fais pas, j'ai de quoi me défendre.

Krine lui présenta une canne pour le moins élégante. Son corps, plaqué en ronce de noyer, était surmonté par un pommeau sculpté représentant la gueule hurlante d'un loup. L'artisan avait donné un réalisme étonnant à l'animal. Matthew considéra le détective comme s'il avait perdu la raison. Malgré sa grande beauté, il ne voyait pas en quoi l'accessoire pourrait se révéler utile en cas de coup dur.

Lisant son incrédulité, Krine lui adressa un clin d'œil, puis il empoigna un gros sac en toile renflé qui traînait près de l'entrée.

– Il y a quoi dedans ? demanda le garçon.

– Tu aimes te déguiser, dit le détective en désignant le masque de Ganesh, moi aussi.

Son manteau endossé, il abandonna Matthew, le laissant méditer sur cette phrase énigmatique.

***

Padraig O'Brady n'en pouvait plus d'attendre. Voilà des heures qu'il était planté là, se confondant avec la muraille, à faire le guet, sans boire ni manger.

Boire surtout ! Il se serait volontiers envoyé un grand verre de gin. Sa gorge était plus sèche que le cœur de sa vieille mère. Et Dieu sait que cette harpie l'avait aride. De surcroît, plusieurs cabots, le prenant pour la brique qu'il imitait, avaient voulu marquer leur territoire en urinant sur ses godasses. Pad les avait chassés sans ménagement, leur arrachant des jappements d'effroi. Un ouvrier en bras de chemise qui passait par là avait été tenté de faire de même. Quelle n'avait pas été sa surprise, alors qu'il se déboutonnait, de recevoir un formidable coup de pied dans le postérieur. En voici un qui croirait maintenant aux histoires de fantômes.

Le leprechaun éprouva un grand soulagement en voyant débouler Petterson au coin de la rue. Enfin, le commissaire venait le relever. Padraig avait du nouveau à lui apprendre. L'homme avait toujours été bon pour lui. Certes, il lui arrivait de le dérouiller et, bien que plus costaud que lui, le nain laissait faire. Mais ça, c'était parce qu'il lui était reconnaissant de l'avoir tiré du ruisseau. Quand il avait rencontré Petterson, Padraig vivait dans un réduit minable, imbibé d'alcool du matin au soir. Sa femme, une fée des bois, l'avait quitté, emportant leurs gosses avec elle. À ce jour, il se saoulait toujours de temps à autre. Mais le commissaire, séduit par ses facultés, lui avait fourni un travail et un semblant de dignité. C'était déjà ça.

O'Brady était sacrément impatient de lui rapporter les dernières nouvelles. Il savait à présent ce que Krine cachait dans son appartement : le gamin ! Celui que Diancecht recherchait. Le vieux nécromancien avait promis une juteuse récompense à celui qui le lui ramènerait. Petterson serait content. Mieux encore, il sauterait de joie en apprenant que Krine avait déserté les lieux. L'oiseau loin du nid, l'oisillon restait seul et vulnérable.

19

Le Sphinx

La taverne du Sphinx se situait aux abords de la Tamise. C'était un de ces bouges mal famés que fréquentaient les débardeurs et les marins de passage. Des individus louches le hantaient, l'œil mauvais et leur couteau prompt à sortir de sa gaine. La gargote était une parodie miteuse de palais des Mille et une nuits. Des draperies colorées aux plis lourds étaient tendues sur les murs. Des tapis persans aux motifs chargés couvraient les sols et des poufs en cuir de chèvre remplaçaient les chaises. On avait disposé, çà et là, des narguilés sur les tables. De rudes gaillards tiraient dessus, noyés dans un nuage de fumée. Dans un coin, une danseuse du ventre au visage voilé se déhanchait avec volupté sur les mélodies nées de l'alliance d'un oud et d'une darbouka. La peau de l'almée, grêlée de taches de rousseur, indiquait davantage des origines irlandaises qu'arabes.

L'homme qui poussa la porte du boui-boui avait le profil idéal du mauvais garçon. Le teint hâve, la barbe naissante, des cheveux graisseux lui retombant sur les épaules. Il avait une démarche hésitante qui laissait supposer un caractère roublard. Une impression renforcée par son demi-sourire édenté et le bandeau noir qui dissimulait son œil droit. Le gauche, la pupille mobile, furetait partout, comme guettant l'occasion d'un sale coup à commettre. Une canne – dont le pommeau s'achevait en tête de loup – à la main, il s'avança jusqu'au zinc, commanda une pinte et après en avoir avalé une gorgée, demanda à voir le Sphinx. Le barman, un gros type bedonnant occupé à essuyer des verres, s'interrompit dans sa tâche. Ses bras étaient aussi larges que des jambes. Il balança le torchon sur son épaule et, posant ses deux grosses pognes bien à plat sur le comptoir, le dévisagea d'un air méfiant. Les mots MUM et DAD étaient tatoués en majuscules maladroites sur ses phalanges.

– Et tu lui veux quoi au tenancier ? demanda-t-il en desserrant à peine les mâchoires.

– J'ai des questions et il a des réponses, souffla le borgne d'une voix rauque esquintée par le tabac.

Le malabar le fixa méchamment puis disparut sans rien dire par la porte séparant le bar de l'arrière-salle. Il revint bientôt.

– C'est bon, *il* est d'accord.

L'homme au bandeau fut introduit dans une petite pièce éclairée par des candélabres. Il y régnait une chaleur étouffante. Une courte portion de sol dallé précédait une alcôve coiffée d'un baldaquin. Le Sphinx, était étendu sur un parterre de gros coussins moelleux. Deux jeunes femmes, britanniques mais fagotées comme des princesses égyptiennes et les yeux noircis au khôl, l'éventaient avec des feuilles de palmier.

Sa figure hâlée n'avait rien d'humain. Ses traits évoquaient vaguement ceux d'un lion, sans doute à cause des touffes de poils emmêlés qui décoraient ses bajoues ou des moustaches de chat qui ornaient le dessus de ses babines, mais son long museau étroit aux narines épatées ressemblait davantage à celui d'un babouin. Ses mains étaient de grosses pattes d'ours, épaisses et velues. Des ailes déplumées s'élevaient de son dos et une queue, glabre, lisse et brillante comme celle d'un rat, pointait au bas de ses reins. Deux échancrures étaient pratiquées à leur usage dans son vêtement de soie pourpre. Impossible de décrire ses yeux, cachés par les verres de ses lunettes fumées cerclées de métal.

L'étrange personnage invita le visiteur à s'approcher. Un sourire malicieux égayait son faciès animal.

– Krine, mon ami.

Il avait l'accent traînant des gens du nord de l'Afrique.

– Ainsi, tu m'as reconnu Hamarkis, s'amusa le détective en retirant sa perruque crasseuse.

Il prit appui nonchalamment sur sa canne.

– Sans le moindre mal. Mais pourquoi t'affubler d'un tel accoutrement ?

– Disons que j'opère incognito. Et les murs de ton établissement ont beaucoup d'oreilles et d'yeux indiscrets.

– Ce n'est que trop vrai. Qu'est-ce qui t'amène ici ?

– Pour tout dire, j'ai grand besoin de tes lumières, avoua Krine (il sortit une bourse de sa poche et la fit sauter dans sa paume. Les pièces qu'elle contenait tintèrent joyeusement). J'ai de quoi payer.

– Tu sais bien que ce n'est pas qu'une question d'argent, *habibi*[21].

Le Sphinx dévoila des gencives où perçaient des dents comme des poignards. Ses canines étaient plus longues et aiguisées que celles d'un vampire. Son

22. Mon cher.

regard se porta sur une étagère sur laquelle trônait une série de vases en terre cuite. Les nombreuses poteries représentaient des divinités de l'Égypte ancienne.

Krine rit sous cape. Son hôte lui jouait à chaque fois le même théâtre.

– Allons Hamarkis, tu n'enfermeras jamais mon âme dans un de tes flacons. Tu en as sûrement par le passé dévoré un grand nombre, mais leurs détenteurs étaient moins malins que je ne le suis.

– Beaucoup d'autres, bien plus avisés que toi, en étaient intimement persuadés. Leur *bâ*[22] réside à présent dans mes urnes pour l'éternité.

– Comme celle d'Œdipe ? le taquina l'enquêteur.

– Ah ! Œdipe ! Ne me parle pas de celui-là ! gronda la créature ailée. Yallah[23] ! Va-t-on à jamais me rappeler cet échec ?

Il souffla avec fureur. On put voir de la vapeur s'échapper de ses narines comme d'une théière en ébullition. Les servantes, effrayées, se cachèrent à l'abri de leur éventail.

– Hamarkis, je t'en prie, lui dit Krine, contentons-nous, comme à l'accoutumée, de faire affaire en monnaie sonnante et trébuchante.

La créature, bien que pestant ses grands dieux, finit par se radoucir.

– Bon, c'est d'accord ! J'ai besoin de manger, comme tout le monde. En échange de cinq livres, je te délivrerai une énigme à la hauteur de tes interrogations. Dénoues-en le fil et tu auras les réponses que tu attends !

Le Sphinx était un informateur de premier ordre. Comme autrefois Edward Lloyd, il était au courant de toutes les arrivées et départs de bateaux, de tous les

23. Leur âme.
24. Allez.

individus circulant sur les quais, de tous les trafics et marchandages ayant cours dans les Docklands, légaux comme illégaux. Il suffisait de venir le trouver. Le souci, c'est que les ingénus y laissaient souvent leurs âmes, dont le Sphinx était particulièrement gourmand. De surcroît, depuis l'Antiquité, l'obstinée créature n'avait pas renoncé à fournir ses informations sous la forme d'énigmes tarabiscotées. Il se disait que la Pythie, qui vivait maintenant à Brighton, était plus conciliante.

– Cinq livres pour ton charabia ? Comme tu y vas, je t'en donne deux, pas davantage.

– Marché conclu, soupira le Sphinx. Que souhaites-tu savoir ?

Krine exposa sa demande.

– Je suis à la recherche d'un marin.

– De quoi a-t-il l'air ?

– Un Russe. C'est une véritable armoire à glace. Son crâne chauve est balafré de cinq cicatrices et il a les yeux incandescents.

– Un lycanthrope, mmh ?

– Oui.

– Accorde-moi un instant de réflexion.

Le Sphinx posa ses grosses pattes de fauve sur ses tempes et se concentra. La sueur traçait des sillons sur son front fuyant. Les deux jeunes nymphes qui se tenaient à ses côtés recommencèrent à le rafraîchir prudemment de leurs palmes.

Quel cabotin ! songea Krine, amusé. *Il ne peut s'empêcher de se donner en spectacle.*

La voix d'Hamarkis s'éleva soudain, grandiloquente.

– À l'ouest, dans la boucle du grand chien le loup se terre, au milieu des cages à écureuils et du cliquetis des chaînes, déclama-t-il avec l'éloquence d'un acteur shakespearien.

Puis, il revint à lui, en un éclair.

– Ça fera deux livres.

Ce fichu marchandeur ne perdait pas le nord !

Krine se repassa plusieurs fois la phrase dans la tête. Quand il l'eut mémorisée, il paya la créature.

– Voilà pour toi.

– Trois livres ? Tu m'as donné une pièce en trop, s'étonna Hamarkis. Serait-ce là une manifestation inattendue de ta générosité ?

Le détective le détrompa.

– En réalité, j'ai besoin d'autre chose. Tu vends toujours des pilules de lycania ?

20

L'île aux chiens

L'énigme du Sphinx n'avait pas été bien ardue à décrypter. Cet antique magouilleur commençait à se faire vieux et ses rébus alambiqués avaient perdu de leur superbe. *À l'ouest*, avait-il dit. Les West India Docks se situaient au creux d'un large virage formé par la Tamise, en aval de Limehouse, sur un lambeau de terre dénommée l'île aux Chiens. Pas besoin de chercher davantage cette fameuse *boucle* décrite par Hamarkis.

C'était ici que le *loup* (garou) se terrait.

Krine huma l'air. Il y flottait une caractéristique odeur de brûlé. Elle émanait de la « pipe de la Reine », l'immense four installé plus bas sur le fleuve et dans lequel on incinérait les feuilles de tabac inutilisables. S'y ajoutaient, crachées par les cheminées des usines, les effluves des industries alentours ainsi qu'un mélange écœurant de relents d'égouts, de parfum de fleur et de chocolat.

Le détective s'arrêta face à un haut guichet de bois. La cabane était plantée juste devant les grilles donnant accès aux quais. En temps normal, elle abritait un recruteur auquel des dizaines de malheureux venaient chaque jour réclamer un peu de travail. Mais, aujourd'hui, l'ouverture où apparaissait ordinairement le visage du contremaître était vide. Les débardeurs étaient en grève et le port tournait au ralenti.

Toujours grimé en voyou, Krine escalada les grilles. Il n'y avait pas âme qui vive. Ici, d'ordinaire, on retrouvait un inextricable fatras d'agrès et de cordages. Au point de ne plus distinguer l'horizon. Mais, depuis quelques semaines, l'habituelle forêt de mâts s'était évanouie, comme abattue par d'invisibles bûcherons. Seuls de rares navires mouillaient à quai, condamnés à l'inactivité.

Un silence anormal régnait sur les eaux noires de la Tamise. Les tonneliers avaient abandonné leurs maillets auprès de barriques à demi façonnées. On n'entendait aucun des ordres traditionnellement jappés par les capitaines d'équipages, pas plus que les protestations renfrognées des matelots qui les enduraient. À l'arrière des débarcadères, les portes des entrepôts étaient closes. Les ruelles avoisinant les docks recelaient tout un réseau de resserres. Un dédale de baraquements, innombrables, qui accueillaient toutes les marchandises de la terre. Ce n'était pas pour rien que Londres avait été surnommée « l'emporium du commerce ».

Au milieu des cages à écureuils...

D'immenses roues jalonnaient la rive, à l'intérieur desquelles on grimpait à six ou sept pour actionner les grues de levage. Un labeur harassant qui transformait pour quelques heures les hommes en rongeurs.

... et du cliquetis des chaînes.

Le vent s'engouffrait en sifflant entre les serpents métalliques qui pendaient des poulies. Leurs maillons s'entrechoquaient en carillonnant.

– Hey ! Toi là-bas !

Krine se retourna, sur le qui-vive.

Un bonhomme trapu, coiffé d'une casquette de marin, avait surgi de derrière un bâtiment. Sans doute le contremaître ayant déserté son pupitre. Son épaisse barbe noire lui donnait l'air d'un grizzli furibond. L'impression était renforcée par la confortable bedaine qui débordait de son pantalon. Il s'avança vers le détective. Ce dernier leva sur lui un œil unique. L'autre était caché par son bandeau. La lueur malsaine brillant dans sa pupille rassura le type à l'allure d'ours mal léché. La pilule que Krine avait achetée au Sphinx remplissait bien son office. La lycania le ferait passer pour un loup-garou durant les trois heures à venir. Après quoi, la lumière infernale qui brûlait dans ses rétines s'éteindrait d'elle-même, comme un feu en manque de combustible.

– Que fiches-tu ici ? Les autres ont décampé depuis un bail. Et ils ont emporté la cargaison avec eux. Ça va que ton patron, le grand chauve, paye bien, mais je n'ai pas envie de perdre mon boulot. Alors maintenant, va traîner tes guêtres ailleurs. Moi, je ne veux plus rien savoir.

Ignorant de quoi il parlait, Krine joua le jeu, convaincu qu'il récolterait ainsi de précieuses informations. Il mima l'affolement.

– Ils sont partis ? Depuis quand ? C'est qu'on m'avait donné rendez-vous aujourd'hui à moi.

Le contremaître, embêté, ôta sa casquette et se gratta la tête.

– Une bonne vingtaine d'heures mon gars. Tu te serais pas gouré de jour ?

L'enquêteur adopta une mine affligée.

– Je suis vraiment trop stupide. Le chef va me tuer, c'est certain !

– C'est vrai qu'il n'a pas l'air vraiment commode ce Volkodlak, compatit le gus à la casquette. Je suis désolé pour toi, ajouta-t-il.

Volkodlak. Maintenant, Krine connaissait le nom du lycanthrope qui lui avait faussé compagnie chez Ping Yi.

Appuyé sur sa canne à tête de loup, il prit la main calleuse du capitaine de quai dans la sienne et s'inclina comme un gueux devant un seigneur. Il n'y avait pas que le Sphinx qui était capable de jouer la comédie.

– Vous ne sauriez pas où ils sont allés ? supplia-t-il. Si je ne les rejoins pas fissa, il m'arrivera des bricoles. Du genre qui vous conduit dans un cercueil.

L'homme, mal à l'aise, récupéra sa pogne et l'essuya sur son caban.

– Je suis navré. Tout ce que je peux te dire, c'est le nom du destinataire des caisses qu'ils ont déchargé. Un blaze sacrément bizarre.

– Quel est-il ?

Il prit quelques secondes pour réfléchir. Son intense concentration lui donnait un air idiot.

– Euh, Vigo... Vasco... Non, attends... Ah ! Oui ! Vaslo ! Vaslo Finnerkaënst. Quand je disais que c'était un nom tordu. Norvégien ou suédois, je ne sais pas trop.

Vaslo Finnerkaënst. Le scientifique du British Museum. V.F : les initiales figurant au bas du message codé. Cette fois, il ne pouvait décidément pas s'agir d'une simple coïncidence !

– Rien de plus ? insista Krine.

– Ma foi non. Mais peut-être que l'hindou pourra t'en apprendre davantage.

– L'hindou ?

– Oui, c'est comme ça que je l'appelle. Je ne me souviens jamais de son vrai nom. L'hindou a aidé tes copains à trimballer la cargaison du vaisseau jusqu'à leurs carrioles. C'est un des rares dockers à ne pas faire grève et il en profite pour se faire de l'oseille autrement. Les quais déserts sont une véritable aubaine pour les traficotages en tous genres. En plus, les policemen sont trop occupés avec les manifestants pour s'en soucier. À cette heure, il doit faire sa sieste.

Il indiqua l'emplacement d'un des entrepôts. Krine, sa canne sous le bras, le suivit jusqu'à la bâtisse de briques rouges.

L'intérieur de celle-ci était sombre et humide. Elle abritait un impressionnant monticule de tonneaux retenu entre eux par des entraves. En outre, plusieurs cordes pendaient des remises aménagées sous les toits. Elles servaient aux portefaix à treuiller les caisses. Le contremaître plaça sa main en porte-voix.

– Ohé, l'hindou ! héla-t-il. Où es-tu donc fourré ?

Son appel résonna dans tout l'édifice. Au bout d'un bref moment, une ombre s'extirpa d'un des abris de la sous-pente. On y accédait en empruntant une échelle d'aspect fragile. Plus d'un débardeur s'était brisé les os après qu'un barreau ait rompu sous son poids. Pourtant, l'hindou, comme le nommait le chef de quai, la dévala avec l'agilité d'un gibbon. Ses quatre bras étaient pour cela un atout indéniable.

Krine regarda Sijav atterrir en douceur à quelques mètres de lui.

– Qu'est-ce que tu m'veux Rafferty ? grogna-t-il. Je roupillais. Et qui c'est celui-ci ?

En l'absence d'une lumière franche, on ne distinguait pas bien son visage, mais au son de sa voix, il paraissait particulièrement de mauvais poil. Le détective se montra heureux que la pénombre dissimulât ses propres traits. Son déguisement était plutôt rudimentaire et il savait que celui-ci ne résisterait pas à une étude un tant soit peu approfondie. Deux poings sur les hanches, l'Indien frotta ses yeux embués de sommeil avec son autre paire de mains. On aurait dit un gros insecte agitant ses mandibules.

– Ça se voit, non ? rétorqua Rafferty. Mate ses mirettes : c'est un lycanthrope. Il est en cheville avec les gus d'hier.

– Ah ouais ? dit Sijav en étouffant un bâillement. Approche un peu que je te zieute.

Il fit deux pas vers Krine et posa sur lui un regard inquisiteur.

L'enquêteur eut une sueur froide. À si faible distance, ses artifices ne feraient pas long feu.

– Hé ! Mais je t'connais, tu...

... Humpf !

Krine, démasqué, lui envoya un coup de canne dans l'estomac. Le souffle coupé, Sijav s'effondra en se tenant le ventre à quatre mains. Le détective fit volte-face, prêt à s'enfuir, mais Rafferty, le contremaître, se mit en travers de la porte pour lui barrer la route. Il avait dégainé un long coutelas et le pointait dans sa direction.

– Toi t'es pas plus un garou que moi un caniche nain, aboya-t-il. Loup ou pas loup, tu vas finir en descente de lit.

Derrière lui, l'hindou avait commencé à se relever en jurant.

– Il s'appelle Krine, c'est la foutue flicaille que j'ai boxée l'autre soir !

Son menton, tuméfié, gardait encore les stigmates de leur affrontement.

– Ouaip, et il t'a sacrément amoché aussi, se moqua Rafferty.

– Peuh ! Il a eu de la chance. C'est tout ! Du moins au début.

Le limier se retrouva bientôt pris en tenailles. Ses deux adversaires s'étaient lentement rapprochés, ne lui laissant que peu de latitude. D'un côté le chef de quai brandissant sa lame, et de l'autre Sijav, moulinant l'air de ses quatre bras musclés. Quand ils ne furent plus qu'à quelques pas, ils foncèrent sur lui en poussant des hurlements rageurs. Krine les esquiva, provoquant la collision des deux personnages. Leurs crânes se percutèrent avec un bruit sec. Ils furent malheureusement trop vite sur pied pour lui donner l'occasion de s'enfuir. En désespoir de cause, l'enquêteur se précipita sur la montagne de tonneaux entassés au fond du hangar. Sijav et Rafferty, décontenancés, se ruèrent sans attendre à ses trousses : mais qu'espérait cet acrobate ? Même s'il réussissait à gravir l'énorme tas de barriques, son ascension ne le mènerait nulle part. En dehors de l'ouverture principale, la façade du bâtiment était aveugle et sans issue. Aucune fenêtre n'y figurait, pas même une lucarne.

Krine avait quasiment atteint le sommet de l'éminence. Il s'aidait du crochet formé par le pommeau de sa canne pour agripper les liens qui encordaient les tonneaux et ainsi se hisser à chaque fois un peu plus haut. Ses poursuivants ne lambinaient pas. Sijav pouvait presque lui saisir les chevilles et, en dépit de son surpoids, Rafferty n'était pas loin derrière. Ils bondissaient de baril en baril avec l'aisance de ceux habitués à se déplacer de vergue en vergue. Entre deux sauts, ces gredins lui adressaient de « subtiles » menaces de mort :

– Je vais t'embrocher comme un poulet !

Ou encore :

– Fais tes prières !

Touchant enfin au but, Krine se dressa sur le pic, un sourire en coin. Quand les bandits furent juste sous lui, il empoigna sa canne à deux mains et dégaina la lame qu'elle cachait.

– Une canne-épée ? glapit l'hindou en contemplant le redoutable instrument.

Puis, ses yeux se posèrent sur les liens qui maintenaient les tonneaux, et il comprit. Ses yeux s'écarquillèrent d'effroi, mais il n'eut pas le temps de pousser un cri.

Krine trancha les cordages d'un geste vif. Les fûts tremblèrent, se désolidarisèrent puis commencèrent à dégringoler. Le détective, anticipant l'effondrement annoncé, se retint à une des cordes qui pendaient du toit. Les brigands n'eurent pas cette chance. Emportés par un torrent de bois et de fer, ils finirent écrasés sous le flot impétueux des barriques. Leur sang éclaboussa le sol. Sa couleur carmin se confondit avec celle du vin qui se déversait des futailles éventrées.

Krine, qui se balançait doucement au bout de son filin, en fut désolé, car les deux fripouilles réduites en bouillie, il n'apprendrait plus rien d'elles.

21

La machine dans l'entrepôt

Les lycanthropes, disciplinés, s'affairaient en silence. Ils affichaient pour l'heure une apparence humaine, mais dans les ténèbres du vaste entrepôt, leurs yeux brillaient comme des lanternes. Ils étaient sept à déballer le contenu de lourdes caisses de bois, déblayant précautionneusement la paille qui les calfeutrait. Diverses pièces en furent extraites : des tubes, des poutrelles, des plaques métalliques, mais aussi de drôles de globes noirs et opaques de la taille d'un boulet de canon. Étalés sur le sol froid du hangar, les morceaux de cet étrange puzzle attendaient maintenant d'être assemblés. Pourtant, les loups-garous auraient été bien en peine de dire à quoi ressemblerait la construction une fois terminée. La seule personne à le savoir était un petit homme chétif, dont la folle chevelure argentée dessinait comme une auréole au-dessus de son large front de savant. Vêtu d'un épais tablier de cuir passé sur une blouse de travail, un rouleau de papier sur lequel figuraient des plans compliqués entre ses bras malingres, il déambulait entre les ouvriers et leur donnait ses instructions.

Le scientifique fit halte près d'un grand type au crâne bardé de cicatrices. L'homme s'appliquait à connecter un réseau de câbles à l'arrière d'une sorte de chaise de torture médiévale. Faite d'acier riveté, elle était pourvue de sangles et de manchons visant vraisemblablement à immobiliser celui qui y siégerait. Le costaud s'apprêta à raccorder la dernière des liaisons.

– Attention, maladroit ! le tança le savant. Pas sur ce plot, ou gare à l'explosion ! Vous voulez donc tous nous tuer ?

Le chauve arrêta son geste et se pencha lentement sur lui. Son ombre gigantesque engloutit entièrement le petit homme.

– Maladroit ? Tu oses t'adresser à moi ainsi ? Qui es-tu pour penser que tu en as le droit ? Je marchais sur ce monde plus de cent ans avant ta naissance.

L'espace d'un instant, le bas de son visage muta en celui de son féroce et carnivore alter ego. Il montra les crocs tandis qu'un grondement sourd s'élevait du fond de sa gorge.

– Ne le mettez pas en rogne, Professeur Finnerkaënst, l'avertit Diancecht en surgissant comme un fantôme d'un recoin obscur du bâtiment. Ou vous finirez en charpies, je vous le garantis. Volkodlak n'a pas ma patience.

Le nécromancien n'avait plus grand-chose à voir avec le vieillard impotent que Krine avait rencontré quelques jours plus tôt. Il se tenait bien droit, et sans l'aide d'une quelconque canne. Son regard affûté et sa démarche assurée trahissaient une vigueur hors du commun. Il opina du chef pour indiquer au lycanthrope d'obtempérer aux consignes données.

Ravalant sa fureur, Volkodlak s'exécuta et intervertit les montages.

– Je ne voulais en aucun cas l'offenser, s'excusa platement Finnerkaënst. Ni votre seigneurie, cela va de soi.

La peur se lisait dans ses yeux. Son attitude elle-même en était modifiée. Tremblant. En sueur. On aurait dit un petit enfant pris en faute.

– Allons, ce n'est rien, le rassura Diancecht, faussement magnanime. Après tout, ne tendons-nous pas vers le même but ?

Le mage le dominait d'une bonne tête. Il passa une main par-dessus son épaule et, le serrant contre lui, l'entraîna vers le centre du bâtiment où les autres garous étaient maintenant à l'ouvrage.

– B... bien sûr, c... cela ne saurait être réfuté, balbutia Finnerkaënst.

Son teint avait blêmi. Il ressemblait à une mouche prise dans une toile d'araignée.

Plusieurs structures avaient commencé à être échafaudées, à grands coups de marteaux et de clés à outil. On en comptait quatre, disposées aux quatre points cardinaux. Avec leurs dentelles de fer puddlé, elles évoquaient un peu cette tour que le français Gustave Eiffel avait conçue pour l'Exposition universelle de son pays. Les édifices, bien que considérablement moins élevés que celui de l'ingénieur parisien, étaient prévus pour dépasser les quatre mètres. Volkodlak approcha la chaise et la plaça au centre de l'installation, à distance égale de chacun des piliers.

– Quelle magnifique création. Vous êtes un véritable génie, mon cher ami, s'extasia Diancecht. De quel nom l'avez-vous baptisée ?

– J'ai pensé l'appeler « Prométhée »[24], dit peureusement le savant.

– Un choix judicieux quand on connaît son usage.

Le savant émit une réserve d'une toute petite voix confuse et hésitante.

– Cependant..., le dernier rouage manque toujours. Avec la mort de la femme... la police... nous... Enfin, nous devrions peut-être abandonner. Pourquoi s'acharner ? Je...

– Argh !

Le vieux mage le saisit brutalement par la nuque. Ses doigts puissants s'enfoncèrent dans la chair de son cou.

– Ne cherchez pas à vous défiler ! Ou Volkodlak n'aura pas l'opportunité de vous mettre en pièces, car je m'en chargerai moi-même ! le menaça-t-il. Vous m'êtes redevable, ne l'oubliez pas. Est-ce bien compris ?

Le malheureux tenta d'acquiescer, mais la douleur était trop forte.

– EST-CE BIEN COMPRIS ? répéta Diancecht, grondant sa question comme un dragon crache les flammes.

Les traits de sa face se mirent à vibrer et se dédoubler comme sous l'effet des trépidations d'une machine. Deux visages différents semblaient se superposer et lutter sans qu'on sache qui l'emporterait. Ses longs cheveux blancs flottaient autour de sa tête bien qu'il n'y ait pas le moindre courant d'air.

– O... oui, réussit à souffler la victime de son courroux.

Le nécromancien relâcha brusquement son étreinte et Finnerkaënst s'effondra comme une poupée de chif-

25. Titan qui, dans la mythologie grecque, défia l'autorité divine de Zeus en créant le premier homme à partir d'un bloc d'argile.

fon. Recroquevillé à terre, il se mit à cracher et à tousser tout en se massant la gorge. Diancecht, pour sa part, avait retrouvé une apparence ordinaire. Il ne restait plus rien de la fugitive altération de son visage.

Les lycanthropes, indifférents à l'altercation qui venait d'avoir lieu, terminèrent la construction en coiffant les pylônes avec les mystérieuses sphères noires. Des câbles couraient des « tours » au siège placé entre elles. Le tout était relié à une sorte de grande armoire en fonte, large comme quatre hommes, équipée de plusieurs cadrans, boutons et leviers de commande.

Satisfait, Diancecht tendit la main à Finnerkaënst et l'aida à se relever. Puis, il brossa avec soin la poussière qui maculait les épaules et le torse du savant et conclut la conversation de façon badine, comme si sa colère n'avait jamais éclaté.

– Je comprends vos doutes, Professeur, mais il n'y a pas lieu de s'alarmer : l'enfant sera bientôt à nous.

22

Intrusion

Petterson grimpa quatre à quatre les escaliers. Derrière lui, le minuscule et court sur pattes O'Brady avait du mal à suivre. Ils parvinrent au premier étage, et s'arrêtèrent devant la porte de l'appartement où logeait Krine. Une plaque de cuivre ornée de l'inscription 221 A étincelait à la faveur des appliques au gaz éclairant le couloir. Sous les feux des globes de cristal, les roses rouges et bourgeonnantes du papier peint avaient revêtu une teinte orangée.

Ils n'essayèrent pas de forcer la serrure. Inutile. O'Brady effleura le mur des communs. Ses doigts s'y enfoncèrent avec prudence, comme on goûte la température d'un bain. Un sourire satisfait étira la commissure de ses lèvres. C'est tout son avant-bras qui s'enchâssa ensuite dans la brique. Un quidam qui l'aurait surpris à cet instant précis n'aurait pas manqué de s'en effrayer : il semblait comme happé par la paroi. Padraig appuya sur celle-ci son front dégarni, déclenchant une série d'ondes identiques à celles provoquées par un caillou ricochant à la surface de l'eau. Ses cheveux roux fillasse se mélangèrent aux motifs floraux de la tapisserie. Après avoir avalé une dernière goulée d'air, il retint sa respiration. Sa vision se brouilla quand il passa la tête au travers de l'obstacle. Moins d'une seconde plus tard, sa brève traversée s'achevait. Il s'extirpa de la cloison avec un désagréable bruit de succion. Traverser les murailles était un autre talent du leprechaun.

Il se trouvait à présent dans l'appartement du détective.

Nulle trace de l'enfant. Un silence presque gênant flottait sur la pièce principale qui, à l'exception de son décorum surchargé, était vide. Le nain jeta sur le salon un regard méfiant et alla déverrouiller la porte pour laisser entrer Petterson. Le commissaire, avec sa délicatesse habituelle, écarta sans ménagement son larbin.

– Où est-il ? Où est le garçon ? s'impatienta-t-il.

– Chais pas. Peut-être dans la chambre ? suggéra Pad avec une moue dubitative.

D'un hochement autoritaire du menton, le policier ordonna à son sous-fifre d'aller inspecter celle-ci. Padraig en revint bredouille.

– L'est pas là, grommela-t-il en fourrant une pincée de tabac dans sa bouche aux chicots noircis.

Petterson empoigna le farfadet par le col de sa veste et le secoua énergiquement.

– Quoi ? Et par quel miracle ? Tu m'as toi-même affirmé qu'il n'avait pas bougé d'ici !

Le visage du nain vira au rouge foncé. Il se mit à tousser et à hoqueter. Ses yeux s'écarquillèrent alors qu'il implorait l'air de pénétrer ses poumons. Le flic, exaspéré, lui donna une grande claque dans le dos. Le morceau de chique qui obstruait sa trachée fut expulsé comme un boulet de canon. *Ploch !* Le crachat, gluant et charbonneux, alla tacher le velours du sofa.

– Trouve-le ! Sur-le-champ ! grinça Petterson.

O'Brady, massant sa gorge endolorie, s'exécuta. Tandis que son chef allumait un cigare, il retourna les lits, renversa les bibliothèques, ouvrit les armoires, envoya valdinguer les sièges et la table, vida le contenu des tiroirs, brisa les miroirs et les lampes : en gros, se donna du mal pour contenter son supérieur. Ou du moins, faire « comme si ». Il s'agissait surtout de calmer la colère de celui-ci, car l'appartement n'était pas bien grand et, quelles que soient ses gesticulations, Pad le savait, elles ne provoqueraient pas la soudaine et miraculeuse apparition du gamin. C'était une fouille sommaire pas une incantation magique.

– Y'a rien M'sieur, finit par dire le leprechaun en guise de constat d'échec.

Petterson émit un râle de frustration. Il balaya d'un revers de main le portrait, jusque-là resté intact, de la reine Victoria. Sa Glorieuse Majesté s'écrasa sur le sol en explosant son cadre.

– C'est impossible ! Il ne s'est pas volatilisé tout de même (il passa la pièce en revue). Et ce coffre là-bas ?

Près de la fenêtre, un vieux coffre bariolé avait en effet échappé aux investigations. Au moment même où O'Brady s'en approchait, le couvercle se souleva pour laisser dépasser le canon d'une arme.

La première balle coupa le cigare de Petterson en deux. La seconde fit voler des échardes en vrillant le bois du masque de Ganesh, toujours suspendu au mur. Padraig poussa un cri de douleur. Un des éclats s'était fiché dans le lobe de son oreille droite, l'affublant d'un curieux pendentif.

Oups ! Le « magnifique » cadeau du maharadjah ! Quel dommage, Hector ne sera pas content, ironisa Matthew en son for intérieur.

Le jeune garçon ajusta son tir et pressa de nouveau la détente. Le recul manqua lui arracher le revolver des mains. La détonation engourdit ses tympans. Une forte odeur de poudre lui irrita les narines tandis qu'une fumée âcre lui piquait la gorge. *Zim !* Un éclair jaillit du tube de métal. Le projectile rata sa cible. Le nain en costume vert s'était jeté au sol avant l'impact. Curieusement, la partie antérieure de son corps s'était comme enfoncée dans le plancher. L'homme paraissait presque aussi fin que le tapis oriental sur lequel il était couché, et dont il avait adopté la teinte et la texture.

– À terre M'sieur ! À terre ! hurla-t-il d'une voix très étouffée (il faut dire que sa bouche était sous le parquet).

Le commissaire suivit le conseil de son auxiliaire et se plaqua au sol. Grand bien lui en prit, car un trait de feu rasa sa chevelure si parfaitement impeccable.

Matthew réarma et tira encore deux fois avant que le barillet, vidé de ses dernières balles, ne tourne à vide. Le chien s'abattit avec un dernier *clac* métallique.

Il était cuit !

O'Brady, qui n'était pas sourd, se remit sur ses jambes. Il sortit de son brodequin un poignard et le fit pivoter, lame vers le bas. Le bras armé, il marcha d'un pas décidé sur le coffre.

– Pas si vite ! l'interrompit Petterson en se relevant à son tour. Le vieux mage a bien précisé : vivant. Sans quoi, la coquette somme promise nous passera sous le nez. Alors, vas-y doucement et range-moi ce coupe-chou.

Padraig protesta :

– Mais, ce morveux a failli nous envoyer *ad patres*.

– VI-VANT ! insista le policier. Faut-il te l'épeler ?

Ce foutu irlandais avait vraiment une tête de pioche. Il aurait dû le laisser crever dans le caniveau alors qu'il en avait l'occasion.

– OK, OK, c'est vous l'chef, chef. Moi c'que j'en dis.

Après avoir replacé le couteau dans sa bottine, le leprechaun, maxillaires verrouillées, repoussa brutalement le couvercle du coffre.

– Allez, petit salopard, viens voir tonton Paddy. T'inquiète, je ne vais pas te faire de m...

O'Brady s'interrompit, médusé. L'enfant, agenouillé, poings fermés, baignait dans un halo bleuté. Il fixa le nabot avec des yeux mauvais, d'une blancheur laiteuse et sans pupilles. Un bourdonnement fit vibrer l'air. Une odeur fétide de matières en décomposition l'empesta.

C'est là que tout s'emballa et que les objets vinrent à la vie. Les couteaux et les fourchettes prirent l'initiative en se dégageant des tiroirs renversés. Leurs dents repoussèrent méthodiquement ce qui leur faisait obstacle, puis, les couverts se dressèrent, raides et dignes comme les gardes de Buckingham House. Ils s'alignèrent en deux rangs parfaits. Les petits soldats de vermeil se mirent ensuite en ordre de marche, progressant sur un rythme martial. Leur corps lustré battait la mesure en rebondissant sur le bois du parquet :

Ting ! Ting ! Ting !

Petterson et O'Brady contemplèrent ce miracle avec un mélange d'incrédulité, d'émerveillement et surtout, de crainte. Ils n'avaient pas tort, car, arrivés à la hauteur du coffre, les ustensiles de cuisine se scindèrent en deux colonnes qui se déployèrent et donnèrent l'assaut. Une première fourchette s'envola et vint se planter dans la cuisse de Padraig.

– Argh !

Ses copines suivirent, piques en avant. Et vlan ! Deux autres dans le bras et une troisième dans l'épaule du malheureux farfadet qui les arracha et les piétina avec rage. Un couteau, agressif, entama sa cheville, y traçant un sillon sanglant.

– Aïe ! La saleté !

Les autres canifs, animés – c'était le cas de le dire – de mauvaises intentions, se jetèrent sur O'Brady. La cible humaine les évita, ou du moins s'arrangea pour que ceux-ci ne le blessent pas. Son être devint aussi impalpable et translucide que l'air et l'argenterie le traversa sans dommage. Les lames étincelantes se fichèrent dans le mur derrière lui, dessinant la silhouette du nabot. Padraig ricana, pas mécontent de son coup. Il reprit une consistance normale et acheva les « survivants » en tordant le métal du service sous sa chaussure. C'est alors qu'un vase dont il ne se méfiait pas bondit sournoisement d'un recoin du salon et lui fracassa le crâne, le mettant hors jeu.

Petterson avait assisté, consterné, à la scène. Couard, il préféra la fuite à l'affrontement. Il avait presque atteint la sortie lorsqu'un livre lui mordit le mollet, sectionnant son fixe-chaussette. L'ouvrage réunissait les œuvres complètes d'Edgar Allan Poe. Il s'ouvrit en grand et présenta au commissaire des feuillets frémissants. Son marque-page de satin, taché du sang du policier, ondulait en sifflant comme la langue d'un serpent. Le recueil fut rejoint par une édition de *Hamlet* ainsi que par quelques pompeux digestes législatifs et toute une flopée d'ennuyeux traités techniques. Moins prompts à l'offensive, ces derniers étaient encouragés par les tressautements épileptiques d'un épais opus. Son titre était inscrit en imposantes capitales sur sa couverture de cuir sombre : *Le Capital*. À ce stimulus, les volumes se mirent à sauter et piailler comme des oisillons affamés.

Petterson, effrayé, recula, mais il se retrouva rapidement submergé par le nombre. Acculé, il glissa sur l'huile s'échappant de la lampe Neuburger brisée et s'affala de tout son long. La « gueule » avide de *The Body Snatcher*, de R. L. Stevenson, claqua aussitôt devant son visage, imitée par celles de dizaines d'autres œuvres.

Matthew en profita pour lui fausser compagnie. Il s'extirpa du coffre, enjamba le leprechaun inanimé et quitta l'appartement. À peine se fut-il éclipsé que les livres retombaient, inertes. Le policier, pleurant et vociférant, mit un certain temps à s'en rendre compte. Les yeux clos, il se débattit encore durant de longues secondes avec un livret d'opéra qui, il faut bien l'admettre, tentait de l'égorger un instant plus tôt.

Quand il prit conscience de la situation – O'Brady dans le cirage et le gamin évanoui dans la nature –, un seul mot lui vint à l'esprit :

Damned !

23

La conférence

Le British Museum se dressait face à Krine, singulier temple antique égaré dans la nuit londonienne. Bien que bâti de briques et de fonte, et seulement revêtu d'une couche de pierre (en provenance de Portland et non de Grèce), le bâtiment créait l'illusion. D'imposantes colonnes ioniques soutenaient un fronton que n'aurait pas renié le Parthénon. Avec un petit effort d'imagination, on se serait volontiers cru transporté à Athènes, plus de cinq cents ans avant notre ère.

Un cortège d'autocabs stationnait devant le monument. Une quantité de lettrés et d'érudits – ou voulant se faire passer pour tels – s'en déversaient et venaient noircir la foule qui se pressait aux portes du musée. Parmi eux, beaucoup d'industriels fortunés, accompagnés de leurs épouses, et pour lesquels il était vital de briller en société. L'assemblée s'était mise en frais pour l'occasion : les hommes avaient enfilé leurs smokings les plus coûteux et leurs compagnes, de somptueuses robes de soirée. Une armée de haut-de-forme et de chapeaux à plumets défilait comme à la parade sous les yeux amusés du détective. Cependant, celui-ci n'était pas en reste. Le lieu l'imposait. On ne pouvait frayer au côté de requins dans les oripeaux d'une sardine. Il portait donc un élégant costume sombre rehaussé d'une lavallière ivoire du plus bel effet. Des escarpins vernis et un melon passepoilé achevaient d'asseoir sa respectabilité.

Krine était impatient d'entendre ce « Finnerkaënst ». Ce dernier avait, paraît-il, sorti un ouvrage révolutionnaire. Le détective surprit à ce propos des commentaires excités de ceux qui venaient écouter le scientifique.

– Avez-vous lu son traité ? demandait un grand rupin dont le visage arborait un monocle et une fine moustache en guidon de vélo. Son approche est sidérante. Une nouvelle vision époustouflante sur la vie et la mort.

– Une œuvre magistrale. C'est mon livre de chevet ! s'extasia une femme coiffée d'un large chapeau à voilette. Si je m'écoutais, je mettrais fin à mes jours juste pour me prêter à la vérification de ses thèses.

Ce siècle avait vu la religion s'étioler et la science la fouler au pied. Mais, la croyance en l'au-delà n'avait pas terni pour autant. Seulement les cultes. On étudiait cette hypothétique vie après la mort comme on le faisait pour d'autres phénomènes naturels : en se basant sur le témoignage des faits, recueillis auprès d'observateurs patentés. Il faut dire que la cohabitation avec les Grouillants encourageait à prendre la chose au sérieux. La frontière entre le monde tangible et intangible n'avait jamais été aussi mince. Les sociétés spirites florissaient. Elles se réclamaient de la science et en empruntaient les méthodes, faisant la fortune des nécromanciens.

L'intérieur du « temple » était aussi spectaculaire que sa façade. Le Weston Hall s'ouvrait sur un vaste escalier encadré de colonnes et de statues. Le plafond était barbouillé de couleurs vives, dans la plus pure tradition antique.

Le beau monde transita vers le premier étage.

En haut des marches, on trouvait la British Library et sa phénoménale salle de lecture. Circulaire, la pièce était flanquée de quarante kilomètres de rayonnages. Les étagères, entièrement métalliques, supportaient le poids des milliers de livres. De grandes tables étaient prévues afin d'accueillir ceux qui souhaitaient compulser les ouvrages : savants, historiens, écrivains ou simples curieux. Durant la journée, la lumière filtrait par de nombreuses verrières ainsi que par une immense coupole de quarante-trois mètres de diamètre. Le soir, miracle de la fée électricité, de grosses lampes globes éclairaient la salle de leurs feux. Elles mettaient en valeur la subtile harmonie des peintures azur, crème et or recouvrant les murs. Il se dégageait de cette bibliothèque une atmosphère chaleureuse et – au regard de ses dimensions gargantuesques – curieusement intime.

Ayant achevé son ascension, la cohorte de bourgeois se bouscula aux portes de la *library*. Elle s'emplit alors du brouhaha des discussions et du bruit des chaises qu'on tire de sous les tables. Avant qu'il n'en reste plus, Krine se saisit à son tour d'un des sièges disponibles. Il s'installa dans le fond de la salle, près de la sortie. Une estrade avait été aménagée à l'opposé. Un petit homme souffreteux était perché sur celle-ci, ses doigts noueux entortillés sur le pupitre. Le tumulte des conversations s'apaisa peu à peu, tel le grondement du tonnerre s'éloignant une fois l'orage achevé. L'orateur devint l'objet de toutes les attentions.

Celui-ci passa une main tremblante dans son épaisse chevelure grise, ajusta ses lorgnons sur son nez, s'humecta les lèvres et, enfin, prit la parole :

– Bonsoir à tous, dit-il d'une voix faible et hésitante. Je suis le professeur Vaslo Finnerkaënst. Merci de m'accueillir dans ce sanctuaire dédié aux dieux de la science et de la culture.

L'homme se revendiquait suédois, mais il était certainement allemand. Krine n'eut aucun mal à s'en apercevoir, car il avait étudié les langues ainsi que la manière dont les accents influaient sur la prononciation de l'anglais. Des connaissances qui s'avéraient très utiles quand, dans l'exercice de ses fonctions, l'enquêteur jugeait bon d'adopter une nationalité qui n'était pas la sienne.

– Plus fort ! réclama quelqu'un.

– Chut ! l'admonesta son voisin.

Le conférencier attendit que le silence soit revenu avant de reprendre :

– Il est commun d'affirmer qu'une fois que la vie quitte un corps, l'esprit s'en détache et suit sa propre voie : enfer ou paradis, néant ou éternité, qu'importe. Il n'y aurait aucun retour possible. Je dis, moi, qu'il n'en est rien.

– Bravo ! approuva un gros type au visage rubicond assis au premier rang.

Quelques applaudissements éclatèrent sporadiquement, avant de s'éteindre.

– Ce qui a été défait peut être rétabli, continua Finnerkaënst. À tout poison, il existe un antidote (il avait gagné en assurance et s'exprimait maintenant avec fougue et clarté) !

Des vivats retentirent.

– Mais lequel ? demanda une femme si vieille et décrépite qu'elle semblait elle-même aux portes du trépas.

Le petit homme la fixa d'un regard pénétrant. Il pointa sur elle un index d'aspect aussi sec et cassant que du bois mort.

– Un nouveau véhicule, voilà la médication ! Un corps dans lequel transférer l'âme – ou quel que soit le nom qu'on attribue à l'entité immatérielle qui nous habite.

– Pourquoi pas le même ? s'étonna un autre, un élégant portant la barbiche taillée à l'impériale. Après tout, on y est habitué à ce corps, c'est le nôtre. Vous savez, un peu comme des chaussons confortables : même usés, on rechigne à s'en débarrasser.

Des rires fusèrent, çà et là, dans l'assistance.

– Quand l'âme et le corps d'un individu ont été séparés, ils ne peuvent être de nouveau réunis, affirma, grandiloquent, l'orateur. Mais rien ne nous empêche d'aller vers un nouveau réceptacle. Vous enfilerez simplement de nouveaux chaussons, ils n'en seront pas moins agréables à porter. Les philosophes orientaux l'ont compris depuis des millénaires : la réincarnation est la clé.

Vaslo Finnerkaënst continua sa démonstration pendant plus d'une heure. À la fin de la conférence, l'assemblée, conquise, lui réserva une ovation. Krine était plus critique. Si son discours était exalté, l'homme restait volontiers évasif sur le moyen avec lequel il pensait effectuer ce fameux transfert. À moins que la méthode employée et les buts véritables qu'elle dissimulait ne fussent répréhensibles ? C'était bien ce que le détective entendait découvrir.

***

Krine s'impatientait devant le musée, adossé à une des antiques colonnes du portique. Les derniers auditeurs venaient de quitter les lieux. Les fiacres automates avaient déserté la rue. Tous, sauf un, qui stationnait aux abords du bâtiment, les rideaux tirés. Finnerkaënst ne tarderait plus. L'occasion rêvée pour un entretien en tête à tête.

Le frêle scientifique parut enfin. On aurait dit un enfant échoué dans des vêtements d'adulte. En raison de sa petite taille, sa queue-de-pie traînait presque par terre et les manches, bien trop longues, de son manteau lui couvraient entièrement les mains. Avec son épaisse chevelure argentée, il avait ce côté lunaire qu'on prêtait volontiers aux hommes de science.

Surgissant subitement de derrière le pilier qui le dissimulait, Krine lui barra la route. Le savant, surpris, eut un mouvement de recul.

– Docteur Finnerkaënst ? N'ayez crainte. Hector Krine pour vous servir (il ôta son chapeau et le salua d'une légère inclinaison du buste).

– Que me voulez-vous ? s'enquit nerveusement celui-ci tout en tentant d'esquiver l'importun. Il est tard et je suis pressé.

Il jeta une œillade affolée en direction de l'autocab rangé devant l'édifice. Dans le fiacre, une main gantée écarta furtivement un rideau avant de le rabattre.

– Je ne vous demande qu'un instant, continua le limier. Connaissez-vous une dénommée Hécate ?

Une lueur de panique brilla dans les yeux du maigrichon. Il porta de nouveau son regard sur le véhicule qui l'attendait en bas des marches. Il était mort de peur. Cela se lisait sur son visage. Était-ce Krine qui l'effrayait à ce point ou bien celui qu'il s'apprêtait à rejoindre à bord de l'autocab ?

– Je... non, jamais entendu parler.

Il dévala l'escalier avec précipitation.

– C'était une nécromancienne. On l'a assassinée, dans l'East End, insista le détective en lui interdisant une fois de plus le passage.

– Vous faites certainement erreur. Je suis suédois. Je ne réside à Londres que depuis peu de temps et il ne m'a pas été donné l'occasion de nouer quelque connaissance que ce soit. Encore moins dans les quartiers infréquentables que vous évoquez.

– Jag vet att du är involverad i allt detta.[25]

L'homme parut décontenancé.

– Pardon, je... quoi ?

De toute évidence, le savant n'avait pas compris un traître mot de ce que Krine venait de dire. Suédois, lui ? Cela paraissait peu plausible.

Le détective fut subitement submergé par un flot de visions. Les images s'imposèrent à lui, vindicatives, emportant tout sur leur passage. En dépit de ses efforts, il ne réussit pas à les contenir. Elles contaminèrent sa perception tel un redoutable parasite. Il abhorrait cette facette de sa personnalité !

Finnerkaënst – plus jeune ou du moins les cheveux moins gris – qui, aidé d'un autre homme, falot et rondouillard, treuille un lourd fardeau sur le faîte d'un toit grâce à un palan...

La foudre qui déchire le ciel nocturne...

Et ce nom qui flamboie sous son crâne comme un brasier vivace : « Ingolstadt »...

Au prix d'une grande concentration, Krine reprit ses esprits. Finnerkaënst, une chaussure sur le marchepied, s'apprêtait à grimper dans le fiacre. Le détective l'interpella :

26. Je sais que vous êtes mêlé à tout cela.

– Und Sie, Herr Professor ! Sind Sie wirklich, wen Sie behaupten, zu sein ?[26]

Sa question, pas innocente pour un sou, faisait référence à un certain message codé. Un message dont il soupçonnait le savant d'être l'auteur. Au son de la langue de Goethe, ce dernier se raidit. Il sembla hésiter une courte seconde, puis s'engouffra dans le véhicule qui démarra aussitôt en pétaradant. L'équipage disparut au coin de la rue en tirant après lui un panache de fumée noire.

Peu importait. Krine avait dans ses relations quelqu'un qui saurait lui en apprendre davantage.

27. Et vous, Monsieur le Professeur ! Êtes-vous vraiment celui que vous prétendez ?

24

Une brute nommée Edward

L'homme qui se faisait appeler Edward sauta un mur élevé comme s'il s'agissait d'une simple flaque embarrassant son chemin. Le physique musculeux et ramassé, il émanait de lui une grande brutalité. Une pilosité hors du commun envahissait ses arcades et des favoris broussailleux lui dévoraient les joues, attribuant à son faciès un aspect sauvage autant que féroce. Une chevelure hirsute, collée en paquets graisseux, lui descendait jusqu'aux épaules. Ses yeux n'étaient que des fentes : des fenêtres étroites donnant sur une âme tourmentée.

De l'autre côté de l'obstacle, ses souliers s'enfoncèrent dans la terre humide d'une cour. À première vue, celle d'un ferrailleur. Les monceaux de métaux qui l'encombraient la faisaient paraître plus exiguë qu'elle ne l'était en réalité. Elle ceignait une maison à la façade lépreuse. Une remise, bricolée à l'aide de quelques vieilles planches gondolées, s'appuyait sur l'édifice.

L'homme tendit l'oreille, qu'il avait pointue. Des clameurs lointaines. Les gus qui le traquaient avaient temporairement perdu sa piste. Comme d'habitude, sa petite soirée avait mal tourné. Il avait tort de fréquenter les pubs. Quand il se mêlait à la populace, cela virait toujours au vinaigre. La faute à l'alcool et aussi à son caractère irascible. Peut-être avait-il été trop loin en cassant les deux bras du minus qui l'avait bousculé ? Après tout, le type avait juré ses grands dieux qu'il ne l'avait pas fait exprès. Edward haussa les sourcils : bah, il s'en remettrait. D'ici quelques mois, c'était sûr, le gaillard pourrait de nouveau manger ou s'habiller sans l'aide de personne. Maintenant, le souci, c'est que tout le bar s'était lancé à ses trousses. Et pas pour taper la causette. Plutôt dans l'idée de venger leur copain. Enfin, ce n'était pas bien dramatique : si Edward parvenait à les semer cette nuit, ceux-ci seraient, de toute manière, incapables de le reconnaître en le croisant le lendemain. Par contre, si ces zozos lui mettaient le grappin dessus dès ce soir, cela tournerait forcément mal... Du moins, pour eux.

Un grondement monta de l'appentis prolongeant la baraque. *Merde, un foutu clébard*, songea l'intrus. En effet, un bullmastiff au pelage noir et ras s'extirpa de l'ombre. Quand le molosse s'avança, ses muscles puissants roulèrent sous sa peau. La lumière blafarde d'un réverbère révéla sa gueule hostile. Ses babines ruisselantes étaient retroussées sur ses crocs dans un rictus en aucun cas synonyme de « bienvenue ». Une rage sourde étincelait dans ses yeux. On ne pénétrait pas impunément sur son territoire.

– Gentil le toutou, tenta de l'apaiser l'indésirable.

L'animal, d'un naturel obtus, se montra fermé à toute forme de négociations. Son grondement se changea en un grognement agressif, entrecoupé de brefs aboiements. Soudain, prenant appui sur ses pattes arrière, il bondit. Tandis qu'il était encore en l'air, Edward se délesta de sa gabardine. L'affrontement fut rapide. Les mâchoires du chien claquèrent à quelques millimètres de la gorge de l'homme qui, déployant son manteau comme la cape d'un toréador, en enveloppa aussitôt la bête. Aveuglé, le bullmastiff s'écrasa au sol. Il gratta et mordit désespérément le tissu pour tenter de se dégager. Mais déjà, Edward était sur lui. Il lui assena un magistral coup de poing sur la truffe. Un jappement, et plus rien ne bougea sous la laine du pardessus. Le cogneur s'empressa de récupérer son vêtement. Le cabot gisait là, inerte. Un mouvement régulier soulevait sa poitrine, indiquant qu'il n'était qu'« endormi ».

La porte de la masure s'ouvrit à la volée. Un vieux bonhomme rachitique, en chemise et bonnet de nuit, en déboula en hurlant. Il se cramponnait à un fusil à silex si ancien qu'il devait dater de la guerre d'indépendance américaine.

Son cri s'interrompit net lorsqu'il découvrit la face de cauchemar du rôdeur.

– Que le Diable me carabistouille !

Un coup de feu partit qui arracha un morceau de mur, dix centimètres trop à droite. Des éclats de briques égratignèrent la joue d'Edward. Ne pouvant réarmer l'antiquité sans une longue et pénible manipulation, le ferrailleur tenta d'embrocher son adversaire avec la baïonnette qui terminait l'arme. Edward, esquivant la lame, saisit le canon et poussa de toutes ses forces. La crosse fut violemment projetée vers l'arrière. Elle rencontra le visage du vieillard qui perdit ses derniers chicots dans la collision. Sonné, celui-ci rejoignit son cador au pays des songes.

Des pas pressés résonnèrent dans la rue voisine. Puis, des cris furieux retentirent :

– Par ici !

– Allons lui régler son compte !

Les types du pub. Le coup de feu les aura avertis.

Il était temps de mettre les voiles.

Edward entreprit d'escalader la gouttière longeant l'angle de la maison. Elle ploya dangereusement sous son poids, mais il parvint à se hisser jusqu'au sommet de la bâtisse avant que le conduit ne cède et ne s'écrase avec fracas sur le sol. Abandonnant là ses poursuivants qui, impuissants, l'invectivèrent, Edward traversa tout le quartier, puis le suivant, en sautant de toit en toit. Il n'avait rien à envier aux ramoneurs avec lesquels il rivalisât d'équilibre et d'agilité. Enfin, il reconnut les tuiles grises de sa demeure. Une unique fenêtre trouait le pignon. Il souleva la guillotine et se glissa à l'intérieur.

La mansarde était plongée dans la pénombre. La silhouette de nombreuses chaudières en verre, surmontées de condenseurs en serpentin, se découpait devant l'ouverture. De toute évidence, les combles avaient été transformés en un véritable laboratoire. De fugitifs éclairs de lune venaient frapper les alambics aux formes compliquées dans lesquels glougloutait une émulsion phosphorescente. Le liquide, d'une teinte verte, pétillait de milliers de bulles.

Soudain, sans raison apparente, l'homme tomba à genoux, en proie à de terribles convulsions. Ses os se mirent à craquer de manière lugubre. Il voulut crier, mais c'est un râle presque inaudible qui sortit de sa gorge en feu. La surface de sa peau palpitait, gonflant et dégonflant comme un ballon. Des gargouillements terrifiants s'élevaient de ses chairs en recomposition.

Quand il se releva, moins d'une minute plus tard, le gaillard massif et effrayant qui venait de s'écrouler avait bien changé. Son visage s'était affiné. De fins sourcils surmontaient ses yeux noisette et les favoris désordonnés avaient disparu de ses bajoues. Ses cheveux, auparavant indomptables, étaient taillés avec soin. Mince et élancé, il flottait dans des vêtements à présent trop grands pour lui.

Il sursauta en percevant un petit bruit rêche :

Crrrrchhhh

Il n'était pas seul.

Une lampe à huile éclaboussa d'une lumière jaunâtre l'individu installé dans l'unique fauteuil de la pièce. Le siège avait été négligemment repoussé contre un mur à la tapisserie défraîchie. Le visiteur tenait une allumette consumée entre le pouce et l'index de sa main gauche.

– Bonsoir, Henry.

25

Henry

– Igor ? s'étonna Henry Jekyll en découvrant l'homme assis dans le fauteuil.

– C'est Hector maintenant, tu le sais bien, dit Krine. J'ai troqué mon vieux prénom contre un nouveau, plus respectable.

Jekyll ébaucha un sourire empreint de nostalgie.

– Pour moi, tu seras toujours Igor.

Il posa son regard sur une photo encadrée au mur. Elle les représentait tous les deux. Ils posaient côte à côte, les visages juvéniles, souriants à pleine bouche dans leurs beaux uniformes flambant neufs. Un souvenir de leurs classes à l'académie militaire de Sandhurst. Du temps où Hector Krine s'appelait encore Igor Krinikov. Les deux hommes avaient ensuite servi aux Indes au sein du même corps d'armée. Jekyll, en tant que médecin, bien que l'occasion de se battre lui fût fréquemment donnée. C'était là que s'était forgée leur amitié. La lame d'une katara, que dévia Krine alors que l'arme – aux deux tranchants forts aiguisés – menaçait de décapiter son camarade, y fut pour beaucoup. De même que cette balle, tirée par le fusil d'Henry, et qui stoppa net le tigre pourtant impatient de faire son repas du futur détective.

– Cela remonte à une éternité, souligna l'enquêteur.

– Tout juste. D'ailleurs, en parlant d'« éternité », que fais-tu ici ? Voilà des mois que je ne t'avais vu.

– Une simple visite de courtoisie.

Jekyll ne put se retenir de pouffer.

– Allons donc, ce n'est jamais le cas. Et quand bien même, c'est une heure bien singulière pour s'inviter chez les gens, ne trouves-tu pas ? J'aurais pu être en train de dormir.

Krine ne répondit pas à la question. Il pointa du doigt les habits trop amples de son ami et émit un claquement de langue désapprobateur.

– À ce propos, je croyais tes péripéties nocturnes définitivement oubliées. Je t'ai déjà tiré d'affaire une fois, souviens-toi. Quand ce notaire, Utterson, s'était mis en tête de te donner la chasse, après que tu as « accidentellement » foulé au pied cette fillette.

L'enfant avait survécu, mais il s'en était fallu de peu que Jekyll ne soit expédié en prison.

Henry prit un air coupable. Aux Indes, Krine avait découvert un aspect inavouable de sa personnalité. Le médecin portait en lui un côté obscur. Lorsque les ténèbres le submergeaient, il était capable du pire. L'enquêteur l'avait vu frapper jusqu'au sang un serviteur hindou pour un banal incident. Un plateau renversé. Sans l'intervention d'Hector, il s'en serait fallu de peu qu'il le tue. Mais, au fond de lui, Jekyll était un homme bon. De retour à Londres, sa préoccupation principale avait été de faire disparaître le démon qui le rongeait. D'échecs en progrès, ses multiples expériences aboutirent à la concoction d'une potion. Elle devait annihiler le « mauvais » Henry ; détruire le mal qui résidait en lui. Seulement, celle-ci n'eut pas totalement l'effet escompté. Si le docteur Jekyll devint bien l'homme qu'il espérait, sa solution donna aussi corps à ce qui n'était jusque-là que la part la plus noire de son caractère.

– C'est plus fort que moi, avoua-t-il. De temps à autre, je ne peux y résister. C'est comme s'*il* m'appelait de l'intérieur de mon être.

– Hyde ?

– Oui, Edward Hyde. Il me supplie de le laisser sortir et, parfois, j'y consens. Tu connais cela, toi... Tout ce pouvoir à portée de main, et comme c'est difficile de ne pas en faire usage.

Il s'absorba dans le spectacle de la potion verdâtre qui bouillonnait dans plusieurs alambics. Lorsqu'il en avalait une lampée, elle le transformait durant quelques heures. Après quoi, les effets de la drogue estompés, il redevenait l'insoupçonnable docteur Jekyll

Le détective se leva et lui posa une main sur l'épaule.

– En effet, je sais ce qu'il en coûte. Mais, voilà déjà longtemps, je me suis promis de ne plus me servir de mon don. Tu devrais en faire autant.

– Pourtant, tu as autrefois hypnotisé Utterson afin de lui faire oublier que Hyde et moi ne faisions qu'une seule et même personne, interjeta Henry en se retournant.

Le malheureux Utterson ne se souvenait même plus d'avoir rencontré l'alter ego de Jekyll. Aujourd'hui encore, c'est d'ailleurs tout juste s'il se remémorait son propre nom.

L'enquêteur se récria.

– C'était à titre exceptionnel ! De plus, cela n'a rien à voir, mes « dons » ne causent pas le genre de dégâts dont se rend coupable ton « Hyde » !

– Alors pourquoi les refouler ainsi ?

Krine soupira. Il retira un des ballons de verre de son support et le porta au niveau de ses yeux, regardant sans la voir la solution luminescente qui y pétillait.

– C'est compliqué.

Jekyll s'engouffra dans la faille.

– Hécate était fière de ses pouvoirs et acceptait difficilement que toi tu ne le sois pas. C'est ce qui a fini par vous séparer souviens-toi. Un beau gâchis.

– Laisse Hécate en dehors de ça.

– Cela remonte à la mort de ta mère, n'est-ce pas ? demanda Jekyll en récupérant des mains de son ami le précieux élixir – qu'il s'empressa de mettre à l'abri.

Le regard du limier s'assombrit.

– Elle a péri à cause de ce qu'elle était : une *baba yaga*, une sorcière. C'est ce que m'a toujours affirmé mon père. Et il avait raison.

Jekyll secoua la tête, désolé de constater à quel point son ami se voilait la vérité.

– On ne choisit pas ce qu'on est, Igor, quoi que tu fasses pour t'en convaincre.

– Peu importe. C'est mon chemin, je n'impose à personne de le suivre.

Krine rejoignit le fauteuil au velours râpé dans lequel il se laissa mollement tomber. Au bout de quelques instants d'un silence gêné, il reprit la parole, changeant de sujet.

– Que sais-tu d'un certain Vaslo Finnerkaënst ? Tu es un scientifique, tu dois certainement avoir eu vent de ses travaux.

– Je me doutais que ce n'était pas pour l'unique plaisir de ma compagnie, vieux filou, rit Henry en s'approchant de lui.

Le malaise s'était dissipé.

– Alors ?

– Finnerkaënst, hein ?

Il s'appuya sur un des accoudoirs du fauteuil. Son front se plissa.

– Je ne connais pas grand-chose de lui, et je ne suis pas le seul. Débarqué à Londres depuis seulement quelques semaines, il a été accueilli comme le nouveau « messie » par la communauté scientifique. Sa théorie fait beaucoup de bruit. Même Darwin a causé moins de remous en son temps. En dépit de sa soudaine renommée, personne dans la capitale n'avait réellement entendu parler de lui auparavant. À croire qu'il n'a aucun passé. Rien, à l'exception de quelques brèves dépêches dénichées dans des journaux étrangers et qui évoquent ses travaux ; mais je les soupçonne bidonnées. La seule certitude est que le gaillard vient de Suède.

Krine agita négativement son index.

– J'en doute. J'ai eu l'occasion de le rencontrer et la langue suédoise n'est pas son fort.

Un franc sourire illumina le visage d'Henry Jekyll. Des rides de malice apparurent au coin de ses yeux.

– Et tu dis ne pas utiliser ton don, c'est cela ? le taquina-t-il.

Le détective souffla, irrité.

– Pas pour obtenir sa nationalité, non. Son accent allemand suffisait à le trahir. Mais, j'avoue que j'ai accidentellement sondé son esprit.

– Ah ah, le masque tombe ! se gaussa son camarade.

– Ce n'était pas volontaire, sois-en sûr. Je déteste quand cela survient.

– Et quelles informations ta vision a-t-elle su t'apporter ?

– Peu de choses en vérité, quelques images confuses et un nom : Ingolstadt.

Jekyll fronça les sourcils.

– La ville de Bavière ?

– Je suppose. Finnerkaënst est allemand, j'en mettrais ma main à couper. La vision n'était pas de la plus grande clarté, mais dans celle-ci, il se déroulait une curieuse expérience.

– De quelle sorte ?

– Je ne puis vraiment dire, cependant notre homme était impliqué, ainsi qu'un autre individu. Peut-être un assistant.

Krine sombra ensuite dans le mutisme. Il réfléchissait. À son tour, Jekyll ne pipa mot, sachant pertinemment qu'il n'était pas bon de l'importuner dans ces instants-là. Le détective, plongé dans ses pensées, caressait machinalement sa barbe naissante. Au terme d'une intense réflexion, il leva le menton et posa son regard affûté sur son ami.

– Quoi ? Qu'y a-t-il ? s'enquit celui-ci, intrigué.

– Dis-moi, Henry, en tant que médecin et chimiste renommé, tu as sans doute accès aux archives de la Royal Society[27] ?

28. *Royal Society of London for the Improvement of Natural Knowledge.* L'Académie des sciences britannique. Fondée en 1660, elle siège à Londres.

26

Raclée à l'Athenaeum

L'Athenaeum était sans doute le club le plus chic et le plus convoité de Londres. Fondé en 1824, il n'accueillait que des personnes de qualité et à la bourse bien fournie. Pour être admis dans la communauté des membres, le candidat devait obtenir le consentement de ses pairs. On votait par l'entremise de boules blanches et noires. Une unique boule ébène versée dans l'urne suffisait à blackbouler le postulant. À ce titre, on pouvait s'interroger sur la manière dont ce renard de Petterson avait réussi à s'y introduire. La réponse était simple et évidente : le commissaire savait tout sur tout le monde. Des malversations de politiques bien en vue, aux dépendances narcotiques d'artistes réputés, en passant par les relations adultères des plus éminents industriels : rien ne lui était inconnu. Le policier gardait, à l'abri d'un coffre de banque, des dossiers compromettants sur chacun. Et il n'avait pas hésité à utiliser ce moyen de pression pour s'immiscer au cœur de la bonne société.

Derrière sa façade néoclassique, au porche ornée d'une statue de la déesse homonyme, l'Athenaeum abritait une quantité de lieux dévoués au confort de ses hôtes : luxueux hall de marbre, imposante salle à manger, abondante bibliothèque, sans oublier une suite de chambres à coucher destinées aux adhérents trop éméchés pour rejoindre leur foyer, ou désireux de fuir pour une nuit leur trop ennuyeuse épouse. S'y ajoutait une multitude de petits salons intimes, propices aux discussions purement masculines, qu'elles portassent sur les affaires ou sur les femmes.

De toutes les alcôves feutrées que comptait l'endroit, Petterson préférait de loin le *smoking room* ; le fumoir avec ses confortables fauteuils de cuir noir, son épais tapis pourpre et les portraits des plus illustres adhérents accrochés au mur. Il ne désespérait d'ailleurs pas d'y figurer un jour. La lumière franche de l'électricité illuminait la pièce, mettant en valeur le buste du fondateur, John Wilson Crocker, qui trônait fièrement sur la cheminée. Grâce à l'installation d'un générateur privé, elle avait trois ans plus tôt remplacé l'éclairage au gaz, faisant du club l'un des bâtiments les plus modernes de la capitale.

Petterson tira sur son cigare. Les cendres rougeoyèrent. Le commissaire regarda avec plaisir s'envoler les volutes bleutées qu'exhalaient sa bouche et ses narines. S'il appréciait autant le *smoking room*, c'est aussi qu'on y jouait aux cartes, entre gentlemen, à mille lieues des bouges de bas étage où il traînait autrefois ses guêtres. Ce jour, ses partenaires de tripot se nommaient Arthur Conan Doyle et Louis Lucien Bonaparte. Tous deux occupaient des positions enviées dans la bonne société victorienne.

Cachés derrière leur jeu en éventail, les trois hommes s'épiaient, remarquant à peine les serviteurs silencieux et zélés qui remplissaient à intervalles réguliers leur tasse à thé. Petterson trouvait les valets ridicules avec leur livrée et leurs courtes culottes bouffantes. De par sa nature mauvaise, il se réjouissait cependant de l'humiliation que le port de cette tenue devait leur infliger.

Louis abattit ses cartes sur le guéridon en acajou verni qui le séparait des autres joueurs.

– Full aux dames par les as ! Qu'est-ce que vous dites de ça ?

Le fringuant septuagénaire, radieux, lissa sa chevelure grisonnante à la raie impeccable. Linguiste reconnu, ce français avait pour autre fait de gloire d'être le neveu de feu l'empereur Napoléon 1er.

Arthur, un jeune médecin, rédacteur à ses heures de distrayantes fantaisies policières, balança avec flegme sa paire de dix. Ses moustaches rousses travaillées à la cire tressautèrent, seul indice de son dépit.

– Pas mieux. Walter, vengez-moi ! ironisa-t-il en s'adressant à Petterson. Selon l'expression consacrée de l'illustre amiral Nelson, « l'Angleterre attend de chacun qu'il fasse son devoir ». Alors, faites-le, et écrasez ce maudit français comme nous le fîmes pour son tonton à Trafalgar !

Un sourire de prédateur étira les lèvres étroites de l'intéressé.

– Avec grand plaisir mon cher Doyle.

– Quelle vantardise, se gaussa Bonaparte, un sourcil en accent circonflexe.

La mine allègre du vieux *froggy* s'évanouit toutefois en découvrant la quinte flush du policier.

– *Arraoia* ![28] s'écria-t-il en basque, langue à laquelle il avait consacré l'essentiel de ses recherches dialectiques.

29. Damnation !

Arthur, espiègle, applaudit des deux mains à cette défaite. Peut-être aurait-il été moins prompt à s'en réjouir en apprenant que Petterson dissimulait un assortiment de cartes dans sa manche. Les préceptes d'honneur et de loyauté qui régissaient l'Athenaeum avaient peu d'impact sur la morale défaillante du commissaire.

– Une autre partie, Messieurs ? proposa sournoisement ce dernier.

– Ma foi, commença Louis, je ne suis pas contre le fait de prendre ma revanche.

– Le Français réclame sa Berezina, se moqua Arthur.

Le vieil homme se défendit, davantage amusé que vexé.

– Dites donc Doyle, les qualités de déduction que vous attribuez à votre héros de papier ne vous ont guère été utiles jusque-là. Alors, cessez vos fanfaronnades, je vous prie.

– Ou sinon quoi, vous m'exilerez à Sainte-Hélène ? le taquina en retour l'écrivain.

Soudain, l'écho d'une altercation résonna à l'entrée du salon privé, empêchant l'amicale escarmouche de se poursuivre.

« Sir, je vous en prie, vous ne pouvez pas entrer ici ! » clama un domestique.

« Laissez-moi passer, imbécile ! » répliqua une voix familière à l'oreille de Petterson.

« Impossible, vous n'êtes pas membre du club. Je me vois dans l'obligation de vous demander de... »

Pok !

Hector Krine pénétra dans le fumoir en se frottant le poing. Il était en colère. Non, pire, il était furieux. Au point de commettre l'irréparable. De retour chez lui, après sa visite à Jekyll, il avait découvert son intérieur saccagé : le salon dévasté, son argenterie pliée, ses livres réduits en boutefeux pour la cheminée – on s'était d'ailleurs acharné sur les ouvrages avec une singulière sauvagerie ! Et surtout, plus de Matthew. Il avait de nouveau disparu. Seule piste : un demi-cigare qui traînait à terre, proprement sectionné en son milieu. L'enquêteur ne connaissait qu'une personne fumant ce genre de vitole. C'était signé.

Krine balança la moitié de cylindre sur la console. En ricochant, celui-ci répandit des fragments de sa cape sur les cartes abattues sur l'ovale d'acajou.

Le regard de Petterson alla du morceau de cigare au détective. Puis, un direct puissant le fit tomber de son fauteuil. Le coup de poing le cueillit pile sur l'arête de son nez aquilin, qui protesta en craquant de manière sinistre.

– Espèce d'ordure ! éructa Krine en se jetant sur lui.

Les coups plurent. Le policier les amortit en croisant ses bras devant son visage.

Courageux mais pas téméraires, les domestiques ne bougèrent pas d'un iota. Ils avaient vu le sort alloué à Jameson, le laquais ayant cherché à s'interposer. Celui-ci gisait, KO, dans le vestibule. Et puis, il fallait avouer qu'ils n'aimaient pas beaucoup le commissaire, qui ne manquait jamais une occasion de les rabaisser. De ce fait, ils envisageaient un peu cette raclée comme le pourboire que le policier ne leur avait jamais versé.

Horrifiés, Doyle et Bonaparte s'étaient enfoncés dans leurs sièges, plaqués au fond des coussins de cuir sombre, les mains crispées sur les accoudoirs. Leur effroi grandit encore en contemplant un petit homme vêtu de vert s'extraire du mur. D'où sortait ce diable ? Il bondit en hurlant dans le dos de Krine et... s'écrasa sur le coude levé du détective, qui avait anticipé l'attaque. Le nain, stoppé net, aboutit avec fracas sur une table voisine. Sa tête la heurta avec un *bong !* retentissant.

– Où est Matthew ? demanda Krine en empoignant Petterson par son ascot.

– Je... je ne vois pas de quoi vous parlez, répondit celui-ci.

Un filet de sang s'écoulait de son nez en compote.

– Ah, vraiment ?

Krine enroula la cravate autour de son poing. Le ruban comprima la gorge de son propriétaire. Ce dernier se montra tout de suite plus coopératif.

– Eurh...rgh... il... il s'est e...enfui...

– Où ? !

L'étreinte se resserra.

– S... sais pas... glrgh...

Le tissu entaillait ses chairs.

– Il va falloir faire un léger effort, dit le détective en envidant davantage le garrot.

Le teint de Petterson avait viré au cramoisi. Sa chevelure, d'ordinaire si soignée, pendait en boucles désordonnées sur son front.

– D...Diancecht... souffla-t-il d'une voix rauque et étriquée. Il m'a payé pour récupérer le moutard, m... mais... le petit démon s'est sauvé... Je ne saurais vous en dire plus. P... pitié.

Diancecht !

Un voile opaque recouvrit le regard de Krine. La colère décuplait les effets de son don de double vue. Le contact physique facilitait les choses. Tétanisé, le commissaire sentit des étincelles crépiter à la surface de sa peau. Tous les poils de son corps se mirent au garde-à-vous. Il eut vaguement conscience qu'on forçait les verrous de sa mémoire.

« Petterson et Diancecht, dans un pub bondé de l'East End. Le quartier de Poplar, peut-être, ou celui de Spitalfields. La faune est bigarrée : prostituées, souteneurs, truands, arnaqueurs... Que du beau linge.

« En arrière-fond sonore, un piano mécanique joue avec des accents métalliques une vieille complainte du répertoire traditionnel. Un type, fin saoul, en beugle les paroles :

« Arrr-e-you-go-ing-to- Scarbo-rough-Fairrrr...

« Le reste de la chanson se perd dans le bruit des débats et des verres qui s'entrechoquent.

« La récompense sera à la hauteur du travail accompli, dit Diancecht. La seule condition consiste à me ramener l'enfant vivant.

« Mais, s'il résiste ? s'inquiète Petterson.

« Un bras cassé, un nez brisé, un peu de sang qui coule, mais rien d'excessif. Malmenez-le si nécessaire, mais ne le tuez pas. Il est précieux. Très précieux. Un diamant à l'état brut, qui n'attend plus que d'être taillé et façonné. Et je serai ce joaillier.

« Petterson acquiesce. Il finit son Ale, une bière couleur ambre, amère et moussue, veut payer. Diancecht objecte : c'est pour lui. Le policier se lève, bouscule un poivrot placé sur son chemin (celui qui massacrait la jolie mélodie ancienne un instant plus tôt), l'admoneste et s'en va.

La vision se déchira comme un vieux drap, révélant le présent. Krine, cligna des yeux et revint doucement à lui. Les taches noires qui obscurcissaient sa vue se dissipèrent en premier. Il retrouva ensuite l'usage de ses autres sens. Ils se mêlèrent en un maelström confus : le halètement du flic, un reflux de bile humectant sa bouche, le sang qui poissait ses doigts.

L' « interrogatoire » était terminé.

Son don avait de nouveau pris le dessus sur sa volonté. Mais, pour la première fois depuis longtemps, il ne le regrettait pas vraiment. Fourbu, il laissa le crâne de Petterson rebondir sur les lattes de chêne du parquet.

– Outch !

Il savait ce qui lui restait à faire.

Il gagna la sortie. Doyle et Bonaparte ne bronchèrent pas. À vrai dire, s'ils étaient parvenus à se fondre dans leurs fauteuils, ils l'auraient fait. Les domestiques, respectueux et craintifs, s'écartèrent devant le détective. Avant de quitter les lieux, celui-ci lança une demi-guinée sur le corps étendu de Jameson, le valet qui s'était opposé à son entrée dans le fumoir. L'homme commençait tout juste à revenir à lui.

– Pour le dérangement.

27

Un aigle dans la nef

L'aurore poignait sur Fleet Street. Les devantures des commerces affichaient encore leurs rideaux de tôle rabattus pour la nuit. Matthew marchait d'un pas pressé, les mains soudées aux oreilles. Même en cette heure matinale, le vacarme était assourdissant. Martelant les pavés de granit, les roues cerclées de fer des autocabs faisaient un chahut de tous les diables. Les véhicules, noyés dans une opaque purée de poix due autant au *fog* qu'à la fumée de leur chaudière, arpentaient l'artère à touche-touche, serrés comme des anchois dans un tonneau de sel. Ils côtoyaient de gros omnibus automates aux couleurs chatoyantes, bardés de panneaux publicitaires et pilotés par des pantins mécaniques arborant de sévères uniformes. Au tintamarre de la circulation, s'ajoutait celui du locotube, dont une voie survolait la rue. Les poutrelles de métal puddlé la chevauchaient comme les pattes d'une araignée géante.

Partout, s'élevant de chaque trottoir, des hululements frénétiques. Munis d'un petit sifflet économisant leurs cordes vocales, les Londoniens impatients tentaient ainsi d'attirer l'attention d'un cocher. Mais la concurrence était rude. Souvent déçus, ils se résignaient à embarquer dans un omnibus à vapeur surchargé ou finissaient par grimper à bord d'un locotube qui ne l'était pas moins. On craignait la promiscuité des transports en commun. Fondus dans la foule des passagers, les béjaunes se voyaient régulièrement délestés de leur portefeuille par d'habiles voleurs à la tire.

Fleet Street était par tradition la rue de la presse. Le *Times* y avait ses locaux, ainsi que nombre d'autres journaux comme le *Daily Telegraph* ou le *Lloyd's Weekly News*. Matthew dépassa le Ye Olde Cheshire Cheese, le pub favori des reporters et des écrivains. Avant sa mort, voilà une quinzaine d'années, Dickens le fréquentait assidûment. Une vieille femme en haillons, une énorme verrue poilue sur le nez, nettoyait la portion de trottoir qui se trouvait devant l'établissement. Balayeur des rues : un des petits boulots minables qu'on abandonnait aux miséreux. Une fois sa tâche accomplie, la mamie réajusta son chapeau pointu à larges bords, enfourcha son balai et décolla. Une Grouillante, comme lui.

À l'extrémité de la voie, on devinait la silhouette imposante de la cathédrale St-Paul. Le gamin l'atteignit bientôt. Le bâtiment, perché sur les hauteurs de Ludgate Hill, culminait à cent dix mètres, dominant la City. Son dôme de plomb étincelait sous le timide soleil matinal. Du temps de la Rome antique, la même colline accueillait un temple dévoué à Diane, la déesse chasseresse. Les cultes changeaient, mais la fonction demeurait la même.

Sans vraiment savoir pourquoi, Matthew grimpa les marches qui menaient à l'édifice. Il n'avait nulle part où aller et la majesté de l'endroit lui sembla rassurante. L'intérieur était désert, accentuant l'immensité de la nef. La foisonnante architecture baroque, rehaussée de rutilantes dorures à la feuille d'or, lui en mit plein les yeux. L'adolescent déambula entre les travées, admirant les stalles sculptées du chœur et les fresques contant la vie de saint Paul qui décoraient la surface du dôme. Alors qu'il passait devant un confessionnal, une élégante en crinoline le quitta et se dirigea vers la sortie sans lui accorder un regard. Immédiatement, un valet de pied (que Matthew n'avait jusqu'alors pas remarqué) se leva du banc où il l'attendait et lui emboîta le pas, prenant garde de respecter une distance suffisante afin de marquer sa déférence.

Le prêtre qui avait confessé la jeune femme émergea de l'isoloir. Il était très âgé. Son visage semblait avoir cumulé les rides de plusieurs vies. Ses yeux n'étaient que deux taches blanches. L'homme de Dieu était aveugle. Courbé sur une sobre canne en châtaignier, il resta un instant sans bouger, respirant l'air froid de l'église. Matthew se fit discret, peu désireux d'entamer la conversation.

– Mon enfant ? demanda le curé.

Comment a-t-il pu deviner qu'il y avait quelqu'un ? Je n'ai pas fait le moindre bruit.

– Oui... mon père ? osa Matthew.

Le prêtre lui adressa un sourire amical.

– Ne t'en fais pas, je sais ce que tu penses. Ce sont mes oreilles qui remplacent ma vue défaillante. Il y a tellement longtemps que mes yeux m'ont abandonné, que je n'ai aucun mal à déceler une présence humaine rien qu'en usant de mon ouïe. Je suppose que c'est ce qu'on peut appeler « être à l'écoute », ajouta-t-il avec humour.

– Mmh mmh, sans doute, reconnut le gamin.

Le vieil homme désigna le réduit de bois derrière lui. Celui-ci possédait deux compartiments séparés par un panneau grillagé.

– Je suis tout à fait prêt à t'entendre si tu le souhaites.

Matthew grimaça, embarrassé.

– Heu... c'est gentil, mais... non merci.

– Cela apaiserait ton âme et chasserait les démons qui te hantent.

– Vous savez, entre les garous, les goules et la flicaille, je crois quand même qu'il faudrait quelque chose de plus musclé qu'une simple absolution, argumenta-t-il. Trois *Pater* et deux *Ave Maria* ne les arrêteront pas. À moins que vous ayez de l'artillerie lourde cachée là-dedans ?

– Plaît-il ?

M'ouais, la plaisanterie était douteuse, il voulait bien l'admettre. Pauvre vieux, ce n'était pas très charitable.

– Non, rien. Peut-être une autre fois, éluda Matthew en rougissant.

Soudain, le bruit d'un ample battement d'ailes emplit tout l'espace.

– Qu'est-ce que c'est ? s'enquit le vieillard en scrutant les cieux de son regard éteint. Un oiseau ? Nous avons bien quelques pigeons qui s'invitent de temps à autre, mais pour le coup, celui-ci me semble un fort gros ramier.

Matthew, intrigué, leva la tête à son tour. Un aigle gigantesque survolait l'autel, effleurant du bout de ses plumes les lustres en cristal qui pendaient dans le chœur. Il tournoya durant quelques secondes, cherchant à se poser. Son choix se porta finalement sur la croix ouvragée qui surmontait la table de marbre. Ses serres se refermèrent avec force sur le crucifix. Une fois stabilisé, le rapace replia ses ailes et poussa un glatissement aigu. Le cri résonna longuement dans la cathédrale.

L'oiseau de proie avait quelque chose d'étrange, d'inhabituel. Ses yeux jaunes fixèrent Matthew avec gourmandise. Pourtant, ce dernier n'avait rien d'un mulot ou de quelque autre rongeur inscrit à son programme alimentaire.

– C'est un aigle, mon père. Et un sacré morceau si je puis me permettre ! décrivit le gamin. Je n'en ai jamais vu d'aussi mastoc. Il s'est perché sur la croix de l'autel.

Le visage de l'ecclésiastique se brouilla.

– Comment ? Sur la croix de saint Paul ? Ah, mais ça ne va pas du tout !

Le prêtre se hâta vers l'autel en grommelant. Cherchant à effrayer le volatile, il fendit l'air avec sa canne et fit claquer énergiquement ses sandales contre les dalles de pierre.

– Allez, pschitt ! Décampe ! ordonna le vieil homme.

Le rapace pencha la tête de côté, attentif, mais pas vraiment impressionné. Il émit un cri qui ressemblait au grincement d'une porte mal huilée. Le vieux tapota son bâton contre le métal du crucifix. Des sons suraigus fusèrent, désagréables.

– Allons, file ! C'est un lieu sacré ici !

L'oiseau se déploya de toute son envergure, menaçant. Puis, il fondit sur l'homme d'église.

– AT-TEN-TION ! scanda Matthew.

Trop tard ! L'ecclésiastique était à terre. Des serres labouraient son torse. Il essuyait des coups de bec désordonnés. Au-dessus de lui, l'aigle battait frénétiquement des ailes.

Matthew voulut intervenir, mais alors qu'il prenait le rapace à revers, celui-ci fit pivoter son crâne à

180° pour lui faire face. Son cou s'était enroulé sur lui-même de manière improbable, comme une chaussette qu'on essore. Et ses yeux ! Ils n'étaient plus ceux d'une bête, mais d'un humain.

Ténébreux et malfaisants.

Matthew recula et manqua tomber en trébuchant sur une marche. La première de l'escalier en colimaçon qui s'élevait vers les sommets du dôme. Le bâtiment s'étageait sur trois niveaux. La Galerie d'Or, située au pied de la lanterne surmontant la coupole, était la dernière étape de l'ascension. Elle offrait une vue imprenable sur Londres. Enfin, par temps dégagé.

La Grande Porte Ouest s'ouvrit subitement. Une bourrasque de vent froid s'engouffra dans la nef, parcourant en sifflant toute l'étendue de la longue section centrale. Les battants, tutoyant les neuf mètres de haut, rebondirent contre leurs montants de pierre. Théoriquement, il fallait plusieurs hommes pour les manœuvrer, ce qui expliquait que la porte ne servît que pour les cérémonies les plus importantes. Mais une seule silhouette se découpait en contre-jour dans l'encadrement.

Et elle était des plus impressionnantes.

28

La maison de Withechapel

Withechapel. De l'avis d'Hector Krine, sûrement le pire quartier de l'East-End. L'endroit était nauséabond. Ses rues ? Un alignement de taudis insalubres aux murs de brique aussi gris et ternes que le cœur de ses habitants. Elles pullulaient de gamins faméliques qui se pourchassaient en riant. Quelques-uns pataugeaient dans une flaque d'eau croupie. Une large crevasse qui balafrait les pavés et dans laquelle les mômes s'enfonçaient jusqu'aux chevilles. L'un des mioches avait une queue de singe. Un autre un groin. Une fillette, une chevelure reptilienne qui se tortillait en sifflant sur sa tête. Le détective fit un écart pour ne pas être éclaboussé.

Postées à l'entrée de chaque ruelle, des femmes de petite vertu, le teint rubicond, abruties par l'alcool, guettaient leurs prochains clients. Leur fard abondant n'arrivait pas à masquer les stigmates des maladies honteuses qu'elles avaient contractées. Enlaidies par une vie d'épreuves, elles redoutaient la concurrence.

Une jeunette qui leur faisait de l'ombre, et c'était la guerre. On assistait souvent à des crêpages de chignon enivrés. Parfois à coup de pavés. C'était dans les artères misérables où elles tapinaient que, l'année précédente, le *Ripper* – Jack, comme il se surnommait lui-même – avait éventré cinq de ces malheureuses. Avant de disparaître, comme un fantôme. Dans le beau monde, on disait que ces actes abominables étaient l'œuvre d'un Grouillant. La police adhérait à cette thèse. En effet, qui d'autre aurait pu commettre pareilles atrocités ? Krine était moins convaincu.

L'enquêteur dépassa un *costermonger*, un marchand des rues. Deux imposantes barriques, entourées d'une flopée de verres, trônaient sur une table de fortune. Un panonceau déclarait :

« *The best drink out.* »

Le meilleur débit de boisson ambulant, tu parles. La bibine rosâtre et piquée qui s'écoulait des tonneaux affirmait le contraire. Le vendeur, vêtu d'une chemise à carreaux crasseuse et d'un haut-de-forme flétri, haranguait les passants en *rhyming slang*, un argot cockney incompréhensible jouant sur la consonance des mots. Cela donnait lieu à une comptine insensée, à mille lieues du discours original.

« *Let's have a butcher's hook (let's have a look)*
It ain't priest he, yeah ? (It is not pretty ?)
Give me yaaahr beans, honey (give me your money)
For ov long needle pine (for a bottle of wine) »[29]

Et ça marchait. Les clients, séduits, se pressaient devant l'étal.

30. Attrapons un croc de boucher (jetons un coup d'œil) – Ce n'est pas le prêtre, celui-ci, hein ? (n'est-ce pas magnifique ?) – Donne-moi tes haricots, bébé (donne-moi ton argent) – Pour de longues aiguilles de pin (pour une bouteille de vin).

Plus loin, près d'un marchand de primeurs, des vieillards édentés, en hardes, fouillaient fébrilement dans un tas d'ordures. Ils se disputaient leurs trouvailles : des fruits et des légumes gâtés ou pourris. Peu importait. La faim leur tenaillait l'estomac. Pas question de faire la fine bouche. Trop âgés pour travailler ou bien invalides, ils cherchaient juste à survivre.

Krine ralentit devant un petit attroupement massé sous une porte cochère. Pour la plupart des Grouillants, qui débattaient avec ardeur. Un type, à la figure cramoisie et aux cheveux de flammes, déclara :

– On ne doit plus se laisser faire, on a des droits nous autres, comme les richards ! Ils sont bien contents de me trouver pour bosser à la forge, mais question considération, que dalle !

– Ouais, pareil pour moi, surenchérit son voisin.

Le gaillard, un golem juif, était un véritable hercule. Il travaillait comme charpentier de marine.

– On apprécie ma force, mais on me regarde de travers et on crache sur mon passage.

– Tu exagères un peu Yossef, dit un autre, un israélite portant barbe, chapeau et papillotes et qui semblait humain.

Le colosse d'argile désigna son front de l'index. Le mot « EMET »[30] était gravé dessus.

– Je ne mens jamais.

– Oui, Yossef a raison. C'est facile pour toi Moshé, critiqua un lutin, coiffé d'un bonnet conique. Tu es des leurs, tu es « normal ». En plus, tu tiens un commerce respectable. Mais pour les êtres surnaturels comme nous, ce n'est pas la même chose !

– Pas la même chose ! s'emporta le Juif en levant les bras au ciel. Je ne suis que cordonnier. Je ne roule

31. « Vérité », en hébreu.

pas sur l'or ! Et si je suis venu en Angleterre, c'est pour fuir les pogroms. Et aussi pour éviter à mes fils vingt-cinq ans de service militaire dans l'armée du Tsar. Alors, oui, ce n'est sans doute pas le paradis, on n'y apprécie pas beaucoup les Juifs, mais ça reste la *Freie Medina*, le pays de la liberté !

– *Freie Medina*, tu parles, grogna Yossef. Autrefois j'étais puissant, là-bas en Palestine. On me respectait. On me craignait. Aujourd'hui, je ne suis plus qu'un larbin. Et si tu hausses le ton, c'est la porte ou la police ! Pays de merde.

– Nous avons perdu Canaan voilà presque deux millénaires. Oublie ça, rétorqua Moshé. La Terre Promise, à présent, c'est ici.

– Ce qu'il faudrait, c'est une bonne vieille révolution, comme en France il y a un siècle, affirma le Grouillant dont la tête ressemblait à un tison enflammé. Alors là oui, ce serait peut-être la Terre Promise.

Les échanges continuèrent ainsi un moment, les arguments des uns se confrontant à ceux des autres.

Lassé, Krine se dirigea vers une ruelle sinueuse qui s'enfonçait dans les tréfonds du quartier. La révolution, pfff. Qu'espéraient-ils en tirer ? Il avait lu Marx et Engels, mais n'avait pas été séduit. Dans « dictature du prolétariat », il y avait le terme « dictature ». Un régime autoritaire en remplacerait un autre, c'est tout. Et puis, renverser la Reine ? Il n'osait pas y songer. Cette idée le faisait frémir. Il prônait l'intégration, pas la destruction. L'Angleterre était sa patrie. La Couronne son étendard.

La venelle le conduisit à une haute bâtisse cernée de grilles. Une maison bourgeoise, incongrue dans le cloaque pouilleux de Withechapel. La brique de sa façade était agrémentée de terracotta. La céramique aux reflets rosés tranchait avec la grisaille uniforme des galetas alentour. Crevant la partie supérieure de l'immeuble, un œil-de-bœuf fixait le détective, tel celui d'un cyclope.

C'était là que vivait Diancecht.

La demeure semblait abandonnée, volets clos. Le jardin, laissé sans entretien, était devenu une jungle luxuriante qui engloutissait les fondations et grimpait jusqu'aux fenêtres les plus basses. Krine interrogea un voisin, un satyre aux cornes en forme de lyre qui était assis sur le pas de sa porte. Ses pattes de bouc repliées sous lui, il fumait la pipe. D'odorantes volutes de fumée brune s'élevaient du fourneau de la bouffarde.

– Diancecht ? Non, ça fait bien deux mois que j'l'ai pas croisé. Peut-être même trois, lui expliqua le faune. Personne n'entre ou n'sort jamais d'la baraque. Ou alors quand j'dors, c'qui m'arrive rarement (il eut un petit rire graveleux et lui adressa un clin d'œil) : mes trois épouses sont dans le genre exigeant si vous voyez c'que j'veux dire.

Krine le remercia puis, tournant les talons, alla pousser le portail du nécromancien. Celui-ci s'ouvrit avec un grincement sinistre. Une tranchée séparait la maison de la grille qui la clôturait. On rejoignait la demeure par une sorte de pont-levis jeté au-dessus de la fosse. La mode était à ces manoirs transformés en châteaux forts miniatures. Le détective s'engagea sur la passerelle. À mi-chemin, une herse lui interdisait le passage. Il utilisa sa canne comme un levier et parvint péniblement à la forcer. Elle se souleva de quelques dizaines de centimètres, juste assez pour qu'il puisse se glisser dessous. Une fois l'obstacle passé, il gagna la porte de la forteresse. Fermée. Elle céda au quatrième coup d'épaule.

L'habitation était plongée dans l'obscurité. Il fallut quelques secondes aux yeux du détective pour s'y habituer. Il se repéra assez facilement. Le rez-de-chaussée ne comptait que trois pièces : le salon, la salle à manger et le bureau. Les chambres se situaient à l'étage, avec les lieux d'aisances et ceux réservés aux ablutions. Les logements des domestiques étaient sous les toits. À ce qu'il en savait, Diancecht n'avait engagé personne pour son service. Le vieux mage était un solitaire. Les combles devaient donc être inoccupés.

Krine traversa le salon sans noter quoi que ce soit d'insolite, à part peut-être l'importante poussière accumulée sur les meubles. Soit Diancecht n'aimait pas le ménage, soit il n'avait pas mis les pieds ici depuis un bon moment. Ce que semblait confirmer son lubrique voisin. La salle à manger se révéla plus instructive, mais d'une certaine manière également plus inquiétante. La première impression du détective fut olfactive. L'endroit puait. La table avait été dressée pour une personne. Une coupe de vin trônait devant une assiette remplie d'une matière indéfinissable. La chaise face aux couverts était tirée de côté, en biais, comme si le dîneur avait été interrompu en plein repas. Krine se pencha au-dessus du plat et le huma. Il empestait. Un relent écœurant de moisissure. De petites formes blanches se contorsionnaient à la surface de la mixture. Des asticots. Il eut un haut-le-cœur et s'empressa de plaquer un mouchoir sur son nez. Depuis quand le satyre n'avait-il pas aperçu le nécromancien ? Deux ou trois mois, n'est-ce pas ? Cela coïncidait.

Cependant, l'enquêteur avait eu un entretien avec lui la semaine précédente. Leurs chemins s'étaient séparés aux portes de Withechapel. Selon les dires de Diancecht, ce dernier regagnait justement son logis. Bizarre.

Krine franchit un couloir et pénétra dans le bureau. L'odeur de nourriture avariée l'avait poursuivi jusque-là. Étrangement, elle paraissait même plus forte ici. Une véritable infection. Le cabinet était de taille modeste, mais particulièrement encombré. De lourdes étagères de chêne recouvraient chaque pan de mur. Elles étaient chargées d'épais grimoires dont les reliures suggéraient qu'ils dataient de l'époque féodale, ou au mieux de la Renaissance. Au centre, une table de travail, autant, si ce n'est plus en désordre que celle du détective. Derrière, un confortable fauteuil en cuir était tourné, non pas face à l'écritoire, mais vers l'unique fenêtre de la pièce. Comme tous ceux de la maison, les volets étaient fermés. De rares rais de lumière en filtraient, zébrant la pénombre. Voyageurs indécis, des particules de poussière en suspension dérivaient à l'intérieur.

Krine s'avança et dégaina son arme. Il l'avait récupéré lors de son passage à son appartement. Elle traînait, abandonnée sur le sol, au milieu des débris. Il aligna le canon du revolver sur le haut du fauteuil. Une touffe de cheveux gris en dépassait, formant une couronne clairsemée autour du sommet d'un crâne.

– C'est fini Diancecht. Où est le gamin, où avez-vous mis Matthew ?

Pas de réponse. Le flingue bien en main, il tira le chien en arrière avec le gras du pouce. *Clac !*

– Je ne plaisante pas, reprit-il calmement. Dites-moi à quel endroit il se trouve.

Krine se pencha légèrement. Le bras droit du mage reposait sur l'accoudoir, noyé dans la manche flottante de sa tunique étoilée. Inerte. Sans réaction. Gagné par un mauvais pressentiment, le détective s'approcha avec prudence.

– Diancecht ?

Il fit doucement pivoter le fauteuil, et grimaça.

C'était bien Diancecht. Des bataillons d'insectes grouillaient sur son visage livide et parcheminé. De minuscules coléoptères à la carapace dorée circulaient des orifices de son nez à ceux de ses oreilles. Des vers ondoyaient dans ses orbites vides. Une armada de mouches et de petits papillons gravitait autour de sa dépouille. Au vu de l'invasion, la mort remontait à plusieurs mois. Les dermestes et les lépidoptères ne se montraient qu'au troisième stade de décomposition, appâtés par l'odeur de graisse rance qui émanait du cadavre. Krine comprenait mieux la pestilence qui régnait sur le réduit. Le devant de la cape du nécromancien était empoissé d'une grande auréole sombre. Du sang, désormais coagulé. Le manche d'un poignard dépassait de sa poitrine, pile à l'emplacement du cœur.

Le limier se remémora le message codé supposément rédigé par Finnerkaënst : « Attention ! Diancecht n'est pas celui que vous croyez ». En effet, cela ne faisait aucun doute. Quelqu'un avait pris sa place.

Mais, qui ?

29

Dans la gueule du loup

L'homme s'avança dans l'allée centrale de la cathédrale, que surplombaient de hauts buffets d'orgue. Sa carrure musculeuse était drapée dans une longue gabardine ; son crâne chauve marqué de vilaines cicatrices. Au fur et à mesure qu'il approchait, son apparence se modifia : sa mâchoire s'allongea, ses arcades se rapprochèrent, une toison léonine envahit l'épiderme de son visage et grignota la partie visible de son cou, son torse enfla en déchirant ses habits.

C'est le maudit loup-garou qui s'en est pris à maman ! réalisa Matthew. *Il l'a... tuée.* Un flot de haine se déversa en lui, mêlé à une peur viscérale.

L'aigle, imperturbable, achevait de lacérer les chairs de sa victime. Le prêtre gisait sur le sol dallé, le thorax ouvert. Inconscient ou mort, difficile à dire. Matthew penchait pour la deuxième option. Abandonnant sa proie, l'oiseau s'en alla se percher sur le confessionnal et observa le nouvel arrivant d'un œil paisible.

Le lycanthrope se déplaçait courbé en avant, presque à quatre pattes. Il enjamba le curé et, après avoir pioché un bout de bidoche dans l'abdomen du cadavre (là, il était bien mort, pas d'équivoque), tourna sa gueule écumante d'une bave sanglante en direction de Matthew.

L'adolescent ferma les yeux, serra les poings, et appela de toute sa volonté les forces qui résidaient en lui. Sur le ton de la plaisanterie, il avait dit à Krine que les garous avaient la caboche trop robuste pour exploser. Il espérait de tout cœur que ce n'était pas le cas. Au terme de deux ou trois secondes, il entrouvrit les paupières, priant pour que se réitère le miracle accompli avec les goules.

Malheureusement...

Aucun halo bleuté. Pas d'esprits vengeurs. Seulement la marque de ses ongles inscrits dans la paume de ses mains. L'aigle le toisait, narquois.

Le loup humanoïde se tenait à moins de deux mètres, la tête toujours aussi bien vissée sur ses épaules massives. Un grondement monta de sa poitrine puissante, sur laquelle pendaient encore des lambeaux de vêtements.

– Pourquoi ça ne marche jamais quand il faudrait ? !

L'adolescent se précipita dans l'escalier. Les marches défilèrent à toute vitesse sous ses pieds. Il n'osait pas regarder derrière lui, certain d'y découvrir la bête lui collant au train. Arrivé au premier étage, il s'y risqua cependant.

Personne.

Il balaya la nef. Plus trace du lycanthrope.

Le rapace était toujours posé sur l'isoloir. Il fouinait dans ses plumes avec de petits coups de bec secs, à la recherche d'un parasite. Sans la dépouille du vieux prêtre baignant dans son sang, l'adolescent aurait pu croire avoir tout imaginé.

Matthew fit volte-face, sur ses gardes. Mais le monstre n'était pas là. Il eut un rire nerveux. Rien de plus normal, après tout. C'est vrai, comment l'aurait-il devancé ?

Ploc... Ploc...

Un liquide glaireux dégoulinait sur son épaule. Il l'essuya du plat de la main et l'examina. Il en exhalait un remugle fauve. De la... bave ? Le loup-garou bondit devant lui, se décrochant d'une haute colonne supportant un chapiteau corinthien. De profondes empreintes de griffes tatouaient de bas en haut le pilier. La bête l'avait escaladé.

– Et merde !

Matthew bifurqua à gauche, empruntant la Galerie des murmures. On la nommait ainsi, car portées par la résonance de la cloison, les paroles chuchotées à un bout étaient parfaitement audibles à l'autre extrémité. Mais l'homme-animal qui pourchassait Matthew ne murmurait pas. Bien au contraire, il rugissait.

Matthew réalisa vite qu'il n'avait pas été très malin de s'engager sur la coursive. Circulaire, elle faisait le tour du dôme et obligeait celui qui la parcourait à retourner sur ses pas, et donc à se jeter... dans la gueule du loup. Jamais proverbe ne lui avait semblé plus approprié. Plusieurs portes au profil arrondi s'alignaient à intervalles réguliers le long du balcon. Le gamin tenta d'en forcer l'accès. Sans résultat. Elles étaient fermées à double tour. Il paniqua. Le lycanthrope l'avait presque rejoint, masse sombre dont les yeux démoniaques luisaient dans la semi-obscurité de la cathédrale. L'enfant songea à prier. L'endroit était bien choisi. Ah, que n'aurait-il pas donné pour voir Hector Krine débarquer ! Mais ce fichu détective n'était jamais là quand on avait besoin de lui. Matthew était bien placé pour le savoir, il avait grandi sans connaître le bonhomme. Du moins, si Krine était celui qu'il supposait.

Ça y était, le garou était sur lui. Il était fichu ! Il ferma les yeux, tel le condamné à mort à qui on occulte la vue avant la salve fatale. Il pouvait sentir le souffle chaud et fétide du monstre sur son visage. Un grondement vibra dans la gorge du lycan, bas, inquiétant : *rrrrrrrhhhhhhhh...*

« *KAÏ !* »

Deux grosses mains grisâtres empoignèrent le loup-garou par la fourrure de son dos, lui arrachant un glapissement de surprise.

Le colosse, celui du cimetière, coiffé de son inévitable chapeau melon ! Que faisait-il ici ?

Matthew ne pouvait le savoir, mais resté en poste en bas de l'immeuble de Krine, le géant avait vu Petterson et O'Brady rejoindre l'appartement du détective. Il s'était alors tenu prêt. L'enfant étant parvenu à s'enfuir sans qu'il ait eu besoin de son assistance, il s'était contenté de le suivre, comme à son habitude. Jusqu'à ce moment précis.

Le garou tenta de se délivrer de son agresseur. Il éructait et feulait comme un chat enragé, mais le type au chapeau melon tenait bon. Ce dernier souleva son fardeau au-dessus de sa tête. Les deux cent cinquante kilos de son adversaire pesèrent lourdement sur ses bras tendus à la verticale, l'obligeant à ployer les jambes. Et, *BAM !* Le choc fut terrible : il le projeta contre le bois d'une des portes. Le panneau éclata sous l'impact. Geignement des gonds. Ils pendaient lamentablement, à moitié arrachés. La bête se releva, furieuse. Des débris constellaient sa fourrure emmêlée. Des plaies ouvertes la zébraient. Elle darda son regard de braise sur l'homme qui avait osé porter la main sur elle.

Et fondit sur lui.

Les torses bombés qui se rencontrent avec brutalité. Les bras qui s'agrippent. Les fronts qui se soudent.

De par leur carrure, les deux adversaires ressemblaient à ces lutteurs nippons, les sumos. La même puissance. Une détermination identique. La gueule du garou se referma sur le trapèze du géant, déchiquetant les muscles, broyant les ligaments. Un liquide carmin pulsa, poissant le pardessus du colosse.

Un gémissement. Des dents qui se serrent, refusent la douleur. L'affrontement qui continue.

Le poing du blessé s'abattit sur la mâchoire du loup avec un bruit d'os qui craquent. Des canines volèrent, pointes de flèches sans leurs tiges. Le garou émit une plainte. Un hurlement lugubre de soir de pleine lune. Ses pattes griffues se refermèrent sur la gorge de l'hercule. Il serra et serra encore. L'homme trébucha, tomba en arrière. Son dos appuya sur le garde-fou en fer ouvragé qui ceignait la galerie.

Le métal qui geint, proteste et cède. La chute. Une main qui s'accroche où elle peut.

Le géant, les jambes pendues dans le vide, se retint à un bouclier en fonte fixé à la rambarde. L'écu arborait les symboles de saint Paul : deux épées entrecroisées. Le glaive de sa foi et celui de son supplice. Le martyr était mort décapité.

Le pavois grince, mécontent de la surcharge qu'on lui impose.

Le colosse regarda sous lui. Une grande rosace s'épanouissait sur le carrelage, trente mètres plus bas. Elle épousait toute la largeur de la coupole.

Le loup-garou le surplombe. Amusé. Il tire sur le bouclier, le secoue, décèle les derniers rivets résistant encore. Le géant chute, emporté par la rondache.

Il s'écrasa sur l'autel, le pulvérisant littéralement. Des éclats de marbre volèrent jusque dans les chapelles adjacentes. Morceau de ferraille tordue, la grande croix trônant auparavant sur la table lui transperçait maintenant l'abdomen.

Un dernier râle.

Le lycanthrope se délectait de sa victoire quand un long et solide bougeoir en laiton atterrit sur son crâne hirsute... et se tordit comme du fil de fer. Il pivota lentement, en grognant, vers Matthew. L'homme-loup prit soin de rétracter ses griffes avant de lui assener un coup de patte. Le patron ne voulait pas qu'on abîme la marchandise. Le gamin s'écroula.

Un bruissement d'ailes.

Allongé sur la pierre froide de la coursive, l'esprit dans le brouillard, Matthew entrevit l'aigle se poser sur une portion de balustrade encore intacte.

– Il a son compte, emportons-le, déclara le rapace d'une voix aigrelette.

« *L'oiseau ? Est-ce vraiment l'oiseau qui vient de parler* ? » s'interrogea l'adolescent.

Puis il sombra dans l'inconscience.

30

Traquenard à Saint James Park

Le soleil couchant dardait ses derniers rayons sur Saint James Park, un ancien marais réhabilité en lieu d'agrément. Henry Jekyll cheminait d'un pas volontaire sur un sentier sinueux du jardin. Le lacet longeait un lac artificiel, serpentant entre des buissons d'aubépines, d'épais boqueteaux de cyprès et toute une variété de plantes et de conifères. À certains endroits, la végétation se faisait plus exubérante. À d'autres, elle périclitait pour faire place à de sobres et délicates plates-bandes fleuries. Outre le bruit du vent dans la cime des arbres, on entendait le coin-coin des canards résidant à l'est de l'étendue d'eau, sur l'île à laquelle ils donnaient leur nom : *Duck Island*. Les modestes palmipèdes en côtoyaient de plus nobles, les cygnes de la Reine, qui croisaient également sur les eaux vertes du bassin. Des moutons bêlaient, des vaches meuglaient, parquées sur des carrés d'herbe tendre. Ce havre de verdure procurait à celui qui le parcourait la sensation d'être hors de la ville, alors qu'il se trouvait pourtant en son cœur. La campagne domestiquée ! Henry appréciait cette idée, lui qui cherchait à maîtriser la part la plus sauvage de sa personnalité.

Il avait rendez-vous à l'appartement de Krine, afin de faire le point sur Finnerkaënst. Comme le lui avait demandé son ami, le médecin avait effectué des recherches dans les archives de la Royal Society. Elles avaient su lui livrer de précieuses informations. Aiguillé par ces dernières, il s'était ensuite rendu à la British Library pour compulser les journaux étrangers des années passées. En particulier, ceux des contrées germaniques. En recoupant toutes les données, Jekyll était parvenu à faire la lumière sur le cas du savant. Ainsi que le présumait Krine, celui-ci était allemand et non suédois. « Finnerkaënst » n'était qu'une mauvaise anagramme de son véritable patronyme. Il se nommait en réalité Frankenstein. Victor Frankenstein.

Voici quelques années, il s'était livré à Ingolstadt, en Bavière, à des expériences contre-nature. Obsédé par l'idée de la vie éternelle, féru d'occultisme qu'il élevait au rang de science, il nourrissait le projet de ramener les morts à la vie. Après plusieurs tentatives peu concluantes sur des cadavres qu'il exhumait illégalement de leurs tombes, il parvint à donner naissance à une créature hybride, conçue à partir des morceaux de divers corps humains : un colosse hideux aux chairs couturées. Mais Frankenstein avait oublié un détail. Certes, la chose était douée de vie. Elle se déplaçait comme un homme, se nourrissait comme un homme, mais il lui manquait l'essentiel : l'étincelle de l'esprit. Sans âme, il ne s'agissait que d'une coquille vide mue par les instincts primaires enfouis dans la partie reptilienne de son cerveau. Un grand enfant demeuré, incapable de saisir les subtilités de la pensée, du langage, de la raison. Contraint par cette incapacité, le géant revenu d'entre les morts avait commis plusieurs crimes. Des meurtres involontaires dont il ne saisissait pas la gravité, tel un garçonnet trouvant amusant d'arracher les ailes des mouches. La police avait enquêté. Frankenstein avait été inculpé pour hérésie et pratique illégale de la médecine. Il avait écopé de la perpétuité ; la créature avait été condamnée à mort par pendaison. Grâce à des complicités achetées à prix d'or parmi les gardiens (Frankenstein était l'héritier d'une richissime famille aristocratique, comme en témoignait son nom complet : Victor « Von » Frankenstein), il réussit à s'enfuir avec son abomination. On le disait mort. Il se serait exilé au Pôle Nord où il aurait péri. Robert Walton, un capitaine de vaisseau en expédition, prétendait l'avoir croisé là-bas, juché sur une luge ! Il dévalait une pente, sa monstrueuse création assise à l'arrière du traîneau. La glissade se serait mal terminée, par un plongeon mortel dans les eaux glacées de l'Arctique.

Fariboles !

Krine trouverait certainement tout cela fort instructif. Peut-être bien que les goules dont le détective lui avait parlé n'étaient pas les seules à s'intéresser aux cadavres enterrés à Londres. Il serait sans doute pertinent de déterminer si des profanations n'avaient pas été perpétrées dans d'autres cimetières que celui d'Abney Park. Les goules étaient stupides, elles n'avaient pas pris soin d'effacer leurs traces. Frankenstein, lui, était un scientifique qui aura su agir avec prudence et circonspection.

Jekyll ralentit la cadence. Il venait de réaliser quelque chose. Les multiples clameurs du parc s'étaient éteintes. D'un seul coup. Plus de caquètement, de mugissement ni de bêlement. Nul cygne trompetant. Aucune oie cacardant. Les mouettes qui planaient d'ordinaire au-dessus du lac s'étaient cloîtrées dans le silence. Même le vent avait cessé de chahuter dans les branches.

Ce n'est pas normal !

Des bruits de pas, lourds, dans les fourrés. Des brindilles qui se brisent. Des feuillages qui bruissent. L'approche était furtive, mais elle n'échappa pas aux sens en alerte du docteur. Un aboiement long et plaintif. Une ode à la lune qui, complice, se dévoila simultanément en s'extrayant de l'abri que lui confectionnait la frondaison des arbres.

Les lycanthropes parurent de chaque côté du sentier. Deux bêtes massives, leurs corps presque nus recouverts d'une toison ébouriffée. Un grognement bas et sourd ronfla dans leur gorge. À peine un murmure. Menaçant. Leurs babines se retroussèrent sur des crocs à l'éclat meurtrier. De leurs gueules suintait une bave épaisse.

– Je suppose que vous ne faites pas partie de la ménagerie de Saint James ? dit Henry en fouillant tranquillement dans la poche intérieure de sa gabardine. Non, ça m'étonnerait, vous êtes trop laids.

Un des loups-garous éructa un flot de paroles, en russe. Cela n'avait pas l'air très amical.

Jekyll déboucha le flacon qu'il avait tiré de son manteau. Il le brandit avec solennité devant son visage.

– Za zdorovje ![31] déclara-t-il avant d'avaler cul sec l'émulsion effervescente que contenait le tube de verre.

Il se passa la langue sur les lèvres. L'éprouvette virevolta par-dessus son épaule. Elle alla se briser sur le chemin derrière lui. Presque aussitôt, une vague de

32. « À la vôtre ! » en russe.

douleur submergea le médecin. Il se plia en deux en se tenant l'estomac. Une lueur bestiale étincelait dans les yeux de l'homme qui se redressa.

– Bonsoir les cabots, dit Edward Hyde avec un sourire carnassier. On veut faire mumuse ?

Les bruits de lutte qui suivirent firent s'envoler d'une même impulsion tous les canards du lac.

31

Le géant moribond

Hector Krine attendait la venue de Jekyll en faisant les cent pas. Le chaos régnait toujours dans son appartement. Il avait bien envisagé de le remettre en ordre, mais y avait finalement renoncé, trop préoccupé pour cela. Il s'était contenté de récupérer la dague sikhe et de l'enfourner dans la poche intérieure de son manteau. On ne savait jamais, elle pourrait se révéler utile. Il espérait qu'Henry lui apporterait de quoi le mettre sur la piste de Matthew et du faux Diancecht.

Un bruit sourd résonna. *Bong !* Puis un autre plus menu, presque inaudible. On cognait à la porte. Krine attrapa son revolver, posé sur la table indienne. Il arma le chien. Ce n'était pas ce bon docteur. Les gentlemen avaient pour habitude de frapper par petits coups brefs, réguliers comme les points d'un ourlet. Un code auquel aucun d'eux n'aurait dérogé. Et pas plus son ami.

Krine se plaqua contre le chambranle, dos au mur. Il posa une main sur le bouton de la poignée et la fit doucement tourner. Une unique goutte de sueur perla de son front, coula sur sa joue et finit sa course sur le parquet. Le détective, canon en avant, pivota brutalement sur lui-même tout en balayant du pied le battant de la porte. Son doigt se crispa sur la gâchette. Personne ?

Un gémissement.

Il baissa les yeux. Un homme spectaculairement grand et costaud gisait sur le palier. Un chapeau melon traînait à deux pas de lui. Krine s'agenouilla, son revolver pointé sur la forme recroquevillée sur le sol. Des points maladroits suturaient le malheureux assemblage qu'était son visage. Le type du cimetière ! Un pan de sa cape glissa, révélant le trou béant dans son abdomen. Ses deux mains tentaient, avec plus ou moins de succès, d'empêcher ses viscères de s'en déverser.

– Monsieur, marmonna le colosse, il est des plus urgents que je vous informe de certains agissements. Le sort de l'enfant en découle. Dans l'état dans lequel vous me voyez, je ne peux hélas plus le protéger.

– Le protéger ? s'étonna le détective.

– Aidez-moi à me remettre sur mes jambes et je vous dirai tout.

Krine le releva de son mieux – il pesait une tonne – et l'épaula jusqu'au sofa. Le géant s'y affala avec un râle de douleur. Sa face grise avait pris des teintes verdâtres. La sclère de ses yeux était irisée de veinules rouge vif. L'enquêteur s'assit en face de lui, sur le fauteuil. Il contempla avec inquiétude la chemise ensanglantée de son invité.

– Un de mes amis va arriver sous peu. Il est médecin.

L'homme se mit à tousser. Des spasmes pénibles secouèrent sa poitrine. Il en montait des sifflements de théière en ébullition. Un de ses poumons était perforé.

– C'est fort aimable, mais le temps m'est compté, souffla-t-il, quand sa quinte de toux fut totalement apaisée. Les docteurs ne peuvent plus rien pour moi. Je suis déjà mort une fois. Et en vérité, j'accueillerai ce second trépas comme une bénédiction. Vivre dans ce corps difforme ressemble trop à une sorte d'interminable purgatoire.

Un sourcil de Krine se souleva. Il plaça ses mains en prisme sous son menton.

– Qu'entendez-vous par : « je suis déjà mort une fois » ?

– C'est une longue histoire, soupira l'intéressé.

Il lui conta les expérimentations menées par Victor Frankenstein, les crimes commis, ainsi que l'évasion qui avait suivi les condamnations du savant et de sa créature.

– Il y a une chose que je ne saisis pas, l'interrompit le limier. Vous vous décrivez comme – pardonnez-moi – un monstre à la compréhension limitée, sans âme et capable des pires atrocités. Alors, comment se fait-il que vous vous entreteniez avec moi avec autant d'éloquence ?

Un soupir douloureux glissa entre les lèvres irrégulières du colosse.

– C'est qu'à ce moment-là, je n'étais pas encore ce monstre et qu'il n'était pas encore moi. Ce n'était qu'une enveloppe vide amenée à la vie grâce à l'énergie de l'électricité. Un être certes en mouvement, mais dépourvu de conscience.

– Mais alors, Bon Dieu, qui êtes-vous ?

– J'y viens.

Il se rencogna dans le sofa et poursuivit avec difficulté son récit. Un large filet de sang souillait son menton. Chaque parole supplémentaire semblait lui arracher une souffrance indescriptible, mais il continua malgré tout. Son nom était Pierre Clerval. Il était français. C'était autrefois l'assistant de Frankenstein. Et son plus fidèle ami. Ils s'étaient connus sur les bancs de l'université d'Ingolstadt où ils étudiaient tous deux la médecine. Victor était brillant, bien plus que Pierre. Ses théories sur la vie et la mort fascinaient son condisciple qui accepta de le seconder dans ses travaux. Il prit le risque de dérober pour lui des cadavres dans les cimetières de la ville. Et aussi celui de l'aider à s'échapper quand les choses tournèrent mal. Officiellement, les fugitifs avaient gagné le cercle arctique. Une coquette somme avait été versée au capitaine Walton afin qu'il témoigne de la mort du savant et de sa créature. L'inaccessibilité des lieux contraignit les autorités germaniques à le croire sur parole. En réalité, le trio avait élu domicile dans les Orcades, un archipel situé au large de l'Écosse. Un endroit isolé comptant plus de soixante îles et pas davantage d'habitants. Victor Frankenstein, qui se faisait maintenant appeler Vaslo Finnerkaënst, avait pu tranquillement poursuivre ses expériences, et même publier quelques travaux.

Son but ? Doter sa créature d'entendement. Tâche ardue, voire impossible.

Bien qu'il fût enchaîné à longueur de journée dans un cachot, le monstre ne paraissait pas s'en émouvoir. Il passait des heures entières le regard dans le vague, la bave ruisselant de sa lippe. Un vrai légume, capable de brusques accès de violence aussi éphémères qu'une ondée d'été. Les tentatives de Victor pour élever sa conscience n'aboutirent qu'à des d'échecs. Jusqu'au jour où Pierre se découvrit atteint d'un mal incurable. Une affection insidieuse qui le rongeait de l'intérieur, sans espoir de guérison. La mort avait déjà commencé à aiguiser sa faux.

Il périt moins d'un mois plus tard.

– Je crois comprendre, dit Krine. Frankenstein vous a ramené. Il est parvenu à transférer votre esprit dans le corps de sa créature. Mais comment ? Cela est impossible.

– Il s'était adjoint une aide précieuse.

– Laquelle ?

Le géant leva une main, indiquant qu'il devait reprendre son souffle. Krine, inquiet, se redressa sur son siège.

– Il vous faut absolument un médecin. Que fiche donc Jekyll ? Il devrait déjà être ici.

Son interlocuteur secoua la tête en signe de dénégation. Il se savait perdu. Après une série d'expectorations laborieuses, il poursuivit :

– La suite, je la tiens de Victor. Les souvenirs que j'ai de la période entre ma mort et ma résurrection demeurent très confus. Je me rappelle juste que j'errais dans un brouillard insondable. Autour de moi, glissaient des formes filandreuses que je sentais davantage que je ne les voyais.

– Les limbes ?

Le colosse fit un geste évasif de la main.

– Peut-être. Appelez cela comme vous l'entendez.

Pierre expliqua que, peu après son inhumation – ou du moins celle de sa dépouille mortelle –, un vieillard s'était présenté à la porte du manoir dans lequel résidait Frankenstein. Il affirmait avoir la solution à son problème : la nécromancie.

– Cet homme, c'était... intervint le détective.

– Oui. Diancecht. Enfin, pas vraiment, il s'agissait en réalité d'une personne qui avait endossé son identité. Mais à l'époque, Victor l'ignorait.

Le vieux mage avait convaincu le scientifique de le suivre à Londres. La créature faisait partie des bagages. Sur place, il lui fut présenté une jeune femme : Hécate. Sous l'insistance de Diancecht, sa pupille avait accepté de se prêter à l'expérience. Et c'est ainsi que mon esprit fut transplanté dans ce corps.

Krine manifesta son incompréhension :

– Attendez un moment, il y a quelque chose qui m'échappe. Hécate a pu invoquer votre esprit, cela, je n'en doute pas. C'était une puissante nécromancienne. Mais, à ce qu'il me semble, une entité spirituelle ne peut en aucun cas investir le corps d'un vivant, elle est systématiquement rejetée.

– Sauf que la créature créée par Victor n'était pas un véritable être vivant. Juste un homuncule composé des parties de divers cadavres et animé grâce au « miracle » de l'électricité. Comme vous le savez, un esprit seul ne peut remettre le corps d'un défunt en ordre de marche. En se risquant à l'intérieur, il en resterait prisonnier. Mais si on lui fournit un véhicule prêt à l'emploi, alors le tour est joué. La solution réside dans l'alliance entre la science et la nécromancie. Le spiritualisme élevé au même rang que les mathématiques, la physique ou la chimie, comme le souhaitait Victor.

Krine n'en revenait pas. Le siècle était écartelé entre la science et la foi, et voilà que les deux antagonistes se complétaient pour donner vie à une abomination sans nom. Depuis les Lumières, on les croyait pourtant irréconciliables. Darwin, entre autres, en avait fait les frais. Sa théorie sur l'évolution des espèces avait provoqué le courroux de l'Église. Soutien indéfectible du naturaliste, l'historien Ernest Renan disait pour sa part qu'il fallait se débarrasser des anciennes ferveurs religieuses et construire un avenir basé sur la raison et le progrès scientifique. En fait, ils avaient tous tort : Darwin, Renan, comme leurs détracteurs.

L'un et l'autre étaient liés ; ou pouvaient le devenir par la force des choses. Des sentiments confus envahirent l'enquêteur. Il se sentait vaguement honteux. Lui qui, depuis des années, luttait pour éradiquer la part surnaturelle de sa personnalité. En réalité, il le voyait bien, les deux mondes ne s'opposaient pas, ils se complétaient. S'était-il égaré en chemin ? Las, il chassa son malaise et pressa le géant de poursuivre.

– Et ensuite ?

– Diancecht a demandé à Victor de façonner de nouvelles créatures. Il se proposait de financer le matériel nécessaire à la réalisation du projet.

– Avec quel objectif ?

– Officiellement, par curiosité scientifique, mais je doute de cette version. Hécate s'y est opposée. Elle commençait à se méfier du vieillard. De violentes disputes ont éclaté. Elle s'est confiée à Victor qui nourrissait lui aussi quelques soupçons. Il m'a alors chargé de surveiller Diancecht et...

– ... vous avez découvert qu'il n'était pas celui qu'il prétendait être.

Le géant acquiesça.

– En effet, je l'ai vu se métamorphoser en un autre. L'homme le plus terrifiant qu'il m'ait été donné de contempler : des yeux cruels, plus sombres que la nuit, et une longue barbe noire. Peu après, il s'est transformé en oiseau de proie. Un aigle de belle envergure.

Krine se massa le menton, pensif.

– Mmh... un métamorphe, qui peut changer de forme à sa guise.

– Oui. Cela vous dit quelque chose ?

– Peut-être, reconnut le détective. Et après ?

– Une fois qu'il a su pour Diancecht, Victor a prévenu Hécate.

– Qui m'a elle-même alerté, juste avant sa mort. Et Matthew dans tout ça ?

– Le faux Diancecht a commencé à s'intéresser à son rejeton. Il a vite réalisé que Matthew était bien plus puissant qu'Hécate ne le serait jamais.

– Il a donc fait éliminer la nécromancienne pour s'emparer de son fils.

Le colosse opina lourdement du chef.

– C'est son bras droit, Volkodlak, qui s'en est chargé. Un loup-garou ombrageux. Il a tué Hécate et maquillé le meurtre en vol crapuleux. C'est également lui qui m'a mis dans cet état. Mais, hélas pour leur plan, l'enfant s'est enfui.

– Frankenstein aurait pu décider de partir à ce moment-là, interjeta Krine. Le gamin disparu, lui envolé : le projet du métamorphe tombait à l'eau.

Pierre avait du mal à rester lucide. Sa tête dodelinait de gauche à droite, indiquant qu'il n'était pas loin de s'assoupir. Il réfuta d'une voix pesante la remarque du détective.

– Sauf que « Diancecht » le tenait. Il connaissait sa véritable identité et menaçait de la révéler au monde. Victor m'a alors demandé de retrouver Matthew et de veiller sur lui. Il ne fallait en aucun cas qu'ils s'en emparent. Malheureusement, j'ai échoué. Il est maintenant entre leurs griffes.

Krine comprenait à présent que les goules avaient fait des suspects bien commodes. Persuadé de leur seule culpabilité, le limier n'avait pas cherché à vérifier si d'autres tombes avaient été profanées ailleurs qu'à Abney Park, laissant ainsi le champ libre aux sbires du faux Diancecht. Quel imbécile il avait été ! Il se serait donné des gifles.

– Il faut que vous agissiez… au plus vite, sinon… il… il sera trop tard, marmotta Pierre, qui somnolait de plus en plus.

Krine abandonna son fauteuil et s'agenouilla auprès de lui.

– Vous savez où ils ont emmené Matthew ?

Un gruau de paroles à peine audibles filtra de la bouche du géant. L'enquêteur tendit l'oreille.

– Les quais… ils… ils n'ont jamais quitté les Docklands. Ils se sont contentés de (un râle)… transporter le matériel nécessaire à leur entreprise du bateau jusqu'à un vaste entrepôt de l'île aux chiens. Avec (un gémissement)… avec cette grève des débardeurs… difficile de trouver endroit plus tranquille.

Exténué, l'homme respirait avec peine. Des litres de son sang avaient taché le velours du sofa. Le regard de Krine passa du moribond à la porte, et inversement. Mais où restait Jekyll ? Il aurait grandement apprécié son aide. Le colosse poussa un long soupir. Les boursouflures grotesques qui lui tenaient lieu de paupières papillonnèrent puis se refermèrent. Définitivement.

Pierre Clerval venait de trépasser pour la seconde fois.

32

En fâcheuse posture

Les yeux de Matthew s'ouvrirent sur quatre soleils. Ils clignotaient, pulsant une lumière crue avec la régularité d'un cœur qui bat. Le crâne de l'adolescent le faisait souffrir. Il se sentait nauséeux. Il voulut tourner la tête, mais n'y parvint pas. Idem pour ses bras et ses jambes qui refusèrent de lui obéir. Était-il paralysé ? Ou pire, mort ? Se pouvait-il que ces astres lumineux, qui flottaient là-haut dans les airs, soient des anges l'invitant à rejoindre le Paradis ? Peu à peu, le garçon retrouva une certaine lucidité et réalisa qu'il était entièrement sanglé à une chaise. Un trône en métal, aux arêtes coupantes. D'épaisses lanières entouraient son torse. Ses mains et ses pieds étaient immobilisés par des manchons et des cuissardes en cuir rigide. Son cou et ses mâchoires pris dans un carcan grillagé. Des griffes en acier agrippaient ses épaules et le tiraient en arrière en le plaquant contre le dossier. Une sorte de « soupière » renversée coiffait sa tête, piquée d'électrodes.

Les soleils n'en étaient pas. Et pas davantage des anges. Seulement de gros globes d'argent poli. Une lueur diffuse en sourdait. De fins arcs électriques dansaient à leur surface en grésillant. Ils surmontaient de grands piliers qui allaient en s'étrécissant vers le haut.

– Magnifique, n'est-ce pas mon petit Matthew ?

Les pupilles du garçon glissèrent vers la gauche. Diancecht se tenait à ses côtés, les poings vissés sur les hanches. Il jetait un regard appréciateur sur l'installation.

– Qui êtes-vous ? Pas le véritable Diancecht en tout cas. Il ne m'aurait jamais traité ainsi.

Le vieil homme eut un petit rire de gorge, aussi bref qu'un hoquet. Il se pencha sur Matthew en souriant. De profondes rides ravinaient le bord de ses yeux.

– Quelle importance qui je suis ? Bien plus important est ce que je compte faire.

– Comment ça ?

Le simili nécromancien se retourna en balayant l'air de ses bras. On aurait dit l'assistante d'un magicien soulignant la réussite d'un numéro. Tadam !

– Regarde.

Le jeune garçon scruta à travers l'obscurité de ce qui ressemblait à un gigantesque entrepôt. Quand ses yeux se furent habitués à la faible luminosité de l'endroit, des formes commencèrent à se dessiner plus précisément. Une centaine de personnes étaient harnachées sur des tables d'opération. Leurs corps gris parcourus de cicatrices. Ils ne semblaient pas très alertes, c'est le moins qu'on puisse dire. Et pour cause ! Car ce qu'il contemplait n'était autre que des cadavres, ou du moins des morceaux de cadavres, grossièrement assemblés en une pâle imitation d'êtres humains. Des électrodes constellaient les homoncules. Des câbles couraient de l'un à l'autre, les reliant tous. De grands costauds vérifiaient les connexions tout en devisant en russe. Un homme maigrichon et échevelé les supervisait. Matthew l'avait déjà vu, une fois, dans la boutique de sa mère. Un dénommé « Funkerchose » ou « Fintertruc ».

Curieusement, les corps étendus sur les tables rappelaient à Matthew ces pantins dans les spectacles de Punch et Judy[32]. Dans ce théâtre de rue, les fils animant les « acteurs » convergeaient presque toujours vers un même et unique marionnettiste. Sauf qu'ici, l'ensemble du réseau serpentait vers... la chaise sur laquelle l'adolescent était attaché !

– Je ne comprends pas, marmotta-t-il. Qu'est-ce que... ?

– La puissance de l'électricité va leur donner vie. Et toi, tu te chargeras de les doter d'une conscience.

Ainsi, voici quel était le but de toute cette mise en scène. Il devait servir de catalyseur. Le bonhomme était cinglé s'il pensait un instant qu'il allait coopérer.

Matthew s'indigna :

– Vous pouvez rêver. Je ne vous aiderai pas !

Les lèvres du pseudo-mage se retroussèrent sur des dents de nacre.

– Tu n'as pas le choix, la machine t'y contraindra. Notre ami Finnerkaënst...

Finnerkaënst, c'était ça le nom du type !

« ... l'a baptisé d'un amusant sobriquet : « Prométhée ». Sais-tu qui il était ?

Le faux Diancecht prit le silence du garçon pour un encouragement à continuer. Ou voulut considérer son mutisme comme tel.

– Prométhée était un titan. Un géant dont Zeus redoutait la puissance. Hum, trop téméraire à son goût sans doute. Sans le consentement du roi des dieux, Pro-

33. Équivalent anglais des spectacles de Guignol.

méthée créa de ses mains le premier homme. Pour le punir de cet affront, Zeus le condamna à être enchaîné à un rocher, sur le plus haut sommet du mont Caucase. Chaque jour, un aigle venait lui dévorer le foie. Et chaque jour, son foie repoussait. Le supplice fut donc éternel pour ce titan qui s'était pris pour un dieu.

– Qu'est-ce que je suis censé comprendre à ce charabia ? le questionna Matthew.

– Disons que j'ai moi aussi connu un roi qui craignait pour son pouvoir. C'était il y a de nombreuses années. Il se nommait Alexandre II. C'était le tsar de toutes les Russies.

Le nécromancien avait croisé ses bras dans le dos et arpentait de long en large l'espace situé devant la chaise.

– Et vous en vouliez vraiment à sa couronne ?

– Évidemment. Mais il m'a fait payer le prix fort pour l'avoir défié.

– Un aigle vous a bouffé le foie ? La pauvre bête n'est pas morte empoisonnée j'espère ? se moqua le garçon.

– Ironise tant que tu le souhaites, cela ne changera rien à ta destinée.

– Alors quoi, on vous a livré à un moineau ? continua Matthew. Picorer un foie, ça dure plus longtemps quand c'est un petit oiseau non ?

L'homme, plongé dans ses souvenirs, n'écoutait plus les railleries.

– La femme que j'aimais m'a trahie. Avec son assistance, les soldats du Tsar m'ont tendu un piège. Je suis tombé dans le traquenard. Alexandre m'a fait emprisonner. Je n'étais plus que l'ombre de moi-même. Mais, comme tu peux le constater, je me suis échappé. J'ai attendu quelque temps, puis j'ai tué le monarque. Un attentat bien préparé. Ce chien n'a rien vu venir.

– Et la femme ?

« Diancecht » ne répondit pas.

Matthew parcourut le hangar du regard. Dans un coin, Finnerkaënst pianotait sur les boutons d'un gros appareil. Une sorte d'armoire métallique avec des cadrans à aiguilles, une multitude de boutons et deux manettes de la taille d'un bras.

– Quel est le lien avec tout ça ? demanda-t-il.

– Eh bien, comme Prométhée, il m'est venu le désir de créer la vie. Sauf que cet abruti de titan souhaitait protéger l'humanité alors que, moi, je désire l'asservir. La Russie est un bien modeste trophée quand on peut conquérir le Monde. Cette machine et toi allez m'en donner l'opportunité.

Il partit d'un rire de dément qui s'éteignit aussi brusquement qu'il était né. L'homme se tourna alors vers Finnerkaënst.

– Professeur, quand vous voulez.

Le savant sembla hésiter. La peur se lisait sur son visage. Il actionna le premier levier avec une certaine réticence. Des éclairs de faible intensité se mirent à crachoter autour des quatre sphères. Quand le scientifique abaissa la seconde manette, la foudre gagna en puissance : les flux d'énergie se rejoignirent en un flot continu, dessinant un quadrilatère électrique au-dessus de leurs têtes. Une éblouissante lumière blanche éclaboussa le sol du hangar. Le faux Diancecht fixa sans même ciller la monstrueuse démonstration de puissance. Un sourire s'épanouit sur son visage.

– Que la fête commence !

33

Piège sur les quais

Les Docklands s'apparentaient à une ville fantôme. Il n'y avait pas âme qui vive. Une pluie froide cinglait les quais. Le vent chahutait dans les vergues des rares navires qui y restaient amarrés. Phare solitaire, la lune tailladait dans les ténèbres du ciel nocturne. On se serait presque attendu à voir débarquer le « Hollandais Volant ». Sacrée ambiance.

Hector Krine déambulait entre les entrepôts. Un véritable dédale, lacis de ruelles étroites encadrées par d'innombrables bâtiments de briques rouge sombre. Jusqu'à présent, nulle trace de Matthew. Du diable s'il parvenait à le retrouver. Pourtant, Pierre avait été formel. Ses ravisseurs le détenaient captifs ici même, quelque part. La question demeurait de savoir où. Les West India Docks couvraient à eux seuls une superficie de soixante-deux acres[33]. Même si Krine se résignait à user de son don, la tâche paraissait irréalisable. Il ne pouvait « sonder » un espace si important. Et puis, au terme de longues années d'abstinence dans ce domaine, il manquait singulièrement de pratique.

34. Une acre correspond à environ 4047 m^2.

Il lui faudrait employer une méthode d'investigation plus classique : explorer un à un chaque recoin de ce labyrinthe.

Un craquement, derrière lui.

Dans un même mouvement, Krine se retourna et dégaina son arme. Le revolver s'immobilisa contre l'os d'un front. Entre les deux yeux de...

– Qu'est-ce que vous foutez là Petterson ? ! gronda l'enquêteur.

Un bandage barrait le visage du commissaire. Le ruban de tissu s'entrecroisait en x sur son nez. Le policier rabaissa le canon de sa main gantée.

– Tout doux, Krine. Après la correction que vous m'avez administrée, estimez-vous heureux que je ne vous fasse pas arrêter. O'Brady vous a filé jusqu'ici, et ceci, sur mes ordres. Il m'en a ensuite informé.

– Je pensais que ce nabot avait son compte.

– Il est certes petit, mais d'une résistance à toute épreuve. C'est là sa principale qualité.

– Ah ? Je croyais que c'était sa capacité à vous passer la brosse à reluire. Et où est passé cet avorton ? Habituellement, il ne vous lâche pas d'une semelle.

– Je l'ai envoyé chercher du renfort. Vous ne supposiez tout de même pas que j'allais vous abandonner la résolution de MON affaire ?

Krine joua l'imbécile.

– Tiens donc ? Je la pensais déjà classée. Andropov n'est plus le coupable ?

– Je n'exclus pas son implication, mais de récents éléments m'incitent à explorer de nouvelles pistes.

Comme à son habitude, ce salopard changeait son braquet en sentant le vent tourner. Krine avait fait tout le boulot et c'est Petterson qui comptait s'en attribuer le mérite. La routine quoi.

– « De récents éléments », hein ? cracha l'enquêteur. Vous êtes d'un pathétique.

Un sourire sarcastique souligna la fine moustache du commissaire.

– Dites ce que vous voulez, nous verrons bien qui de nous deux aura son portrait en première page des journaux. Je suis très photogénique à ce qu'il parait.

Le détective leva les yeux au ciel.

– Oui, depuis l'ouverture de l'aile égyptienne du British Museum, la mode est aux momies. Avec votre bandage vous allez faire fureur.

– Malotru ! Je ne vous permets pas de m'insult...

– Taisez-vous ! ordonna subitement l'enquêteur.

– Mais enfin, je... *Humpf !*

Krine avait plaqué une main sur la bouche de Petterson.

– Fermez votre clapet (il pointa un index en direction de son oreille) ! Écoutez plutôt.

Une plainte lugubre arriva jusqu'à eux.

– Eh bien quoi ? C'est le vent, rouspéta Petterson en repoussant sans ménagement la paume du détective.

– J'en doute, dit Krine qui se tenait aux aguets.

Le hurlement se répéta. Il semblait proche. Il balaya tel un souffle mauvais la venelle où se trouvaient les deux hommes. Pour un peu, le limier aurait pu le sentir forcir contre son poitrail.

– Le vent, mais bien entendu. Qu'est-ce... qu'est-ce que ça pourrait être d'autre, voyons ? grommela le commissaire.

Il faisait son bravache, mais sa voix était moins assurée.

Les nuages avaient englouti la lune. Les ombres s'étaient refermées sur la ruelle, comme si un immense dragon noir emprisonnait celle-ci de ses ailes. Krine scruta à travers l'obscurité. Il perçut un mouvement furtif, au sommet d'un des entrepôts. Puis un second, sur le voisin. Et plusieurs autres encore, sur les bâtisses adjacentes. Des formes inquiétantes se détachèrent de la nuit. Rapides, sauvages, elles arpentaient les toitures. Leurs griffes cliquetaient en cadence sur l'ardoise. Des loups-garous !

– Suivez-moi, vite !

Ils empruntèrent la première bifurcation sur leur gauche. Malheureusement, il s'agissait d'un cul-de-sac.

Un des lycanthropes avait bondi de son toit. Petterson lui jeta un coup d'œil furtif. Il tremblait comme une feuille. L'enquêteur regarda par-dessus l'épaule du policier. La créature n'était qu'à quelques mètres. Elle s'avançait vers eux, raclant les murs de ses griffes, y laissant de profondes balafres. Des étincelles jaillissaient des parois.

Petterson lança à Krine un regard terrifié. Des larmes embuaient ses yeux.

– Sauvez-moi par pitié.

– C'est pas vrai, dites-moi que je rêve !

Le monstre, maintenant tout proche, leva son énorme patte, visiblement décidé à décapiter le commissaire. Excédé, Krine soupira, écarta le flic et vida son chargeur sur la bête. Six balles dans le buffet. Elle s'effondra. Le limier attrapa le policier par le col et le traîna après lui. Il l'avertit :

– Je n'ai pas signé pour vous servir de nourrice. Geignez encore de la sorte et vous lui tiendrez lieu de hors-d'œuvre.

Le lycanthrope se redressait déjà. Les projectiles qu'il arracha de sa poitrine heurtèrent le pavé avec un son métallique. Une clameur bestiale monta de sa gorge.

– Il... il n'a pas l'air content, fit remarquer le commissaire.

– Vous croyez ? grinça Krine.

Le loup-garou s'engagea à leur poursuite. Ils se mirent à courir, conscient qu'ils n'iraient pas bien loin. Un mur cloisonnait le fond du goulet. Le détective fouilla dans sa poche, en sortit un objet étincelant et fit brusquement volte-face. Petterson manqua lui rentrer dedans.

– Couchez-vous ! s'exclama Krine tandis que le lycanthrope bondissait dans leur direction.

Le policier s'exécuta, sans réfléchir. Il sentit une patte griffue lui labourer le dos, s'écrasa au sol et glissa entre les jambes écartées de l'homme placé devant lui.

– Fais-moi risette saloperie ! éructa Krine.

Il lança la dague. La lame fendit l'air. Elle se ficha dans le front du loup-garou. Son buste fut violemment projeté en arrière. Ses yeux incandescents se révulsèrent et la lueur qui les habitait s'éteignit subitement, comme une chandelle que l'on mouche.

Petterson se releva avec prudence. Le devant de son costume était maculé de boue. Il l'essuya machinalement sans se rendre compte qu'il étalait davantage les souillures.

– Il est mort ?

Le monstre avait retrouvé une apparence humaine. Krine lui décocha un petit coup de pied du bout de son soulier. Pas de réaction.

– Tout ce qu'il y a de plus mort, oui. C'était un poignard en argent.

Un hurlement résonna, suivi d'un autre, et d'un troisième. Ils se confondirent dans une sinistre complainte.

– Vous devriez le récupérer, lui conseilla Petterson.

Le détective se pencha sur le cadavre. Il attrapa la dague sikhe à deux mains et tira pour la déloger du crâne dont elle était prisonnière. Cette saleté ne voulait pas venir. Il insista. Il y eut un bruit cassant.

– Oh oh...

La lame s'était brisée à l'endroit de sa jonction avec le manche.

– Mais alors, dit Petterson.

– Oui, nous voilà dans de beaux draps.

Trois autres monstres débouchèrent devant eux, obstruant l'accès à l'impasse. Et donc l'unique sortie. Petterson, terrorisé, avait battu en retraite. Le courage n'étant pas sa qualité première, il s'était réfugié dans l'encoche d'un mur. Un renfoncement à peine moins exigu qu'un placard et déjà encombré par la présence d'un gros tonneau. Entre-temps, les créatures avaient fondu sur Hector Krine. De là, il les vit le tabasser copieusement. Les coups plurent, brutaux. Rapidement, le détective glissa au sol, inconscient.

Les trois loups-garous se tournèrent alors vers Petterson.

Dans un geste désespéré, le policier retira le couvercle du tonneau et commença à vouloir l'enjamber, tel un enfant qui se cacherait sous son lit pour fuir le croque-mitaine. En pensée, il se répétait cette litanie :

Les secours vont arriver, O'Brady est parti les chercher, les secours vont arriver, O'Brady est...

Mais il ne put se réfugier dans la barrique. Elle était déjà occupée. Par Padraig O'Brady. Ou du moins par ce qu'il en restait. Le corps du nain avait été mis en pièces.

Les secours n'allaient pas arriver.

34

Un plan diabolique

Lorsqu'il revint à lui, un sonneur de cloches martelait le crâne d'Hector Krine. Cela devenait une sale habitude. Pieds et poings liés, le détective était ligoté à une chaise. Petterson, ficelé à l'identique, lui tenait compagnie. Terrorisé, la bouche tremblante, le policier roulait des yeux fous. Il semblait choqué. Krine plissa les paupières. Le plafond du lieu de sa captivité, un vaste entrepôt, était éclaboussé d'une éblouissante lumière blafarde. Une large verrière s'y découpait, laissant vaguement entrevoir le ciel nocturne. Il n'en distinguait pas davantage. Devant lui, bouchant son champ de vision, la silhouette d'un homme se dessinait à contre-jour. Diancecht. Ou plutôt celui qui se faisait passer pour lui. Des ombres dansaient sur son visage. Le vieux mage le dominait, encadré par quatre hercules impassibles dont les gros bras musclés étaient croisés sur la poitrine. Un sourire satisfait étirait la commissure de ses lèvres.

– Enfin, vous daignez reprendre conscience, se réjouit-il.

– J'aime assez faire une courte sieste, ça me met en forme avant de corriger des crapules de votre espèce, répliqua Krine.

Le pseudo-nécromancien eut un petit rire sans joie.

– Je crains que vous ne puissiez bientôt plus molester personne. Vous aurez sous peu rejoint l'autre monde.

– Comme le véritable Diancecht, vous voulez dire ? J'ai retrouvé son cadavre dans la maison de Withechapel. Vu que vous n'avez rien d'un zombie, j'attends que vous fassiez les présentations.

Le vieillard se rengorgea fièrement.

– Soit, si vous y tenez, consentit-il, ce sera avec plaisir.

Soudain, une vibration agita les contours de son corps, qui devinrent flous. Ses traits se mirent à ondoyer. C'était comme si les visages de centaines de personnes différentes défilaient de façon stroboscopique à la place de celui de Diancecht.

– Mon Dieu ! s'exclama Petterson en retrouvant une certaine lucidité.

Le staccato de la transformation s'apaisa enfin, dévoilant la réelle apparence de l'homme derrière toute l'affaire. Il arborait un faciès sévère, anguleux. Une épaisse barbe noire taillée en pointe ornait son menton. Sa chevelure corbeau lissée en arrière dessinait un delta sur son front. Ses yeux étaient deux lacs de ténèbres. Des puits sans fond. L'estimation de son âge ne se faisait pas en nombre d'années. Il pouvait aussi bien en avoir quarante que mille.

Krine demeura interdit.

– Brachislavich ? !

– Vous le connaissez ? demanda Petterson.

– Vseslav Brachislavich est un sorcier russe né au XIe siècle. Un criminel de la pire espèce qui, en huit cents ans d'existence, a commis des milliers de méfaits.

– Vous me flattez, déclara Brachislavich.

– Huit cents ans ! s'exclama le commissaire, stupéfait.

– Au fil du temps, il a endossé différentes identités, poursuivit Krine. Que des tyrans et des bourreaux, avides de pouvoir. Ainsi, au XVe siècle, il se faisait appeler Vlad Tepes. Un prince cruel resté dans l'histoire en raison de son goût à empaler ses adversaires et à se régaler de leur sang, qu'il buvait par litres.

Le sorcier fit la moue.

– Balivernes. Des légendes visant à effrayer les plus crédules. Les livres exagèrent souvent la vérité. Tout au plus m'arrivait-il d'en faire une sauce pour accompagner les viandes, plaisanta-t-il.

– Bien qu'on n'ait jamais plus le prouver, il est certainement à l'origine de l'assassinat en 1881 du Tsar Alexandre II. Un contentieux les opposait...

Brachislavich approuva :

– Oui, on peut dire ça ainsi. Il n'a pas apprécié que je cherche à le détrôner et je n'ai pas goûté le confort de ses geôles.

– ... mais pour moi, il demeure avant tout l'assassin de ma mère, termina l'enquêteur.

– Comment ? s'étonna Petterson.

– Ah, nous y voilà, dit Brachislavich.

– Mon père me l'a révélé juste avant de décéder. Il m'a soufflé son nom en rendant son dernier soupir. Cela a ravivé des souvenirs que j'avais longtemps enfouis : ceux de la mort de ma mère à laquelle j'avais assisté enfant, caché dans un coffre.

– Ainsi, vous étiez présent, s'étonna le sorcier.

– Durant des années, le visage d'un homme a hanté mes cauchemars, sans que je parvienne à me l'expliquer. Ce n'est que quand mon père m'a révélé la vérité, que j'ai compris. J'ai alors entrepris des recherches pour retrouver le meurtrier. J'ai appris à le connaître, à savoir tout de lui. Mais il demeurait insaisissable. Jusqu'à aujourd'hui.

– N'est-ce pas une formidable coïncidence ? s'extasia le sorcier. J'ai châtié votre mère – (il prit un air grave) qui le méritait, mais c'est une autre affaire – et c'est maintenant votre fils qui va m'apporter la toute-puissance à laquelle j'aspire depuis des siècles. Car oui, Krine, Matthew est bien votre fils !

Brachislavich fit signe à ses gardes de s'écarter, révélant le garçon entravé à une sorte de chaise de torture. Celle-ci était reliée à des drôles d'obélisques de fer puddlé. À leur sommet, de grosses sphères phosphorescentes crépitaient. Un grand serpent électrique circulait entre elles. Au fond du hangar, Vaslo Finnerkaënst – ou plutôt Victor Frankenstein – était courbé sur les manettes d'un panneau de commande. Il appuyait sur des boutons qui s'éclairaient les uns après les autres. Tout autour, des corps semblables à celui de la créature qu'il avait autrefois créée reposaient sur des tables d'opérations en métal, elles-mêmes connectées aux piliers. Sous l'effet du courant qui les parcourait, la centaine d'homoncules était agitée de spasmes.

Un halo bleuté enveloppait Matthew. Les yeux révulsés, les muscles contractés, il semblait souffrir le martyre. Sa bouche hurlait un cri silencieux. Survolant l'adolescent, d'innombrables spectres filandreux slalomaient entre les pylônes dans un inquiétant ballet aérien. Leurs visages laiteux exprimaient la plus absolue cruauté. Il baignait dans une étrange lueur cobalt, comme les esprits qui s'en étaient pris aux goules quelques jours plus tôt.

– Espèce de fumier ! Que faites-vous à Matthew ? s'emporta Krine en tirant sur ses liens.

– Ce gamin ? Le fils de Krine ? s'ébahit Petterson.

– Oui, son fils, confirma Brachislavich. Hécate n'avait pas de secrets pour Diancecht. Elle lui avait avoué qu'Hector Krine était le père de Matthew. En prenant sa place, j'ai bien entendu découvert ce secret de polichinelle. Ainsi que le fabuleux potentiel de l'enfant.

Il désigna les esprits aériens qui s'étaient positionnés chacun au-dessus d'un homoncule et ne bougeaient plus. Matthew les fixait avec des yeux qui ne laissaient apparaître que la sclère. De petits arcs d'énergie tressautaient sur le casque hérissé d'électrodes qui coiffait sa tête.

– Vous allez le contraindre à donner vie à ces monstruosités, c'est bien cela ? s'indigna le détective.

Brachislavich, un poing serré devant son visage, se lança dans une oratio enflammée :

– Les entités maléfiques que l'enfant a invoquées vont les habiter. L'Enfer se videra pour se déverser sur la Terre ! Imaginez un réseau international du crime, une armée de morts diaboliques entièrement dévoués à ma cause. Sitôt que vous en abattrez un, je serai en mesure de le faire renaître à nouveau, ailleurs, dans un autre homoncule. Comment pourriez-vous m'arrêter ? Des décès surviennent tous les jours, la matière première est inépuisable. Vous n'arriverez plus à faire confiance à vos défunts que vous enterrerez dans la crainte. L'Angleterre sera à moi, et ensuite le Monde. Ils ne sont ici qu'une centaine. Bientôt on en comptera des milliers, puis des millions. J'ai hâte de voir la tête de votre chère reine quand mes « petits » prendront d'assaut Buckingham.

– Vous êtes complètement cinglé, déclara Krine avec mépris.

Une série d'explosions empêcha le sorcier de lui répondre. Elles provenaient du panneau de commandes, qui crachouillait une pluie d'étincelles. Frankenstein s'affolait sur ses boutons, cherchant à y mettre un terme. Sous les toits, le lacet électrique fouettait l'air comme un fouet. De grands éclairs en jaillissaient de manière désordonnée, rompant le bel équilibre. Brachislavich intima aux nervis de garder un œil sur les prisonniers et se dirigea d'un pas décidé vers le savant.

– Que se passe-t-il docteur ? Une surcharge des condensateurs ?

Le scientifique leva sur lui un regard craintif.

– Je... je l'ignore, bafouilla-t-il. Peut-être..., je ne l'explique pas.

– Vous ne chercheriez pas à empêcher l'expérience d'aboutir, n'est-ce pas ? dit Brachislavich, menaçant.

– Non, jamais enfin, je...

– Alors, réglez le problème illico ! tempêta l'immortel.

C'est à ce moment que la verrière du toit explosa au-dessus de leurs têtes.

35

Hyde à la rescousse

Un déluge de verre dégringola du plafond tandis qu'Edward Hyde traversait la verrière. L'homme se réceptionna avec la souplesse d'un félin. Il toisa l'assemblée et fit mine de la saluer en retirant un chapeau imaginaire de sa tête nue.

– Bien le bonsoir, susurra-t-il. Alors, on organise une petite sauterie et je ne suis pas invité ? Cela m'attriste.

– Tuez-le ! ordonna Brachislavich.

Le surplombant, une nouvelle entité spectrale s'était cristallisée, plus impressionnante que les autres. Autour d'elle, les éclairs continuaient de fuser, hors de contrôle. Plus elle prenait de l'ampleur, et plus ils s'accentuaient. Elle semblait à l'origine des anomalies électrostatiques que tentait de combattre Frankenstein, qui actionnait boutons et manettes. Krine la fixa avec circonspection : elle avait quelque chose de familier. Se pourrait-il que...

Les quatre nervis attachés à la garde de Krine et Petterson se précipitèrent sur Hyde. Tandis qu'ils avançaient vers lui, leurs os craquaient, leurs traits s'étiraient, leurs bouches se hérissaient de crocs. Leur mutation achevée, les loups-garous encerclèrent l'importun. L'homme passa une main dans sa chevelure hirsute pour en évacuer les débris qui la parsemaient. Son visage brutal était biffé de griffures sanguinolentes.

– Ah, encore des toutous, décidément c'est le jour ! Si vous cherchez vos petits copains, ils prennent un bain en compagnie des canards, au fond du lac. Le plus long n'a pas été de les démembrer, mais de lester chacun des morceaux de leur charogne avec des caillasses. Tout juste ont-ils eu le temps de m'indiquer l'adresse de cette *party* avant de rendre l'âme.

– ублюдок ![34] éructa un des lycanthropes.

Il se rua sur Hyde, toutes griffes dehors. Celui-ci effectua un élégant pas chassé afin de s'écarter de la trajectoire et, dans le même temps, tendit un bras massif. L'autre le percuta de plein fouet. Vif comme l'éclair, Hyde passa derrière le monstre et lui enroula son coude autour de la gorge. De l'autre main, il lui saisit l'arrière du crâne et imprima une violente rotation à son cou. Un craquement sinistre accompagna la torsion. Le corps de la créature coula sur le sol du hangar. Dans ses yeux, la lumière écarlate avait disparu.

Hyde s'essuya les paumes sur son pantalon. Un sourire malicieux éclairait sa face grossière.

– Messieurs, à qui le tour ? C'est que je n'ai pas toute la nuit à vous consacrer. J'aimerais beaucoup me rincer le gosier avant la fermeture des pubs.

Les trois autres cerbères se jetèrent sur lui. Le quatuor alla rouler dans un coin, pelote furieuse dont émergeait une tripotée de bras, de jambes et de crocs se frappant et s'entre-déchirant. De cette mêlée apo-

35. Salopard !

calyptique, un seul se releva. Hyde était dans un état encore plus piteux qu'à son arrivée, mais ne semblait pas s'en préoccuper. Il épousseta machinalement son costume en lambeaux. À ses pieds, les loups-garous étaient entassés les uns sur les autres comme des tapis dans un souk marocain. L'homme se dirigea vers Krine. Il se pencha sur lui, ses gigantesques pognes plaquées sur les cuisses. Le détective leva les yeux. En contre-plongée, la tête de Hyde paraissait énorme. Une pastèque démesurée, grosse comme deux fois la sienne. Le gaillard jubilait.

– Qu'est-ce que je me marre ! Je ne regrette pas d'être venu. Tu vois que je sais me rendre utile, bien plus que ce freluquet d'Henry Jekyll.

– Et si tu me détachais plutôt que de dire des bêtises ?

Marmonnant dans sa barbe, Hyde arracha les liens qui entravaient son ami. Krine massa ses poignets endoloris par les cordes.

– Et moi ? pleurnicha Petterson.

Fidèle à lui-même, la brute s'apprêtait à l'envoyer balader quand Krine l'alarma :

– Attention Henry ! Derrière toi !

Un des loups-garous, pas si mort qu'il y paraissait, s'était redressé. Il bondit en direction de Hyde. Sans réfléchir, ce dernier attrapa la chaise sur laquelle était attaché Petterson et, effectuant un rapide demi-tour, matraqua la créature avec. Les parties composant le siège se désolidarisèrent. Projeté dans les airs, le commissaire fit un vol plané spectaculaire. Après une série de pirouettes, il termina sa course à plat ventre.

– Vous êtes dingue, gémit-il en se relevant maladroitement.

– Eh bien quoi, vous vouliez que je vous libère, non ? Voilà qui est fait.

Le loup-garou, obstiné, tentait de nouveau de se remettre sur ses pattes. Sans même lui jeter un regard, Hyde brisa sa nuque d'un coup de talon.

Petterson boitait et un large hématome couvrait une de ses joues, s'accordant parfaitement avec son nez en marmelade. Si on ajoutait ses vêtements sales et déchirés, il ressemblait davantage à un miséreux de l'Est End qu'à un habitué de l'Athenaeum. Le policier contempla avec stupéfaction le carnage.

– Je croyais que seul un objet en argent était en mesure d'en venir à bout ?

– Pas tout à fait, précisa Krine. Disons que c'est le moyen le plus efficace. Ils sont allergiques à ce métal. En vérité, peu de choses sont capables de les tuer. Leur ossature est plus résistante que la normale et ils ont une capacité d'autoguérison. Mais visiblement, ils ont trouvé plus coriace qu'eux. Henry possède une vigueur surhumaine.

Hyde se renfrogna.

– Edward pas Henry.

Leur attention se porta sur Brachislavich. Face à l'intervention de Hyde, le sorcier avait rassemblé ses troupes. Quatre autres loups-garous avaient fait irruption dans le hangar, dont une vieille connaissance de Krine et sans nul doute le plus redoutable d'entre eux : Volkodlak. Dans le même temps, et malgré l'incontrôlable tempête électrique qui s'était déchaînée dans l'entrepôt, les spectres avaient entamé leur descente sur les corps. Ils frissonnaient à leur surface tandis que, sous eux, les créatures couturées s'éveillaient péniblement à la vie. Bientôt la fusion entre l'esprit et la chair aurait lieu et il serait trop tard. Une seule entité restait à l'écart. La dernière à être apparue. Elle flottait au-dessus de Brachislavich comme un énorme cumulonimbus. Sa silhouette était indubitablement féminine.

Hécate ?

– Ce n'est pas le moment de rêvasser, dit Edward en agitant une main massive devant le visage de Krine (il pointa de l'index les lycanthropes qui se dirigeaient vers eux avec détermination).

– Tu veux bien t'occuper d'eux ? questionna Krine sans le regarder.

L'enquêteur contemplait les grands piliers ouvragés dont continuaient à sourdre des éclairs. Des condensateurs avaient dit Brachislavich. Sur les tables d'opération, les esprits enveloppaient maintenant les homoncules dans une gangue lactescente. Ça ressemblait à une espèce de cocon. Une chrysalide annonçant une transformation imminente. Hyde comprit sur-le-champ ce que son ami avait en tête.

– Ça roule, mais tu me devras une tournée dans la taverne de mon choix.

– Tout ce que tu veux, sourit l'enquêteur avant de s'élancer en direction des pylônes.

– Et moi, qu'est-ce que je fais ? demanda tout penaud Petterson.

L'alter ego de Jekyll se courba sur lui en montrant les dents.

– Agissez donc selon votre habitude. Courrez-vous cacher !

Le policier ne se le fit pas dire deux fois. Il détala comme un lapin et s'enfuit de l'entrepôt. Edward Hyde fit face aux loups-garous. Volkodlak, en pleine transformation, devançait les trois autres créatures. Le lieutenant de Brachislavich ralentit à peine en passant devant les cadavres de ses semblables. Les victimes de Hyde gisaient à terre, la nuque brisée. Il arracha sa chemise avec une joie sauvage, ravi de se mesurer à un adversaire à sa mesure.

– Chargez-vous du détective, lança-t-il à ses camarades. Celui-ci est à moi.

36

Bataille rangée

L'entité isolée avait définitivement adopté forme humaine. Elle arborait la physionomie de la femme que l'on nommait autrefois Hécate. Sa taille avoisinait les trois mètres de haut. Drapée dans une toge, elle flottait au-dessus de Brachislavich dans une pose christique : les pieds joints, les bras écartés. Malgré l'absence du moindre souffle d'air, ses cheveux opalins ondulaient telle une oriflamme ronflant sous les bourrasques d'un vent violent. Une colère froide sourdait de ses yeux. Le sorcier la défiait du regard sans laisser paraître aucune crainte. Après tout, ce n'était qu'un esprit dématérialisé. Elle leva une main, paume en avant. Une onde spiralée en jaillit et frappa l'homme en pleine poitrine. La puissance du flux d'énergie le souffla comme un fétu de paille. Bien que surpris d'être ainsi jeté à terre, il ne tarda pas à se relever.

– C'est impossible ! Un spectre ne peut pas agir physiquement dans cet univers ! écuma-t-il.

– Tu me sous-estimes, répliqua Hécate. Dans ce monde, je n'étais pas une simple mortelle. Pourquoi penses-tu qu'il puisse en être autrement dans l'autre ?

Le timbre de sa voix était dédoublé par un écho qui lui donnait une grande étrangeté. En fait, ses lèvres n'avaient laissé filtrer aucun son, mais le sorcier avait entendu les mots résonner distinctement dans sa tête. Victor Frankenstein, terrifié par la tournure que prenaient les événements, avait abandonné son panneau de contrôle. Comptant sur la confusion générale pour filer en douce, il se dirigea prudemment vers la sortie. Brachislavich tendit un bras vers lui sans même le regarder. Le scientifique se figea, eut un hoquet, et s'écroula, raide mort.

– On ne déserte pas, maugréa-t-il.

– Voilà donc la manière dont tu traites ceux qui t'ont servi, le tança Hécate.

– Tu ne peux rester ici ! Personne ne t'a invoquée ! cracha le magicien en brandissant un poing rageur dans sa direction.

– En es-tu si certain ?

Inclinant la tête de côté, elle couvrit Matthew du regard. L'adolescent, toujours entravé à son siège, était dans un état second, le corps crispé, les veines saillantes sur son cou.

– Lui ! C'est lui qui t'a appelé !

– L'amour est un signal puissant pour le cœur d'une mère. Fut-elle décédée.

Brachislavich, furieux, s'élança. Cette maudite morte n'allait pas faire échouer son plan. Hors de question. Tout en courant, il commença à battre l'air de ses bras. Pour un observateur extérieur, cela aurait pu paraître quelque peu ridicule. Jusqu'à temps qu'il voit le bas de son corps se rétracter, ses jambes muer en des pattes dotées de serres et d'ergots, des ailes remplacer ses membres supérieurs et son profil osseux se décorer d'un bec. L'aigle qu'il était devenu prit son envol. Un oiseau de proie d'une dimension extravagante, grand comme un autocab. Il fondit sur Hécate. Les adversaires s'empoignèrent. Lors de leur collision, des ondes de choc se propagèrent dans tout le hangar. Un combat dantesque débuta.

Edward Hyde fit peu de cas de cet affrontement, trop concentré qu'il était sur celui qui l'opposait à Volkodlak. Le loup-garou était un coriace. Contrairement aux autres créatures qu'il avait terrassées, il encaissait les coups sans faiblir, revenant sans cesse à la charge. Ses griffes, tranchantes comme des rasoirs, occasionnaient de sacrés dégâts. Hyde était en sang. Mais il continuait à cogner avec l'acharnement d'un forcené.

Non loin de là, Krine, après avoir zigzagué entre les tables d'opérations, s'était arrêté au pied d'un des quatre grands piliers de fer. Les yeux clos, il se tenait parfaitement immobile. Ses doigts s'étaient portés à ses tempes, comme s'il souffrait d'un fort mal de tête. Les lycanthropes lancés à ses trousses se retrouvèrent bloqués à l'extérieur d'un champ de force. Invisible, il semblait entourer le détective à la manière d'un rempart infranchissable. Les hommes-loups matraquaient inefficacement sa surface de leurs poings. Krine ne leur prêtait aucune attention. Devant l'urgence de la situation, il avait fait fi de ses principes pour user de ses dons. Sa capacité à lire dans les esprits n'était que la partie visible de l'iceberg. Son esprit recelait une puissance bien plus grande. Quelques jours plus tôt, lorsque Sijav, le boxeur à quatre mains, avait cherché à s'enfuir, il avait été tenté de s'en servir contre lui. Cela avait été moins une. Un peu plus et un bec de gaz lui dégringolait sur la tête. Cette fois, Krine s'y adonna pleinement, puisant dans ses ressources cachées. À vrai dire, il en retirait même une certaine forme de plaisir. C'était comme de retrouver un vieil ami depuis longtemps perdu de vue : au départ, on ne sait quoi se dire, puis la complicité renaît, tout naturellement. Il se concentra davantage. Un grincement se fit entendre quand le métal commença à plier.

Du côté d'Hécate et Brachislavich, l'issue était incertaine. Les serres du sorcier déchiraient le corps astral de la défunte tandis que celle-ci le bombardait en retour de pulsars ravageurs. Le rapace endurait les flux d'énergie mystique, mais y laissait de nombreuses plumes.

Hyde, lui, avait pris le dessus sur Volkodlak. Le lycanthrope était au sol. Sa tête roulait de gauche à droite sous les coups furieux d'Edward. Celui-ci s'apprêtait à l'achever d'un puissant direct en pleine face quand sa main se mit à trembler de façon irrépressible.

– Non ! Pas maintenant !

Sa peau, flasque, pendait de ses phalanges comme un gant mal ajusté. Chaque parcelle de son corps palpitait, égrenant un fatidique compte à rebours. Son organisme éliminait en quelques heures la drogue qui faisait de lui Edward Hyde. Lorsqu'elle cessait d'agir, il retrouvait son apparence habituelle. Celle du frêle Henry Jekyll. Ce n'était vraiment pas le moment ! En une poignée de secondes, ce bon vieux docteur fut de retour. Volkodlak, profitant de ce répit, avait repris du poil de la « bête ». D'un cambrement de reins, il bondit sur ses pattes et saisit Henry à la gorge.

Crac ! Le pylône que Krine « travaillait » mentalement se mit à tanguer dangereusement, puis il ploya franchement. L'arc électrique qui le reliait à ses jumeaux fut rompu. Dévié de sa course, il alla foudroyer les trois loups-garous. Lorsque l'éclair les frappa, on put nettement distinguer leur squelette.

Une odeur de chairs et de poils grillés monta de leur fourrure carbonisée. Protégé par son enceinte invisible, Krine s'en tira sans une égratignure.

Sur la chaise de torture, Matthew se relâcha totalement. La chaîne était brisée. Les dizaines d'homoncules cessèrent instantanément de convulser, aussi morts qu'on puisse l'être ; les esprits qui les avaient investis condamnés à en rester prisonniers. Dommage collatéral, l'image d'Hécate se brouilla et s'évanouit subitement. Sa présence dépendait avant tout de l'invocation réalisée par Matthew. Sans le soutien de la machine, trop épuisé, l'enfant ne pouvait la maintenir dans cette dimension. L'aigle-Brachislavich, désorienté par cette subite disparition, tournoya dans tout l'entrepôt, convaincu d'une ruse de la nécromancienne.

Le poteau que Krine avait fléchi s'affala complètement en crachant des gerbes d'étincelles. La grosse sphère d'argent qui le surmontait se décrocha. Elle prit rapidement de la vitesse. Volkodlak, trop occupé à broyer la trachée de Jekyll, ne la vit pas arriver. Le docteur, lui, si. Dans un dernier sursaut d'énergie, il enfonça ses pouces dans les orbites du garou. Volkodlak grimaça de douleur. L'étreinte se desserra. Enfin libre, Henry eut tout juste le temps de sauter de côté avant que le bolide ne percute de plein fouet le lieutenant du sorcier et ne le réduise en bouillie.

Un incendie s'était déclaré. Il se propageait rapidement, gagnant peu à peu chaque recoin du vaste hangar. Des flammes orangées léchaient la base des piliers encore intacts. Les globes à leur sommet continuaient de crépiter faiblement, crachant de temps à autre un éclair de faible intensité. Le brasier avait déjà commencé à consumer les corps des homoncules. Leur épiderme noircissait à vue d'œil.

La crémation évite bien des problèmes. Pas de cadavres, pas de réincarnation, ironisa Krine en son for intérieur.

Une épaisse fumée âcre envahissait l'atmosphère et la rendait irrespirable. Le détective sortit un mouchoir et s'en fit un bandeau qu'il noua sur le bas de son visage. À travers cette purée de poix, il peinait à distinguer le gigantesque rapace qui continuait à fendre les airs en frôlant les toits. Seul le bruissement de ses ailes lui indiquait sa position. Il ne fallait pas que Brachislavich parvienne à s'enfuir.

Les portes de l'entrepôt s'ouvrirent soudainement et une armée de bobbies fit irruption dans le bâtiment, Petterson à sa tête.

Le détective voulut les avertir. Trop tard, le mal était fait.

L'oiseau de proie émergea de la brume et fonça sur eux. Il les renversa aussi facilement que s'il s'agissait de petits soldats de plomb. Plusieurs policemen déchargèrent leur arme sur l'animal. Soit leur aptitude au tir laissait à désirer, soit Brachislavich était insensible aux balles, car, suivant un courant ascendant, il s'éleva sans difficulté et disparut dans la nuit.

Krine se précipita vers Matthew. Le gamin était KO. Une fois ses liens défaits, il le prit dans ses bras afin de l'évacuer du hangar. Sur le chemin, il retrouva Jekyll, qui errait dans le brouillard, et le guida jusqu'à l'extérieur. Lorsqu'ils furent assez éloignés du sinistre, le docteur, lessivé, les vêtements en charpies, le corps labouré de profondes griffures, se laissa choir le derrière en premier sur les pavés. Krine, la tête de l'enfant au creux de son coude, s'installa en tailleur à ses côtés. Essoufflés, ils regardèrent sans mot dire l'édifice s'embraser totalement. Une colonne de fumée noire en montait, se confondant avec les nuages. Les bobbies évacuèrent précipitamment les lieux, comme des abeilles surgissant d'une ruche qu'on vient de secouer. Il y eut un fracas assourdissant quand la charpente céda et que le toit s'effondra. Les policiers étaient saufs. Petterson également. Il n'y avait pas de Justice. Krine le regarda donner des directives à ses hommes afin qu'ils délimitent le périmètre.

– Dis-moi, lui dit subitement Henry, j'ai rêvé ou tu as utilisé tes dons pour nous sortir d'affaire ?

Le détective lui adressa un clin d'œil.

– Aux grands maux, les grands remèdes !

Jekyll opina, satisfait de la réponse.

Lové dans les bras de Krine, Matthew revint doucement à lui.

37

Rien ne change

Le journal du jour encensait Walter Petterson. Étalé en première page, sur cinq colonnes, l'article expliquait comment le courageux commissaire avait affronté à lui seul une meute de féroces loups-garous, de quelle extraordinaire manière il en était sorti victorieux après avoir délivré un enfant captif des monstres, et enfin avec quelle bravoure il avait sauvé ce dernier d'un entrepôt en flammes. Victor Frankenstein, décédé dans l'incendie, était désigné comme le cerveau de l'affaire. Curieusement, pas un mot sur Brachislavich. Gêné d'admettre qu'il avait laissé filer le sorcier, Petterson avait certainement omis de stipuler le rôle que tenait celui-ci dans l'entreprise, préférant accuser un mort qui ne risquait pas de démentir.

Une photo illustrait le papier. On y voyait un Petterson souriant, le nez meurtri mais l'allure soignée. Il posait fièrement, les deux mains appuyées sur une canne au pommeau étincelant. Quelques lignes en petits caractères légendaient le portrait :

Le commissaire Petterson blessé au cours de son intrépide aventure : « les risques font partie de ce métier, affirme le héros, je donnerais ma vie s'il le fallait ».

Bien entendu, pas un mot sur Andropov. Le vieux lycanthrope avait été relâché dans l'indifférence générale. Le nom de Krine n'apparaissait que pour décrire la manière inadmissible dont il avait entravé le cours de l'enquête. Selon le journal, il devait s'estimer heureux que des poursuites n'aient pas été engagées contre lui. Les témoignages de Louis Lucien Bonaparte et d'Arthur Conan Doyle corroboraient les dires du policier. Cerise sur le gâteau, le romancier avait décidé d'introduire Petterson en tant que personnage secondaire de ses ouvrages. Une sorte d'hommage. Il envisageait même d'en faire un adjoint potentiel pour remplacer le vieillissant docteur Watson !

Krine roula le quotidien en boule et le balança rageusement à l'autre bout de la pièce. Il se leva du sofa et se mit à faire les cent pas. Son regard s'attarda sur les cartes à jouer étalées sur la table basse. Une Réussite... commencée et inachevée.

Décidément, rien ne changeait.

Le prodigieux vacarme de la rue l'attira vers la fenêtre. Un cortège de manifestants défilait sur la voie publique. Ils vociféraient leurs revendications. Davantage de droits. Une plus grande équité. La grève des dockers se poursuivait inlassablement. Les portefaix n'étaient plus les seuls à gronder leur colère. Aux débardeurs s'étaient joints les miséreux de tout l'East End. Humains et Grouillants. Parmi eux, Krine remarqua une tête connue. Celle de Yossef, le golem entraperçu à Whitechapel. Il scandait des slogans à l'unisson avec ses camarades. Un peu plus loin, un cordon de policier leur interdisait le passage. Mécontents, ils voulurent forcer le barrage. Ce fut l'empoignade. Coups de matraque, jets de pierre, détonation des armes, sang qui coule.

Non, rien ne changeait. Ça empirait plutôt.

Une main se posa sur l'épaule de Krine.

– Hector ? Ça va ?

Le détective se retourna vers Matthew. Malgré une nuit et presque une journée passées au lit, le gamin avait encore les traits tirés. Il lui faudrait du temps pour se remettre complètement de cette épreuve.

– C'est plutôt à moi de te demander ça. Comment te sens-tu ?

Matthew mit une main devant la bouche et bailla bruyamment.

– Fatigué. Si je m'écoutais, je ne ferais que roupiller.

L'enquêteur lui indiqua un plat qui trônait sur la grande table. Des couverts avaient été disposés à son intention.

– Tu as surtout besoin de manger. J'ai préparé du goulasch va donc t'en servir une assiette. Cela te requinquera un peu.

– Merci.

L'adolescent s'installa. Il remplit son assiette à ras bord, en renversant même une lichette sur la table. Attrapant sa cuillère, il avala l'intégralité de son écuelle à une vitesse record. Il se resservit et mangea à une allure plus mesurée. Krine était satisfait qu'il fasse preuve d'un si bon appétit. Cela le rassurait. Il se remettrait vite.

– Papa ? demanda Matthew, un filet de soupe gouttant de ses lèvres.

C'était la première fois qu'il l'appelait ainsi.

– Oui ?

Le gamin hésita puis se jeta à l'eau.

– Tu sais quand j'étais attaché sur cette chaise...

Krine l'invita à poursuivre :

– Eh bien ?

– Elle m'a parlé.

– Qui donc ? s'enquit le détective, qui connaissait déjà la réponse.

– Maman.

L'enfant avait les yeux humides et Krine dut se retenir pour ne pas fondre lui-même en larmes.

– Et... que t'a-t-elle dit ?

Matthew eut un léger haussement d'épaules.

– Tu sais, d'être sympa avec toi. De ne pas trop te faire enrager. Des trucs de ce genre. Et aussi que nous étions les deux personnes qu'elle aimait le plus au monde et qu'elle veillerait toujours sur nous.

L'enquêteur s'approcha et enlaça le garçon. Celui-ci se blottit contre sa poitrine. Il pleura longtemps. En fait, une chose avait changé. En bien. Il avait un fils.

ÉPILOGUE

Les Docklands, quelques semaines plus tard

La nuit recouvrait les docks de sa cape crépusculaire. Sous le ciel dénué d'étoiles, les eaux de la Tamise paraissaient plus sombres que le contenu d'un encrier. Alignées le long des débarcadères, les grues de transbordement ressemblaient à la crête d'un monstre aquatique. Une de ces créatures qui, dans les récits de marins enivrés, entraînent les bateaux par le fond après les avoir enserrés dans leurs tentacules.

Un navire solitaire mouillait à quai. C'était un grand voilier, aux voiles noires comme le cœur du diable, qui battait pavillon hongrois. Son nom, *Transilvania*, était inscrit sur la coque. Postés à quelques pas de l'imposant bâtiment, deux hommes étaient en pleine discussion. Le premier, mince et de haute stature, une capuche rabattue sur la tête, était enveloppé dans un long manteau dont les pans balayaient le sol. Son faciès émacié était agrémenté d'une barbe ébène qui dessinait sous son menton un delta à la pointe allongée. L'autre, élégant dans son costume parme, arborait une fine moustache sous un nez en capilotade. Il semblait particulièrement nerveux.

– J'ai sans doute tort de vous aider, dit Petterson. Je risque ma place en agissant de la sorte. Si on apprend que...

– Allons mon ami, l'interrompit Brachislavich. Vous avez fort bien joué en oubliant de me citer dans cette affaire. Je saurais me montrer reconnaissant.

– Jusqu'à quel point ? demanda le policier sans oser le regarder.

– Vous aurez ce qui a été convenu, le rassura le sorcier. L'argent ne vous fera pas défaut, je vous le garantis. De quoi éponger toutes vos dettes et vivre plus que confortablement.

– Je pensais surtout à l'autre close de notre pacte, insista le commissaire.

– Ah ceci, fit Brachislavich en esquissant un geste gracieux de la main. Un accord est un accord. Il va de soi que vous bénéficierez de ce qui a été entendu (il regarda en direction du navire). Justement, voilà qu'on amène ceux qui serviront vos intérêts... et les miens.

Rougeaud et transpirant, l'agent Growning conduisait la manœuvre. Il était assisté de sept autres bobbies. Des fripouilles, tout comme lui, connues de leurs collègues policiers pour être corrompues jusqu'à la moelle. Des gens de confiance, donc, selon les préceptes de Petterson. Ils débarquaient deux cercueils, chaque homme agrippant à deux mains une des quatre poignées de laiton qui en jouxtaient les côtés. Le premier des coffres était légèrement plus grand que le second, qui paraissait destiné à un enfant. Malgré une carrure respectable, les dockers occasionnels pliaient sous le poids de la charge. Les jambes en coton, ils portaient les boites avec prudence, arpentant le ponton avec l'inquiétude manifeste de les voir chavirer par-dessus bord. Quand Petterson eut le loisir de contempler les bières de plus près, il constata que leur couvercle était scellé par de gros rivets étincelants.

– Serait-ce des clous en argent ? s'enquit-il auprès de Brachislavich.

Les yeux du magicien se plissèrent. Il laissa échapper un petit rire de gorge.

– Lorsque vous connaîtrez intimement leurs occupants – ce qui ne manquera pas d'arriver, je vous l'assure –, vous comprendrez pourquoi cette précaution s'avère indispensable. Du moins, pour l'instant.

Un fourgon attendait la funèbre cargaison. Une épaisse fumée grasse s'élevait de sa cheminée. Les hommes de main de Petterson chargèrent les cercueils dans le véhicule puis montèrent à leur tour à son bord. Le commissaire les rejoignit. Il maintint la portière ouverte.

– Je vous dépose ? demanda-t-il à Brachislavich.

– Non merci, répondit le sorcier, j'ai mon propre moyen de locomotion.

Le lendemain matin, plusieurs personnes affirmèrent avoir vu un aigle gigantesque parcourir durant la nuit le ciel de la ville. Une bête de la taille d'un omnibus ! On les taxa d'ivrognes et on leur recommanda d'arrêter de fréquenter les pubs.

In vino veritas...

TABLE

POSTFACE

Dans les coulisses de Krine

Avertissement : si vous êtes de ceux qui ne veulent rien savoir du processus de création qui accompagne un livre ou toute œuvre de fiction – et c'est votre droit le plus total –, ce qui suit n'est sans doute pas pour vous. Par contre, les autres y trouveront peut-être un intérêt.

Quand il m'a proposé l'idée de cette postface, mon éditeur, Xavier Décousus, l'a comparé à un bonus de DVD, de ceux qui offrent à découvrir les coulisses d'un tournage. Cette idée m'a beaucoup plu. D'autant que j'apprécie énormément les auteurs qui nous invitent dans la « cuisine » de leur imaginaire, comme Stephen King ou Christophe Lambert.

La grande qualité des bonus, c'est généralement l'interactivité de leur menu. Ainsi, si je veux savoir comment sont réalisés les effets spéciaux du film, rien ne m'oblige à regarder la partie concernant la composition de la B.O. Selon ce principe, à vous de « piocher » dans les thèmes qui vous intéressent ou, si vous le souhaitez, de lire tout le contenu de ce « making of » :

L'UNIVERS

Un détective

Hector Krine est né voici environ deux ans. À ce moment-là, il n'était encore qu'une idée imprécise me trottant dans la tête. Mais ce sont souvent celles-ci qui finissent par s'imposer. Je pensais alors localiser les aventures de mon détective dans le Paris de la fin du XIXe siècle pour en faire une sorte de Sherlock Holmes. Ou du moins le pendant français à ce héros qui me fascine depuis toujours. Je n'avais pas vraiment d'histoire, à part la vague envie de situer l'intrigue dans les bas-fonds de la Capitale. À l'exception de ce maigre canevas, pas grand-chose pour réellement construire une intrigue. Seulement une image, obsédante : celle de Krine, dans un cimetière, à la nuit tombée, penché au-dessus d'une fosse vide. J'avais même rédigé un embryon de chapitre. Krine enquêtait sur des pilleurs de tombes et, au lieu du vol des bijoux et autres montres, il découvrait que c'était les cadavres eux-mêmes qu'on avait dérobés. Pourquoi ? Du Diable si je le savais ! Je suis donc passé à autre chose.

Un Londres fantastique...

Deux romans plus tard, l'envie de réanimer mon enquêteur a commencé à me titiller. Cependant, de nouvelles idées s'étaient en partie substituées à la première ou l'avaient enrichi. Un bon coup de défibrillateur ! Si Krine restait bien le héros de l'aventure, je décidais de le déplacer de Paris jusqu'à un Londres victorien décalé. Sombre, gothique, peuplé de créatures étranges, tout en demeurant en grande partie fidèle à la réalité sociale de l'époque. Je joignais ainsi à mon intention initiale, le désir ancien de me frotter à un récit fantastique. Avec dans la foulée la ferme volonté de rendre hommage à un cinéma que j'adore : celui des vieux films d'Universal[1] et de la Hammer[2]. Dans ceux-ci apparaissaient les stars de cet âge d'or, tels Bela Lugosi, Boris Karloff, Vincent Price ou encore Christopher Lee. Les plus jeunes d'entre vous connaissent ce dernier sous les traits du Saroumane du *Seigneur des Anneaux,* ou encore sous ceux du Comte Doku, dans les deux derniers volets de la nouvelle trilogie *Star Wars*. Mais, pour moi, il sera à jamais l'interprête d'un autre comte, l'illustre prince des ténèbres, Dracula. Chose amusante : à l'heure où j'écris ces lignes, la Hammer, maison de production défunte depuis plus de trente ans, vient de renaître de ces cendres. Sûrement qu'un parfum de nostalgie flotte dans l'air, alors qu'on annonce également toute une vague de remakes de classiques Universal. Le *Wolfman* de Joe Johnston a récemment ouvert le bal.

Mon ambition était en somme de mêler Histoire avec un grand H et éléments fantastiques. Tout en y ajoutant des petites touches steampunk (les autocabs, le locotube). Une sorte d'uchronie, finalement. Car, dans le monde parallèle que je décris, l'existence des Grouillants constitue à elle seule un facteur propre à altérer le cours des événements historiques.

Je ne me revendique pour autant d'aucune chapelle. J'ai picoré dans les univers précités (fantastique, steampunk) sans souci de m'imposer quelque règle que ce soit. Les adeptes du steampunk sont souvent pointilleux sur les techniques présentées (machines et Cie). Mon approche est ludique et sans volonté de réalisme scientifique. Il faut y voir davantage un hommage aux fantaisies mécaniques de la série *Wild Wild West* (*Les mystères de l'Ouest*) avec Robert Conrad, ou encore aux laboratoires dans les films d'épouvante des années 1930, encombrés d'alambics, de bobines tesla et d'imposants panneaux de commandes (ceux figurant dans la série des *Frankenstein*[3] en sont un bon exemple). Pour résumer – et les puristes pourront sans doute me le reprocher –, je n'ai pas cherché à coller à un genre en particulier, plutôt à leur emprunter ce qui me plaisait pour l'intégrer à mon propre univers. Voilà qui est dit.

…et historique

Malgré les aspects fantastiques du récit, la description de Londres au XIXe siècle se veut proche de la réalité, pour ce qui concerne la géographie de la ville, mais également – et avant tout – ce qui relève des ségrégations et oppositions de classes. Je tenais à retranscrire le plus fidèlement possible ce dernier aspect, qui constitue pour moi le cœur du livre. Après tout, c'est dans l'East End que Krine a grandi et que l'essentiel de son enquête se déroule. Les Grouillants ne sont finalement qu'une version surnaturelle des miséreux hantant alors les bas fonds de la capitale anglaise.

LES DÉCORS

West End/East End

La description des quartiers de Londres, ainsi que celles des populations qui y vivent, doit beaucoup aux nombreux ouvrages historiques que j'ai compulsés. La liste est longue, mais parmi ceux-ci, je citerais : *La société anglaise du milieu du XIXe siècle à nos jours*, de F. Bédarida[4] ; *Londres 1851-190. L'ère victorienne ou le triomphe des inégalités*, de M. Chabot et R. Marx[5] ; *Londres Victorien. Un monde cloisonné*, de J.P Navailles[6] ; et, plus particulièrement, *Les Bas-Fonds de Londres. Crime et prostitution sous le règne de Victoria*, de Kellow Chesney[7] un must en la matière. D'autres articles, glanés dans des revues ou sur internet ont complété mes recherches et enrichi mon propos. Par ailleurs, je ne saurais que conseiller la lecture du livre de Jack London, *Le peuple d'en bas (The people of the abyss)*, disponible gratuitement en E-Book ou – pour ceux qui comme moi ne peuvent se passer de support papier – chez Phébus[8]. Cette œuvre conte l'enquête qu'avait menée en 1902 l'écrivain américain. Déguisé en miséreux, il s'était immergé dans le quartier de Withechapel, y vivant comme un de ses habitants. Un récit instructif et poignant.

Docklands/l'Île aux chiens

La description que je fais des Docklands et de l'Île aux chiens est, je pense, assez fidèle. Pour information, la grande grève des dockers a bien eu lieu en 1889, mais elle n'a, contrairement à celle de mon histoire, durée que trois semaines. J'ai volontairement choisi de la prolonger afin de la faire progressivement dégénérer en un affrontement opposant les nantis d'une part et les miséreux/Grouillants de l'autre. L'essentiel des sources concernant les Docklands et la grève vient du livre de Jean-Pierre Navailles, *Londres Victorien, un monde cloisonné*.

La Cathédrale Saint-Paul

J'ai déniché les renseignements nécessaires à mon histoire sur le site Internet de l'édifice ainsi que dans un formidable guide touristique édité par Gallimard et sobrement intitulé *Londres*[9] (et qui m'a par ailleurs beaucoup aidé pour dépeindre d'autres lieux). Original par la forme et le fond, ce livre abonde de schémas, croquis, peintures, photographies, extraits d'œuvres littéraires... Magnifique ! À défaut de vous rendre à Londres, vous pouvez découvrir le lieu dans lequel se déroule la bagarre entre Volkodlak et la créature de Frankenstein en accomplissant une visite virtuelle de St Paul (en anglais) :

http://www.sphericalimages.com/stpauls/virtual_tour.htm

Le 221 A Baker Street

L'adresse à laquelle vit Krine est un clin d'œil appuyé à Sherlock Holmes, puisque le célèbre détective inventé par Conan Doyle loge dans ses propres aventures sur le palier voisin, au 221 B. Une manière pour moi de présenter Krine comme le Holmes de ce Londres alternatif.

Abney Park

Abney Park est un des plus originaux cimetières londoniens. Lors de mes recherches, cela a tout de suite fait « tilt ». Il me fallait un cimetière est celui-ci était parfait : noyé dans la végétation, gothique à souhait. L'étrangeté des lieux n'a pas été difficile à décrire, il m'a suffi de coller à la réalité.

L'Athenaeum

Cet illustre club londonien existe toujours. La plupart des renseignements le concernant proviennent de son site internet (en anglais) :

http://www.athenaeumclub.co.uk/

LES PERSONNAGES

À tout seigneur, tout honneur. Commençons par notre détective favori.

Hector Krine

Tout d'abord, à ceux qui se poseraient la question : pourquoi ce nom d'« Hector Krine », je répondrais simplement. « Hector », car j'enseignais la mythologie grecque à mes élèves au moment où est né le personnage (je suis aussi prof d'Histoire, personne n'est parfait) et parce que c'est également un prénom passe-partout qui s'écrit et se prononce de la même manière en français et en anglais, ce qui m'arrangeait puisque mon enquêteur a changé de nationalité durant sa conception. « Krine », car je désirais un nom court, facilement mémorisable. Le hasard a voulu que je regarde un reportage sur les OVNI un soir de désœuvrement. Un ancien pilote de chasse témoignait. Son patronyme était Krine. Hop ! Le tour était joué. De plus, ce nom, assez « rugueux », collait parfaitement avec les origines russes de mon détective. Il m'était alors facile de lui inventer un premier nom, Igor Krinikov, de pure fantaisie celui-là, et qu'il allait quitter en arrivant à Londres. Pour ce qui est de sa personnalité, elle est le fruit de deux influences. Comme je l'ai déjà dit, je souhaitais en faire une sorte de Sherlock Holmes, mais en plus punchy. Krine est donc à mi-chemin entre le détective privé inventé par Conan Doyle, féru de logique, et un autre héros de ma jeunesse : *Dirty Harry* (l'inspecteur Harry incarné à l'écran par Clint Eastwood). Harry est un flic impitoyable, qui croit en l'ordre établi, quitte à enfreindre les lois pour éliminer les méchants, et ça, sans aucune sorte d'état d'âme. Krine agit parfois (souvent) de la même manière, tout en ayant un profond respect pour la Couronne. Pour son physique, j'avais plus ou moins en tête Hugh Jackman, l'acteur ayant immortalisé Wolverine au cinéma. Grand, costaud, la mâchoire carrée avec des favoris lui dévorant les joues. Son profil psychologique est celui du dandy baroudeur des films d'aventure des années 1950 : cultivé, mais homme d'action. Un peu à la manière de Stewart Granger dans *Les mines du roi Salomon*, ou plus récemment d'*Indiana Jones*.

Matthew

Il tient autant de Gavroche que des gamins intrépides des films de Steven Spielberg (ou produit par lui) dans les années 1980 : les héros des *Goonies* par exemple. La scène où les objets s'animent m'a été inspirée par *L'apprenti sorcier* de Disney. Comme le Mickey de *Fantasia*, Matthew ne sait pas encore vraiment contrôler ses pouvoirs, ce qui entraîne des situations imprévisibles et intéressantes. Une métaphore de l'adolescence. Cette postface peut aussi servir à révéler quelques projets : j'ai dans la tête deux autres enquêtes qui formeront une suite à ce premier volume. Krine en sera toujours la figure principale, mais l'ensemble formé par les trois romans constituera un cycle centré autour de Matthew. À suivre.

Hécate et Diancecht

Leurs noms sont ceux de dieux, ce qui leur va bien. Hécate est une déesse grecque de la lune et Diancecht le dieu médecin de la mythologie celtique. Pour l'anecdote, en écrivant les passages dans lesquels Hécate apparaît, j'imaginais l'actrice Jaime Murray, qui joue le personnage de Lila dans la deuxième saison de la série *Dexter*. Une beauté étrange. La seule différence notable, dans mon esprit, est qu'Hécate a les yeux clairs. Diancecht, pour sa part, est la figure classique du magicien ; celle gravée dans le marbre depuis le *Merlin l'enchanteur* de Walt Disney jusqu'au Dumbledore de J.K Rowling : âgé avec une longue barbe blanche.

Vseslav Brachislavich

Le sorcier de mon histoire a réellement existé. Mon Brachislavich en est cependant une version alternative et très éloignée de la vérité historique. Son homonyme fut prince de Kiev durant une courte année, de 1068 à 1069. Rapidement détrôné, il devint plus tard souverain de Polatsk, de 1087 à sa mort, en 1101. C'est la légende plus que l'homme qui a suscité mon intérêt. On disait Brachislavich magicien, capable de se transformer en loup et en aigle. Sa nature diabolique est cependant de mon fait. Le véritable Vseslav est aujourd'hui encore une figure admirée et respectée du patrimoine biélorusse. Dans mon livre, son aspect physique lui vient, non pas de Brachislavich, mais davantage du célèbre « moine fou » : Raspoutine (personnage historique que Christopher Lee, encore lui, interpréta en 1966). Mon Brachislavich est également un génie du crime, un *Fu Manchu* obsédé par sa volonté de dominer le monde, dans la droite lignée des méchants des *James Bond*. Un « péril russe » en lieu et place du « péril jaune ».

Volkodlak

J'aime les loups-garous. Ils sont les héros de plusieurs de mes films préférés : *Le loup-garou de Londres, Hurlements*... J'avais très envie d'en mettre un (voire plus) dans mon histoire.

Le lieutenant de Brachislavich est un lycanthrope, il est russe et dans cette langue « loup-garou » se dit « volkodlak ». Voilà l'origine du personnage. Je l'ai, sous son apparence humaine, doté d'un physique à mi-chemin entre le biker et le bourreau médiéval. L'image que j'avais en tête était celle de Clancy Brown, le Kurgan du film *Highlander*, après qu'il s'est rasé le crâne pour se « déguiser ».

Victor Frankenstein

On ne peut évoquer des voleurs de cadavres sans songer immédiatement à *Frankenstein*[10]. Krine se voulant un hommage à cette littérature populaire et fantastique du XIXe siècle (la nouvelle de Stevenson *Le Voleur de cadavres*[11] date aussi de cette époque), j'ai rapidement envisagé d'introduire dans mon récit les personnages de Victor et de sa créature. Si la trame générale de l'œuvre de Mary Shelley est en « très gros » respectée, j'ai toutefois pris de grandes libertés : les poursuites judiciaires à l'encontre de Frankenstein, sa fuite, les raisons de l'installation du savant dans les Orcades (qui avait pour but dans le livre de Shelley de créer une compagne à son monstre), Pierre Clerval (qui s'appelle en réalité Henri, mais j'avais déjà un Henry dans mon histoire avec Hyde) et d'autres choses encore...

Walter Petterson

Ce cher commissaire est le « miroir » de Krine. Son image inversée. Notre détective est droit et courageux. Petterson est fourbe et lâche. Pourtant, Krine souffre d'une notoriété déplorable alors que le policier est considéré comme une gloire locale. Il n'y a pas de justice, hein ? Le nom de Petterson provient des récits d'Arthur Conan Doyle. Un policier, tout comme le mien. Encore un clin d'œil, ben oui. Le fait que Doyle envisage dans mon livre de faire du commissaire un héros de fiction est une mise en abîme qui, là encore, m'a bien amusé. Son côté flamboyant et narcissique m'a été soufflé par l'écrivain Christophe Lambert. En lisant la biographie que j'avais rédigée (une habitude que j'ai afin de bien définir le caractère et le passé de mes personnages), Christophe m'a suggéré de faire de Petterson une version alternative de Gilderoy Lockhart dans *Harry Potter*. Cette remarque a eu une certaine influence sur le résultat final, dans le sens où j'ai accentué à la fois son snobisme, mais aussi sa couardise, sans nier pour autant sa propre personnalité.

Padraig O'Brady

Les leprechauns sont des créatures issues du folklore irlandais. À l'origine, leur costume était rouge, mais ils sont devenus populaires en arborant une tenue verte, couleur de l'Irlande. Les vieilles histoires traditionnelles racontent qu'ils ont l'habitude d'enterrer leur trésor au pied d'un arc-en-ciel. Dans mon univers, cette histoire n'est qu'une fable qui a le don d'énerver Padraig. Ceci est dans le livre un sujet de railleries de la part des autres policiers. Pour accentuer l'ironie de la situation, j'ai fait d'O'Brady, un homme désargenté, un malheureux qui a fui la famine frappant son île natale. Pourquoi un leprechaun ? J'aimais l'idée de ce nain bougon et alcoolique. Sans doute, encore une fois, une réminiscence de l'enfance, durant laquelle je me délectais des aventures de Tatoo, dans *L'île fantastique* ou de Miguelito Loveless, némésis de James West dans *Wild Wild West*. J'ai essayé de le doter d'un passé, d'expliquer le pourquoi de son attachement à quelqu'un d'aussi détestable que Petterson. Les pouvoirs que je lui attribue sont de mon fait et n'ont rien à voir avec les leprechauns. Caméléon et passe-murailles : un croisement entre Léon, le méchant lézard de *Monstres et Cie* et le héros de Marcel Aymé qui m'avait, plus jeune, beaucoup marqué.

Hamarkis, le Sphinx

Tout le monde connaît le Sphinx. Créature légendaire issue du mythe d'Œdipe ou bien homme-lion majestueux régnant pour l'éternité sur le site de Gizeh. Mon Sphinx est un peu des deux. Son apparence vient de la légende grecque (du moins en partie : les pattes d'ours et la queue-de-rat sont de moi) et son nom, Hamarkis, du dieu solaire égyptien qui a inspiré la célèbre statue. J'y ai ajouté mes propres ingrédients. Le côté roublard, mais sympathique façon *la vérité si je mens*, son goût pour les âmes, qu'il collectionne. Je trouvais amusant qu'il se soit reconverti en informateur, une sorte de « Huggy les bons tuyaux » victorien (le Huggy de *Starsky et Hutch* était lui aussi un personnage haut en couleur). Le fait qu'il ne délivre ses tuyaux que sous la forme d'énigmes fumeuses me plaisait beaucoup. Il n'apparaît que brièvement dans ce volume, mais soyez sûr que vous aurez l'occasion de le revoir.

Jekyll et Hyde

Nul besoin, je pense, de présenter ces deux-là. Je suis resté globalement fidèle aux traits de caractère dont les avait dotés Robert Louis Stevenson[12] ; notamment le désir de Jekyll d'éliminer le mal qui réside en lui et le côté excessivement brutal de Hyde. Je me suis aussi amusé à glisser des éléments référentiels dans mon récit : la fillette piétinée et le notaire Utterson, ami de Jekyll qui, je le précise, n'a subi de lavage de cerveau que dans mes pages. Mon Hyde est cependant moins sombre que celui de Stevenson, plus ironique et rigolard, un peu à la manière de celui imaginé par Alan Moore pour sa *Ligue des gentlemen extraordinaires*.

Les frères Herzog

Ces triplés sont sans doute mes personnages préférés. À tel point que j'ai éprouvé un léger pincement au cœur lorsqu'il m'a fallu les « éliminer ». Je les ai imaginés comme un mélange improbable entre Nosferatu et les Marx Brothers (ou les trois Stooges), en les dotant d'un caractère à la fois effrayant et amusant. Du vampire Nosferatu – tiré du film homonyme réalisé par Friedrich Wilhelm Murnau en 1922[13] –, mes goules ont avant tout conservé certaines particularités physiques, comme le crâne chauve, les oreilles en pointe et les deux incisives aiguisées (en lieu et place des canines dans les autres adaptations cinématographiques du roman de Bram Stoker, *Dracula*). Deux des striges ont également récupéré les prénoms de Murnau : Friedrich et Wilhelm. Klaus, lui, le tient de Klaus Kinski, l'acteur vedette du remake de *Nosferatu*, tourné en 1979 par Werner Herzog[14]. Nul besoin, à ce dernier nom, de vous dire d'où vient le patronyme des triplés. Contrairement au Nosferatu interprété par Kinski et par son prédécesseur, Max Shreck (non, ce n'est pas un ogre vert), mes goules sont d'une taille plus modeste et moins décharnées. En fait, plus « rondouillardes », à la manière de l'oncle Fétide dans la série télévisée des années 1960, *La Famille Addams*, que j'avais également à l'esprit en les concevant. Ce sont de bons mangeurs, il ne faut pas l'oublier. Les frères Herzog se rapprochent des Marx Brothers par leur côté burlesque. J'aimais beaucoup l'idée qu'un membre de la fratrie puisse terminer la phrase d'un autre, ou qu'ils s'expriment en même temps, d'une seule voix. Finalement, par leur maladresse et leur bêtise, ils ne sont pas très éloignés des Dalton dans *Lucky Luke*. Selon la tradition les goules sont nécrophages, mais d'infinies variations existent autour de ces créatures. Chacun peut en avoir sa propre vision. Je me suis donc contenté sans prétention d'en livrer la mienne. Pour information, l'origine du nom « croque-mort » donné dans ce livre n'a rien d'exacte. Il s'agit d'une invention qui à la vie dure. En réalité, « croquer » doit être interprété dans son sens premier : « faire disparaître ». Ce qu'accomplissaient les croque-morts en enterrant les défunts six pieds sous terre. Comme John Ford le fait dire à un de ces protagonistes dans *L'homme qui tua Liberty Valance*, si la légende dépasse la réalité, publions la légende. Je ne m'en suis pas privé. Si vous souhaitez – après avoir visionné sur mes « précieux conseils » les DVD de *Nosferatu* et de son remake – en apprendre davantage sur le tournage de l'original réalisé par Murnau, je vous conseille l'excellent film *L'ombre du vampire* d'E. Elias Merhige (2000) [15] qui raconte comment Marx Schreck était à ce point investi dans son rôle que ses partenaires en vinrent à penser qu'il était un véritable suceur de sang. Ce long-métrage navigue habilement entre histoire vraie et fiction.

Arthur Conan Doyle et Louis Lucien Bonaparte

J'ai choisi d'introduire le personnage d'Arthur Conan Doyle dans mon livre, car celui-ci est, avec Stephen King, à l'origine de mon goût pour la lecture et l'écriture, et parce que Krine est également un hommage à Sherlock Holmes. Doyle était membre de l'Athenaeum. Lorsqu'il a fallu trouver des partenaires de jeu à Petterson, cela m'est apparu comme une évidence. Louis Lucien Bonaparte a, lui, débarqué dans l'histoire par hasard. Je suis tombé sur son nom en parcourant la liste des illustres adeptes de ce club. L'idée d'une escarmouche verbale franco-anglaise m'a séduit.

Voilà, vous savez tout, ou presque. Xavier m'avait conseillé d'écrire cette postface sans contrainte de longueur. J'ai eu la main lourde. J'espère ne pas vous avoir perdu en route. Cela serait dommage. Krine n'a pas dit son dernier mot. Comme je l'ai annoncé plus haut, il ne s'agit ici que du premier volume du premier cycle consacré aux aventures de notre détective !

Ah, une dernière chose : selon la formule consacrée, je tiens à préciser qu'aucune créature surnaturelle n'a été blessée durant la rédaction de cet ouvrage. ;-)

À très bientôt pour la suite des enquêtes d'Hector Krine.

Stéphane Tamaillon
Juin 2010

NOTES

1. Universal remet au goût du jour ses classiques avec comme tête de pont le remake du fameux *Wolfman*, autrefois interprété par Lon Chaney Jr et aujourd'hui incarné par Benicio Del Toro.
2. La Hammer vient de reprendre la production de films après plusieurs décennies d'interruption de ses activités.
3. *Frankenstein*, réalisé par James Whale, 1931 ; DVD, Universal, 2004.
4. François Bédarida, *La Société anglaise du milieu du XIXe siècle à nos jours (1851-1975)*, Seuil, Paris, 1990.
5. *Londres, 1851-1901. L'ère victorienne ou le triomphe des inégalités*, sous la direction de Monica Charlot et Roland Marx, Autrement, Paris, 1990.
6. Jean-Pierre Navailles, *Londres victorien. Un monde cloisonné*, Champ Vallon, Seyssel, 1996.
7. Kellow Chesney, *Les bas-fonds de Londres. Crime et prostitution sous le règne de Victoria*, Tallandier, Paris, 2007.
8. Jack London, *Le peuple d'en bas*, Phébus, Paris, 1999.
9. *Londres*, Gallimard, 1997.
10. Mary Shelley, *Frankenstein ou le Prométhée moderne*, 1818, Gallimard folio, 2000.

11 et 12. Robert Louis Stevenson, *L'étrange cas du docteur Jekyll et de M. Hyde et autres récits fantastiques*, 1886, Le Livre de poche, Paris, 2008.

13. *Nosferatu, une symphonie de la terreur*, réalisé par Friedrich Wilhelm Murnau, 1922 ; DVD, Warner Bros, 2007.
14. *Nosferatu, fantôme de la nuit*, réalisé par Werner Herzog, 1979 ; DVD, Paramount, 2009.
15. *L'ombre du vampire*, réalisé par E. Elias Merhige, 2000 ; DVD, Universal, 2006.

Impression réalisée par

CPI
BRODARD & TAUPIN

La Flèche
en septembre 2010
pour le compte
des Éditions FIRST

Dépôt légal : septembre 2010
N° d'impression : 60132
Imprimé en France